二十世纪俄罗斯域外流散文学研究

崔永光 ○ 著

长春出版社

全国百佳图书出版单位

图书在版编目(CIP)数据

二十世纪俄罗斯域外流散文学研究/崔永光著.
长春：长春出版社，2024.12. -- ISBN 978-7-5445-7708-3

Ⅰ.I512.09

中国国家版本馆 CIP 数据核字第 2024NF5515 号

二十世纪俄罗斯域外流散文学研究

著　　者　崔永光
责任编辑　孙振波
封面设计　宁荣刚

出版发行　长春出版社
总 编 室　0431-88563443
市场营销　0431-88561180
网络营销　0431-88587345
地　　址　吉林省长春市朝阳区硅谷大街7277号
邮　　编　130103
网　　址　www.cccbs.net

制　　版　荣辉图文
印　　刷　三河市华东印刷有限公司

开　　本　170毫米×240毫米　1/16
字　　数　179千字
印　　张　11.25
版　　次　2024年12月第1版
印　　次　2025年2月第1次印刷
定　　价　58.00元

版权所有　盗版必究
如有图书质量问题，请联系印厂调换　　联系电话:13933936006

前　言

　　全球大规模的移民现状使得流散文学现象日益凸显，伴随而来的是移民作家在移居国进行的流散文学创作以及由此引发的流散现象和研究效应。英语流散文学的发展起步于 20 世纪 60 年代，至今经历了长达半个多世纪的嬗变历程。流散文学与后殖民文学、族裔文学的研究有着较为密切的联系，涉及身份认同、流亡意识、流散诗学、行旅叙事、空间表征、文化记忆、共同体想象等多重主题。在全球人口流动频繁、难民危机日益突出的后现代背景下，世界英语流散文学的研究内涵将更为丰富多元，研究路径将更具跨学科性，研究价值将更加关注人类在多元文化碰撞与交融状态下的生存境遇，从而对铸牢中华民族共同体意识和构建人类命运共同体提供实践路径与借鉴意义。

　　20 世纪俄罗斯域外侨民文学的三次浪潮是俄罗斯文化史上一道独特的景观。在俄罗斯域外，各行各业的知识分子精英基于俄罗斯的民族文化和文学传统，在流亡中不断继承、发展和创造俄罗斯文化，延续和承载着厚重的俄罗斯民族精神，用各自的智慧、勇气和创作思想构建起一个"想象的共同体"。在这个"伟大的俄罗斯侨民界"，尽管流亡作家和诗人被迫脱离祖国的土壤，他们在域外颠沛流离、自我放逐却始终眷恋着故国家园，运用俄罗斯本土的素材和域外移居国的地域文化创造出丰富多彩的俄罗斯侨民文学遗产，对 20 世纪世界文学中的流散文学研究产生了重要影响。

　　与此同时，流亡知识分子尽管面临着自我与家园的精神断裂，面对域外移居国疏离隔阂以及边缘化的生活境遇，但他们却没有就此沉沦，而是在艰难的适应域外生活中自由创作，"他们把俄罗斯文化带到世界各地，让他们所在国家的人民，让世界各国人民有机会和有可能了解、认识俄罗斯和俄罗斯文化，他们成了俄罗斯文化的传播者和宣传者"①。后来，无论他们是重新回到故国，还是从未返乡，这些俄罗斯流亡知识分子在域外继续保持艺术创作热情的同时，也成了俄罗斯伟大文化传统的守卫者。"他们带着文化遗产侨居国外，将自己视为遗产的守卫者，他们认为有责任将这份遗产传递给下一代。在维护传统持续性之余，他们还决心发出新的声音。"② 诸如弗拉基米尔·纳博科夫（Vladimir Nabokov）、尼娜·贝蓓洛娃（Nina Berberova）、加伊多·加兹达诺夫（Gaito Gazdanov）、鲍里斯·波普拉夫斯基（Boris Poplawski）等年轻一代的俄罗斯流亡作家更愿意通过与移居国文化建立联系，深度融合，并以此寻求创作意义，一种在流亡中创造的意义，一种在流散中的跨国书写。

在这场"流动的盛宴"中，俄罗斯域外流亡者循着君士坦丁堡、布拉格、柏林、巴黎、纽约、哈尔滨、上海等流亡地图脉络大胆探索、创造风格、创立学刊、著书立说，在无形中构建起一个文化共同体，一个"微型的俄罗斯"，借此俄罗斯社会和文化的所有基本特性在域外得以保存、传承、创造和发展。域外流散经历不仅促使流亡知识分子在域外创作中发现和诠释故国家园，而且在继承俄罗斯文化传统的同时寻求建构民族身份、延续民族使命、丰富文化遗产、赋予时代内涵。

一、国内外研究概览与述评

（一）国内研究现状

国内学者针对俄罗斯域外文学的研究成果较为丰富，为本课题研究提供了坚实的学术基础。李延龄、汪介之、刘文飞、王亚民、任光宣、周启超、陈建华等是其中的主要代表。从研究成果来看，国内学者的研究主要涵盖以下几方面主题：

---

① 任光宣. 俄罗斯文化十五讲 [M]. 北京：北京大学出版社，2007：186.

② Rubins M. Redefining Russian Literary Diaspora, 1920 - 2020 [M]. London：UCL Press，2021：67.

前言

1. 俄罗斯侨民文学的中国情结

在华俄侨文学研究始于 20 世纪 90 年代，已走过 30 年的历程，经历了三个主要发展阶段。王亚民在《中国在华俄罗斯侨民文学研究 25 年》（2017）一文中较为清晰地梳理了 25 年来的研究成果、阶段特点及存在问题。著名学者李延龄是国内从事俄侨文学研究，推动中俄人文交流的集大成者。他主编的《中国俄罗斯侨民文学》（俄文版 10 卷本）是研究俄罗斯侨民文学在中国发展历程的重大成果，极大地丰富了俄罗斯域外文学研究的文化遗产。周青民的《在华俄侨作家的中国书写研究》（2023）是对在华俄侨作家创作中的"中国韵味"和"中国色彩"做出整体考察的最新成果。该著作探讨了俄侨作家与中国文化精神的内在联系，从而进一步认识在华俄侨文学所蕴含的丰富而多彩的时代风貌。

2. 俄罗斯侨民文学的乡愁主题

学者赵静蓉是研究怀旧主题的佼佼者，其著作《怀旧——永恒的文化乡愁》（2009）深入地阐释了怀旧情结和现代文化转型的关联。作者以怀旧的哲学理念为依托，以现代文化的转型及文化情结为根本立足点，在一个多学科、学科交叉和学科比较的视野中，从文学、哲学、心理学、美学、社会学、历史学等多种学科视角和问题视角切入，对怀旧理论构建和文本解读，为当下世界文学的记忆书写与创伤叙事提供了有益的借鉴。

3. 俄罗斯文学及其民族意识

20 世纪的俄罗斯侨民文学已成为世界文学史中一道独特的文化景观，在不同的历史阶段里先后出现了三次浪潮。刘文飞（2018）等最新研究成果探讨了俄国文学与民族意识之间的互动关系，也使俄国文学成了"俄罗斯性"的重要塑造手段和表达方式，从而构建俄罗斯民族的"文学的想象共同体"[①]。这一概念的提出与构建多元一体的中华民族共同体意识有着内在衔接与逻辑关系，并对筑牢"人类命运共同体"具有重要启示。此外，俄罗斯文学也投射出伟大作家对人性本质与存在、人类苦难与自由、俄罗斯文学性与神性等永恒主题的追问。俄罗斯文学深刻地反映出对俄罗斯民

[①] 刘文飞. 俄国文学和俄罗斯民族意识 [J]. 外国文学，2018（5）：3.

族性格和国家意识的塑造。萧净宇等学者认为，俄罗斯文学经典中，"聚合性"意识与俄罗斯民族主流价值观具有同构性，承袭了俄罗斯文学的人文传统与精神根基，对推动构建"人类命运共同体"理念具有积极意义。

4. 俄罗斯侨民作家研究

韩悦、林燕红等国内学者的研究均聚焦作家的俄罗斯记忆与多维欧洲书写，多角度呈现流亡作品的俄罗斯主题和创伤记忆，以及作家"晚期风格"的自我放逐特征。流散写作已经成为一种当代文学创作中的隐喻机制。俄罗斯流亡作家们不可避免地徘徊于两种或几种文化的冲突和碰撞之中。他们在流亡中创作，在创作中进行跨国想象和集体记忆，无意识中形成了一个文化共同体。

在20世纪俄罗斯文学中，纳博科夫占据着较为特殊的地位。纳博科夫文学创作的研究学者刘佳林撰写的《纳博科夫的诗性世界》一书中，专列一章流亡经验与诗性主题，深刻阐释了流亡经历对纳博科夫艺术创作与诗性主题的内在作用。"他不但没有像许多流亡作家那样抱怨创作根基的缺失，反而从中找到了与艺术的真正联系，流亡经验成为他诗性世界的生长点。"[①] 作者通过解释其内在的诗性特征及多种表现形态，对纳博科夫的艺术世界进行总体把握，并分析了这种诗性世界的结构活动与其流亡身份及文学传统之间的关系。因此，从流散的视角去解读纳博科夫艺术创作中的流亡书写只是分析其艺术世界的多层次和多色彩特征的一种较为有效的途径。这种解读方式，在当今流散文学盛行的族裔文学研究热点中，对深入研究俄侨作家的流散书写具有重要的启示意义。

5. 流散文学与人类命运共同体研究

国内学者李维屏、徐彬等依托"流散文学与人类命运共同体研究"国家社科重大项目，不断开疆拓土，从英美主流文学到犹太、加勒比和非洲流散文学，拓展了世界流散文学研究的领域与内涵，对构建共同价值和中国学术话语具有重要的实践和现实意义。从流散的概念界定、内涵阐释到流散诗学的话语体系构建，杨中举的著作《流散诗学研究》（2022）充分展

---

① 刘佳林. 纳博科夫的诗性世界[M]. 上海：上海人民出版社，2012：52.

示了中国学者对流散文学相关问题的学术判断，从多个维度对文学文化共同体进行了诗学审思，而且与当下语境相契合。它以层层递进的逻辑梳理与建构，初步建立起相对独立、系统的流散诗学理论体系，开启了一扇审思不同文学文化关系、理解与建设"人类文化共同体"的明亮窗口。[①]

2021年，上海外国语大学青年学者郑洁岚在俄罗斯知名外交智库发表评论文章《"人类命运共同体"理念中的中华传统文化元素》，诠释了习近平"人类命运共同体"重要理念及其文化内涵。文章从中华优秀传统文化中的"和而不同""协和万邦""己所不欲、勿施于人""天人合一"等重要思想展开，深刻阐述了"人类命运共同体"所倡导的平等相待、睦邻友好、文明互鉴的核心内涵，指出"人类命运共同体"蕴含的思想智慧正是根植于源远流长的中华传统文化的基因。

2024年，刘锟和彭永涛在论文《俄罗斯流散文学中的对话性与"人类命运共同体"书写》中指出，俄罗斯流散文学中所体现的民族文化认同和"人类共同体"意识具有典型性和示范性，从冲突对抗到平等对话再到深入融合的文化张力是其主要特征。作者基于巴赫金的对话理论阐释了流散作家的身份意识，归纳流散作品主题，解析了流散写作内涵，有助于进一步揭示流散文学中的文化共同体和道德共同体意蕴，为"人类命运共同体"的建构提供了新表达和新范式。[②] 换言之，20世纪俄罗斯域外文学中呈现的文化吸收、民族认同和文明互鉴的文化共同体表征与"人类命运共同体"的逻辑内涵高度契合，对铸牢多元一体的中华民族共同体意识具有重要的启示和借鉴意义。

（二）国外研究现状

1. 俄罗斯侨民文学与文化史研究

一是俄罗斯本土学者的研究主要体现在文学的史学视角。弗·阿格诺索夫的《俄罗斯侨民文学史》是最早阐释俄罗斯域外文学的代表性著作。该著

[①] 朱振武. 流散文学与文化共同体——《流散诗学研究》引发的思考[J]. 中国比较文学，2023（4）：274.

[②] 刘锟，彭永涛. 俄罗斯流散文学中的对话性与人类命运共同体书写[J]. 中国俄语教学，2024（1）：34.

作囊括了俄侨文学的三次浪潮，学术性较强，观点鲜明，对俄侨文学作家及重要作品以专章形式给予详尽概述和评析。由他主编的另一部文学史《20世纪俄罗斯文学》评析了19世纪末20世纪初的俄罗斯文学、20年代至30年代的俄罗斯历史小说、30年代至50年代的文学概况、50年代至70年代卫国战争题材的小说，视角新颖、观点鲜明、立场客观，兼顾学术性与通俗性。此外，科尔米洛夫主编的《20世纪俄罗斯文学史：20—90年代主要作家》一书，重塑了20世纪俄罗斯文学的面貌。该书关注到侨民文学与俄罗斯文化传统的关系问题，着重阐释了蒲宁作品中的俄罗斯文化传统、什梅廖夫作品中的东正教记忆、纳博科夫作品中的"俄罗斯性"等重要主题。

二是主要体现于西方学者对俄罗斯侨民文化史的解读。马克·拉耶夫在著作《境外俄罗斯：俄罗斯侨民文化史1919—1939》（1990）中指出，"伟大的俄罗斯侨民界"与欧洲移民史的区别在于流亡者在西方世界再构和保存了文化创造力。在巴黎、柏林、哈尔滨等繁荣发展的域外"微型俄罗斯"，不仅丰富了民族文学遗产，还极大地影响了西方国家的现代主义文学思潮。奥兰多·费吉斯的《娜塔莎之舞：俄罗斯文化史》（2003）进一步讨论了"俄罗斯灵魂"和"俄罗斯性"的建构与表现，揭开了俄罗斯"文化认同"与"身份认同"的创伤，还揭示了政治、国族认同、社会观念、风俗习惯、民间艺术、宗教等对俄罗斯文化的形成和发展所产生的影响。该著作第八章《俄罗斯在海外》以域外流亡知识分子的视镜透视了俄国侨民群体在柏林、巴黎、纽约等域外城市凝聚起来的文化共同体，聚焦于茨维塔耶娃的乡愁情结和民族主题、蒲宁的旧俄乡村幻想与贵族价值观和纳博科夫的艺术灵感与成功转型。

2. 俄罗斯域外流散文学中的怀旧研究

在全球移民潮不断涌现的时代背景下，怀旧已经超越了对逝去的时光的回忆和对消失的家园的思念。在浓郁的文化乡愁背后是流亡作家们"陌生化和怀想的生存主义美学"[1]。换言之，在这个日益依赖于全球化超空间的大众社会中，怀旧情绪似乎日益泛滥。为此，国内外学者对怀旧现象从哲

---

[1] 斯维特兰娜·博伊姆. 怀旧的未来［M］. 杨德友, 译. 南京：译林出版社, 2010：8.

学的、社会学的、文学的、流散的视角进行多元化的阐释和解读。总体看来，怀旧与地方、归家叙事、身份认同、族裔想象和流散书写等主题研究密切。

斯维特兰娜·博伊姆（Svellana Boym）在其著作《怀旧的未来》(*The Future of Nostalgia*, 2001) 中以冷静而温柔的目光透视当今日常生存方式。她指出，怀旧是对于某个不再存在或者从来就没有过的家园的向往。怀旧是一种丧失和位移，但也是个人与自己的想象的浪漫纠葛。从浪漫民族主义的田园场景到现代性的城市废墟，从精神的诗意风景到网络空间和外层空间，怀旧的历史记忆与"思乡病"无处不在。作者将怀旧分为修复型和反思型两种类型，并对两种怀旧类型的特点与差异进行了令人信服的对比与分析。[①] 值得注意的是，该书在第三部分探索了没有返乡的流亡者想象中的故乡，考察了纳博科夫、布罗茨基和卡巴科夫三位俄裔美国艺术家想象中的家园，为俄罗斯域外文学的流亡者记忆与流散书写提供了怀旧与全球文化的空间视域。博伊姆深刻地提出，三位艺术家不仅对俄国，而且也对美国提出了替代性的视角，抵御了对移民故事的伤感化和对怀旧的商业化。他们把温情和疏离结合了起来，坚持理智与情感之间的区别，发展出一种记忆的伦理学。[②]

安德烈亚·里蒂沃伊（Andreea Deciu Ritivoi）在其著作《昨日的自我：怀旧与移民身份》(*Yesterday's Self*: *Nostalgia and the Immigrant Identity*, 2002) 中深入阐释了怀旧、身份和移民经历的内在关系。该著作借鉴了来自哲学、修辞学、社会学、荷马史诗、文学以及移民回忆录等元素，呈现一种基于叙事的身份模式。这种关联性已经超越了移民经历而延伸到人类经历的普世性。作者在聚焦于移民们如何应对从源文化（culture of origin）到异域文化（culture of adoption）身份转换的同时，她的研究还具有更为广义的主题——乡愁或怀旧与适应新的社会文化语境的关系。这是所有移民必须面对的生存困境，去寻求过去与当前身份的差异与融合。因此，

---

① 斯维特兰娜·博伊姆. 怀旧的未来 [M]. 杨德友，译. 南京：译林出版社，2010：7-8.

② 斯维特兰娜·博伊姆. 怀旧的未来 [M]. 杨德友，译. 南京：译林出版社，2010：288.

后殖民背景下的流散文学关注的是跨国想象与身份认同、文化杂交与空间书写的主题。国外学者开始关注流散文学中的地方和民族身份叙事。

3. 俄罗斯民族性、世界性与人类命运共同体研究

俄罗斯思想家尼古拉·别尔嘉耶夫的代表作《俄罗斯的命运》通过分析俄罗斯民族在东西方之间的特殊地理位置、有别于西方基督教的东正教信仰、极具特色的民族传统和民族文化积淀，揭示了俄罗斯民族独特的民族性格以及由此导致的俄罗斯命运之路。2020年，由俄罗斯远东联邦大学东方学院政治学系教授别切里察撰写、远东联邦大学出版社出版的《构建人类命运共同体》一书是迄今为止中国境外出版的第一本系统、全面阐述习近平人类命运共同体思想的著作。该书是迄今为止中国境外出版的第一本系统、全面阐述习近平人类命运共同体思想的著作。该书介绍了人类命运共同体思想的起源、发展及对当前中国外交政策的意义，运用历史比较研究法着重分析了中国传统文化与当代中国政策的历史关联，阐明人类命运共同体思想与马克思主义理论的共性和特性，认为人类命运共同体思想对解决人类面临的地区和全球问题具有指导意义。该著作也是俄罗斯本土学者对习近平人类命运共同体研究发出的强有力的声音，为推动人类命运共同体理念在海外接受、传播与影响提供了有益的借鉴。

4. 俄罗斯域外文学的流散书写

从1920—1940年间，俄罗斯侨民作家在布拉格、柏林、巴黎、纽约、哈尔滨等移居城市流亡创作，可以说目前学界欠缺对流亡知识分子域外移居城市流散创作的特点、风格与主题思想的梳理与阐释。尤其是域外相关重要的研究文献没有全面的梳理与译介。凯瑟琳·安德烈耶夫等合著的《境外俄罗斯：布拉格与俄罗斯流散 1918—1938》(*Russia Abroad：Prague and the Russian Diaspora* 1918—1938) 一书，主要从捷克人与俄国人的关系、政治与移民、布拉格中的俄罗斯学术界、身份与态度、俄罗斯流散等方面进行了深入讨论。曾经流亡布拉格的茨维塔耶娃、阿维尔琴科对这座城市念念不忘。"捷克的土地如同天蓝色的白日和朦胧的夜晚一直萦绕在我的记忆里。"[1] 对于流

---

[1] Catherine A., Ivan S. Russia Abroad：Prague and the Russian Diaspora, 1918 - 1938 [M]. New Haven：Yale University Press, 2004：viii.

亡者来说，位于中欧的捷克斯洛伐克就是幸福与艺术创造的避难所，承载着过往的记忆和未来的希望。曾经在这座城市，俄罗斯知识界的精英积聚在这里，继续从事被革命和内战割裂的研究。

英美学界对俄罗斯域外文学的研究开始使用"流散"一词，其中《流散的世纪：域外俄罗斯文学走向（1920—2020）》是近几年最新的学术成果，关注流散在跨文化、跨民族交往中的特征、表现及其影响。该论文集在2021年被翻译成俄文并出版，俄罗斯学者发表了《作为跨民族文化现象的流散文学》，流散文学跨国书写的表征逐渐显现。

近几年，伦敦大学斯拉夫东欧学院教授玛丽亚·鲁宾斯（Maria Rubins）是研究"二十世纪斯拉夫世界侨民写作问题"的佼佼者。她从历史学层面重新阐释后人文主义时代对于俄罗斯侨民文学和文化的理解，在现代社会断裂、重塑与整合中研究俄罗斯域外文学和移民文化的内涵，提出了研究俄侨文学和流散文学的独特视角。她认为，当下的俄罗斯流散文学不只是研究流亡者被放逐的怀旧与乡愁写作，她反对运用二元对立的观点来看待世界，而是倡导从历史、美学与哲学思想高度进行多元思考和阐释。

她的著作《重新界定俄罗斯流散文学，1920—2020》（*Redefining Russian Literary Diaspora*，1920-2020），是俄罗斯域外文学研究的最新力作，也是帕米拉·戴维森（Pamela Davidson）、阿德里安·万纳（Adrian Wanner）等学者针对俄罗斯流散文学的意义和现状研究的前沿成果。他们认为，经历百年的俄罗斯流散书写是跨国运动的组成部分，塑造了俄罗斯域外的民族文化，拓宽了侨民文学的丰富内涵。著作既有对俄罗斯域外流散文学写作模式与移位解读叙事的讨论，又有对蒲宁、纳博科夫、伊万诺夫等作家在跨国书写语境下重新书写俄罗斯文学传统、寻求对俄罗斯社会现实和历史的关注。

5. 俄罗斯域外侨民作家研究

俄罗斯侨民文学的三次浪潮涌现大量的流亡作家和诗人，阿格诺索夫撰写的《俄罗斯侨民文学史》中评析了三次浪潮中近50位俄罗斯侨民作家和作品。其中第一浪潮中的作家蒲宁、纳博科夫、茨维塔耶娃和第三浪潮中的作家索尔仁尼琴、诗人布罗茨基都是境外俄罗斯流亡艺术家的重要代表。

国内外学术界根据其写作特点将其创作与英籍印度裔小说家萨曼·拉什迪（Salman Rushdie）归于流散作家的行列，并出版专著对两者作品进行比照解读。瑞秋·特劳斯代尔（Rachel Trousdale）的著作《纳博科夫、拉什迪与跨国想象：流亡小说及交替世界》（*Nabokov, Rushdie, and the Transnational Imagination: Novels of Exile and Alternate Worlds*，2010），通过对两位流亡作家的作品解读，阐释跨国小说家对民族、地域、文化边界的突破和对多元文化身份的思考。

芭芭拉·施特劳曼（Barbara Straumann）的著作《希区柯克与纳博科夫的流亡象喻》（*Figurations of Exile in Hitchcock and Nabokov*）和哈娜（Hana Píchová）的著作《流亡中的记忆之术：纳博科夫与昆德拉》（*The Art of Memory in Exile: Vladimir Nabokov and Milan Kundera*），均从流亡的独特视角运用比较研究的方法，对作家纳博科夫与电影艺术家希区柯克和流亡作家昆德拉作品中的记忆和流亡主题进行了较为深刻的探究。

21世纪以来，世界文学的流散写作特点已经引起了国内外学者的关注。早在2016年，朱振武和张敬文撰写的文章《英语流散文学及相关研究的崛起》，就对英语流散文学进行了较为详细的梳理和评介。在阐述英语流散文学的源流与嬗变时，第一次世界大战和俄国十月革命的爆发，使许多人流亡国外。而纳博科夫毫无疑问被纳入这一浪潮中，并成为俄罗斯流亡文学圈中的主将。

6. 俄罗斯侨民文学第三次浪潮研究

在《俄罗斯侨民文学史》一书中，针对第三浪潮共介绍了14位侨民作家，其中着重阐释了索尔仁尼琴和布罗茨基两位诺贝尔奖得主的创作思想与主题风格。1981年5月14—16日，来自苏联、美国和西欧各国的俄罗斯作家齐聚洛杉矶南加利福尼亚大学，加上评论家、记者共有近500人参与研讨，共同探讨了当前俄罗斯文学及其未来走向，研讨会主题定为移民中的俄罗斯文学：第三次浪潮。1984年，奥尔加·马蒂希（Olga Matich）与麦克·海姆（Michael Heim）共同主编出版了会议论文集《第三次浪潮：俄罗斯侨民文学》（*The Third Wave: Russian Literature in Emigration*），共收录 27 篇论文。其中，主编马蒂希从历史的视角分析了 20 世纪 70 年代俄罗斯侨民文学；安德烈·辛亚夫斯基（Andrei Sinyavsky）等学者发表了题为《一种还是两种俄罗斯文学》的论文，探讨了俄罗斯域外侨民文学是否属于俄罗斯文学等问题。20 世纪俄罗斯文学的整体面貌在本土文学和境外文学的整合与争论中逐渐显现。

二、依据与意义

俄罗斯域外文学经历的"三次浪潮"及其文学流变反映出普世的民族和文化认同价值，为铸牢中华民族共同体意识、推进构建人类命运共同体提供了多维度的当代价值和借鉴启示。20 世纪俄罗斯域外文学对全球化背景下世界各国族裔文学的研究提供了新的视角。流散叙事、民族认同、身份建构、文化地理等重要概念的阐释与思考涵盖了学术研究中社会学、人类学、民族学、语言学、地理学等跨学科领域。通过挖掘俄罗斯域外文学的学术史料及其演进历程去透视 20 世纪俄罗斯域外流散文学的若干重要问题，问题意识明确，研究视域新颖，对深入探究 20 世纪俄罗斯域外文学中民族性与世界性意义和域外文化共同体的成因、表征和内涵具有重要的现实意义和学术价值。

三、研究内容与理论目标

本研究从俄罗斯域外侨民界这一"微型的俄罗斯"（Russia in Miniature）的独特视角去挖掘民族共同体中的身份意识、民族意识、认同意识和创造意识，探究 20 世纪俄罗斯域外流亡知识分子构建"文化共同体"的源与流，解析文化共同体的表征及其影响，进而探讨全球流散视野下铸牢中华民族共同体意识的整体性、共同性和一致性表征。

本研究的重点，一是基于国内外流散研究的新视角和新观点，深入挖掘新史料、重读蒲宁、茨维塔耶娃、纳博科夫等侨民作家作品并运用文学地理学、空间理论、共同体理论等前沿批评理论论证俄罗斯域外文学的创作特点和文学思想。重点阅读国外最新的文献资料，结合作家的创作文本，提炼和归纳学术论点，运用文本细读和对比研究方法，进一步拓宽研究思路，创新研究视角，丰富研究成果。二是如何在俄罗斯域外文学中梳理第一次浪潮的嬗变成因、过程、实质与影响，并基于三位代表流亡作家和诗人的文本分析和创作思想，提炼根植于俄罗斯文化传统的民族意识和主流价值观，阐释俄罗斯域外文学流变对构建中华民族共同体意识的当代价值与启示。

本研究的理论目标是基于一种历史文化视角的回溯与思考，去审视俄罗斯域外文学第一浪潮中以蒲宁、茨维塔耶娃和纳博科夫为代表的域外流亡社区形成的原因、特征及其影响，这个流亡社区与境内俄罗斯的"文化共同体"和"微型的俄罗斯"共同呈现20世纪俄罗斯文学的整体风貌和文化景观。

本研究力图摆脱传统单一的认知模式和研究范式，既有对20世纪俄罗斯域外文学的规律性认知进行多维度和多侧面的整体考察，又有对第一浪潮中蒲宁、茨维塔耶娃和纳博科夫三位侨民代表作家和诗人的肖像勾勒和文本细读，以中外文明互鉴的视镜去透视和观照俄罗斯域外文学的流散写作与共同体表征。通过梳理俄罗斯域外文学产生的背景和影响，明确流散作家身份，归纳流散作品主题思想以及阐释流散写作的共同体书写，进而将其纳入构建人类命运共同体的宏观视域，揭示俄罗斯民族的文化特点和民族性格以及域外文学中的文化共同体意蕴、内涵与逻辑，为铸牢人类命运共同体提供新的视角、范式与路向。

从内容框架上看，本书共分为记忆的大流散、流亡者的肖像、共同体想象和跨国的书写四个章节，结语部分附上《现代性视镜下的批判性考察——俄罗斯域外文学的经验、问题与启示》一文，算是对本研究的一次小结与展望。

第一章"记忆的大流散"聚焦流亡与流散文学和文化记忆、身份认同的内在关系。首先对"流亡""流散"等若干重要术语进行词源上的界定和学术上的考证、梳理与阐释。"流亡"与"流散"等概念与记忆、怀旧、乡愁、想象、空间、历史、地方、景观等有着密不可分的关系，与当下文学地理学、回忆空间、文化记忆、边界理论等研究高度契合，可以有效地拓展流亡和流散文学研究的学科领域，推动跨学科、多学科研究视域。接着，

前　言

作者分别考察了俄罗斯域外文学第一浪潮中的蒲宁、茨维塔耶娃和纳博科夫三位代表流亡作家和诗人的怀旧记忆与流散书写。重点聚焦双语作家纳博科夫《玛丽》《普宁》《说吧，记忆》《阿达》等作品中所表达的故国情怀、乡愁意识和边界主题。最后，结合作家和诗人的作品细读和释读，指出作家和诗人的作品都隐含着怀旧与记忆这一重要的主题，探究俄国域外流亡知识分子的记忆之美与生存之谜。这种对流亡作家身份认同和文化记忆的研究为流亡过程中族裔散居造成的混合身份问题和流散记忆主题提供了批评反思和借鉴。

第二章"流亡者的肖像"首先梳理了俄罗斯域外流亡知识分子先后移居土耳其、捷克斯洛伐克、法国、德国、美国和中国的域外流亡路线图，重点介绍了君士坦丁堡、布拉格、柏林、巴黎、哈尔滨等城市中俄罗斯侨民社区的特点及其影响，之后聚焦蒲宁、茨维塔耶娃和纳博科夫三位流亡者形象，指出三位流亡知识分子塑造的流亡者肖像既有共性特征，又有鲜明的个性风格。蒲宁具有怀旧的贵族气质，是情系俄国文化的旅行者；茨维塔耶娃是不合时宜的流浪的缪斯，拥有自由不羁的心灵；纳博科夫是非典型的流亡者，尽管从未返乡，一生却浸透着俄罗斯骨血。三位第一浪潮中的侨民作家都重视个性的自由，坚持在流亡中秉承传统、创造风格，始终保持独立的个性和艺术原则，用流亡的方式和强烈的道德感成为俄罗斯域外文学的灯塔。

第三章"共同体想象"在对共同体概念和理论进行学理梳理基础上试图阐释外国文学中的共同体想象的建构路径及其影响、俄罗斯域外流亡知识分子观以及俄罗斯域外流散文学共同体表征等核心问题。作者指出，俄罗斯知识分子是一个具有改革理想和社会责任感、追求思想独立自由、坚守道德底线的俄罗斯知识群体。总体上看，俄罗斯域外流亡知识分子观具有聚合性、创造性和超越性的特点。之后，聚焦20世纪俄罗斯域外文学共同体的表征及其成因，指出俄罗斯厚重的文化遗产是凝聚俄侨群体"深度共同体"的文化基因。最后基于蒲宁的社会改革观、茨维塔耶娃的创作思想和纳博科夫创作的伦理思想指出俄国流亡知识分子在构建域外流亡社区"文化共同体"的集体无意识中折射出的思想史意义、人文主义思想和世界主义倾向。

第四章"跨国的书写"先后以域外作家和诗人的流亡经验和艺术创作,力图分析移民社区的精神内核和流亡知识分子的跨国书写策略。作者试图回答"俄罗斯,你将奔向何方"的世纪问询,指出20世纪俄罗斯域外流亡知识分子在自我放逐中寻求终极意义、追求自由的迷惘与渴望。流亡作家们通过对"火车"意象的多重意蕴描绘,生动地刻画出域外流亡知识分子的行旅叙事和浓浓的乡愁情结。最后,试图解读"流动的盛宴"背后折射出的独特流散文化现象、流亡知识分子的文化立场与丰富的文学遗产对构建人类命运共同体视域下的流散研究的借鉴和启示意义。作者指出,20世纪俄罗斯域外文学的三次浪潮之所以能够成为俄罗斯文学史上独特的文学景观,主要原因是基于黄金时代和白银时代的文化传统,从未剥离俄罗斯文学的特质及其精神表征,即流亡的作家和诗人具备的深沉的苦难意识、强烈的宗教意识、强大的自由意识和热情的人道主义精神。

结语部分试图梳理和总结俄罗斯域外文学景观在现代性视镜下存在的值得肯定的成就与经验,同时试图就俄罗斯域外文学的局限性,探索人类命运共同体视域下构建中华民族多元一体格局的实践路向等问题予以批判性考察和建设性思考。作者融入国内外前沿的研究成果和多元维度,指出21世纪的今天重新审视和观照20世纪俄罗斯域外文学需要打破传统美学和文化的研究窠臼,转向哲学的、流散的、跨界的现代和后现代视野,除旧布新,吸收借鉴国外最新成果,不断拓展对20世纪俄罗斯域外文学的研究路径。未来世界俄侨文学研究应着力于拓展研究对象,开阔俄罗斯后现代主义研究视野,增强研究深度和广度,运用前沿的文学理论与方法,融入民族学、历史学、地理学等跨学科理论,将理论阐释和实证分析相结合,将文体细读与重点个案研究相结合,深入探究后现代视野下俄罗斯文学的思想意蕴、艺术特点与现代精神。

综上,进入21世纪以来,国内外学界对俄罗斯现代主义、后现代主义和女性主义文学研究方兴未艾,无论是当代作家文学思想、批评思想、作品新解、文体实验,还是诗歌信函、文学讲稿、回忆录,研究视野不断得以拓宽与深入,研究方法除旧布新、研究主题前沿多元、研究成果丰硕喜人。通过国内外学者对 20 世纪俄罗斯域外文学文献史料的不断发掘，使得俄罗斯文学研究从传统意义上单纯的文学解读逐步转变为历史的、族裔的、流散的、文化的和后现代的跨学科、跨领域研究现象。研究领域从文体美学、诗学研究，逐步走向伦理学、哲学与后现代文学与文化思潮和文学思想史的综合性研究。今后，研究者要重视国内俄罗斯域外文学和族裔文学研究中出现的误读与误译现象，批判性地继承与发展前人的研究经验，不断推陈出新，吸取俄罗斯域外文学和文化遗产中的精华与养料，推出俄罗斯传统文学与现代文学在中国研究的高质量与高水平学术成果。

目 录

第一章 记忆的大流散 ·· 001
  一、词源考证与多元阐释 ································ 002
  二、流亡话语与故国想象 ································ 005
  三、流散书写与身份认同 ································ 014

第二章 流亡者的肖像 ·· 026
  一、怀旧的贵族：伊凡·蒲宁 ···························· 031
  二、流浪的缪斯：玛丽娜·茨维塔耶娃 ···················· 044
  三、非典型的流亡者：弗拉基米尔·纳博科夫 ·············· 055

第三章 共同体想象 ·· 066
  一、知识分子观 ······································· 070
  二、共同体表征 ······································· 078
  三、思想史意义 ······································· 083

第四章 跨国的书写 ·· 105
  一、流散的叙事 ······································· 106
  二、伟大的遗产 ······································· 121
  三、世界性意义 ······································· 127

结　语　现代性视镜下的批判性考察：
　　　　——俄罗斯域外文学的经验、问题与启示 …………… 132
　　一、经验 …………………………………………………… 134
　　二、问题 …………………………………………………… 136
　　三、启示 …………………………………………………… 137
　　四、公共精神与现代性反思 ……………………………… 139

参考文献 ………………………………………………………… 142
　　一、中文文献 ……………………………………………… 142
　　二、外文文献 ……………………………………………… 151

后　记 …………………………………………………………… 154

第一章　记忆的大流散

"流亡"（Exile）与"流散"（Diaspora）的概念与记忆、怀旧、乡愁、想象、空间、族裔、景观、移民、散居等有着密不可分的纠缠关系。20世纪俄罗斯域外文学中的蒲宁、纳博科夫等流亡作家，一直在域外颠沛流离中想象回归故国家园，却至死未曾返乡。他们既有渴望返乡的怀旧情绪，又有推迟返乡的惆怅之感。在对重要概念词源考证和阐释的基础上，本章将分别考察俄罗斯域外文学第一浪潮中的蒲宁、茨维塔耶娃和纳博科夫三位流亡作家和诗人的怀旧记忆与流散书写。这三位艺术家都怀有某种"记忆的大流散"。蒲宁是带着捍卫俄罗斯古典文化使命的自愿放逐；纳博科夫是在非典型流亡中创造想象的家园；茨维塔耶娃则是在流亡中追求爱与永恒的缪斯。

通过对三位域外侨民作家和诗人作品的重读与细读，我们可以发现其流亡域外的艺术创作不仅充斥着对故国想象的流亡话语和多重回忆，还怀有对于怀旧叙事的自觉反思和创作冲动。"他们把温情和疏离结合了起来，坚持理智与情感之间的区别，发展出一种记忆的伦理学。"[1] 不过，在深入探究20世纪俄罗斯域外三位代表作家和诗人的怀旧情结和集体记忆之前，有必要对本研究中若干重要概念的词源进行简明的考证、梳理和辨析，从而便于考察俄罗斯域外侨民作家的流散特性和记忆书写。

---

[1] 斯维特兰娜·博伊姆. 怀旧的未来 [M]. 杨德友, 译. 南京：译林出版社, 2010：287-288.

一、词源考证与多元阐释

在世界文学史上,"流亡文学"(exile literature)的概念要远远早于"流散文学"(diasporic literature)。文学批评家格奥尔格·勃兰兑斯(Gerog Brandes,1842—1927)六卷本巨著《十九世纪文学主流》中的第一分册《流亡文学》影响深远,涵盖内容丰富,反映出 19 世纪末到 20 世纪初从欧洲到世界的社会热点和文化思潮,从而引发了社会关注和世界性影响。勃兰兑斯在结束语中提出,流亡文学已经超出了法国的国界,是 19 世纪伟大文艺戏剧的序幕。[①] 作者提出,在文学和历史的分析中融入自己充满感性甚至诗性的情感体验,将文学批评当作文学的本体写作以突出地显现自我,[②] 形成了独特鲜明的文学批评风格,并具有一定的预见性和影响力。从流亡文学到流散文学,世界文明多样性背景下的外国文学研究呈现百家争鸣、竞相争艳的鲜明特点。其中非洲文学、华裔文学、印度文学、犹太文学、阿拉伯文学、爱尔兰文学、加勒比文学等世界族裔文学中的流散研究成为一道独特的文化景观。全球流散现象具有文化变迁的内涵意义,"流散文化能与时共进,通过对异质文化优质要素的吸纳、对本体文化的扬弃,在文化的适度变迁中使得文化传统一以贯之地得到有效的延续"[③]。这对梳理和阐释 20 世纪俄罗斯域外流散文学特有的文化表征、美学价值和伦理思想提供了坚实的学理基础。中国倡导构建人类命运共同体视域下,深度研究和把握俄罗斯域外流散文学的共同体表征及其世界意义,有助于中国学者在中外文明互鉴中深入反思,从俄罗斯域外流散文学的经典性、民族性和世界性意义中获得借鉴与启示,从而有助于更好地理解中华民族多元一体格局,进而铸牢中华民族共同体意识,逐步实现人类命运共同体的美好愿景。

---

① 勃兰兑斯.十九世纪文学主流(第一分册)[M].张道真,译.北京:人民文学出版社,2009:184.

② 朱寿桐.《流亡文学》与勃兰兑斯巨大世界性影响的形成[J].江海学刊,2009(9):183.

③ 刘洪一.流散文学与比较文学:机理及联结[J].中国比较文学,2006(2):112.

第一章 记忆的大流散

　　流亡文学和流散文学之所以引发全球关注，脱离不了当下的时代背景，"世界性的文学家流亡、放逐和旅行的状况没有得到改变，反而由于政治形势的进一步动荡以及种族矛盾的进一步加剧而愈演愈烈"①。人类栖居在地球上，行旅、散居、流亡与流散均为生存的状态，同时也赋予了作家们创作流亡文学作品的使命。

　　"流亡"一词的出现与运用要早于"流散"。世界古老文学中就不乏典型的流亡经历与流亡话语，其中最著名的当数《荷马史诗》中主人公奥德赛长达十年的流亡与放逐。《圣经》中的《旧约全书》充斥着对希伯来先知的流亡话语。20世纪末期，"受到国际政治、移民研究、族裔研究、文化研究和后殖民研究等学者的青睐，跨学科性和交叉性成为流散研究的主要特征"②，流亡主题与流散研究开始拓展到哲学、社会学、人类学、民族学、地理学和宗教学等领域，并相互影响与互鉴，为现代与后现代全球流散文学研究奠定了较为坚实的学理基础。

　　从类型上看，由于国内战争、政权更替、宗教迫害、经济压力等主要原因，流亡者要么是被迫的流放，要么是自愿的放逐，主动远离中心，走向边缘。"他们不仅远离故土生存中心，而且将精神域境从中心漂移到了一个较少限制的边缘空间话语的选择或言说因而相对自由。"③ 对于20世纪俄罗斯域外流散文学来说，大部分流亡知识分子属于被迫的放逐，认为域外流亡只是暂时的，在域外生活创作的同时渴望返回故国家园，但最终要么冒着风险归国，生活艰难；要么永未返乡，最终客死他乡。幸运的是，另一部分流亡知识分子发现返乡无望后，把域外的流亡经历化为创立风格和创作机制的契机，最终因祸得福，成为俄罗斯侨民文化精英，扮演着俄罗斯域外文化的传播者、守卫者和创造者的角色。

　　对于"diaspora"一词的译法，早在2011年汪金国和王志远就撰写文章对"diaspora"一词的译法及其概念界定进行了探析，并对相关的类似概

---

① 朱寿桐.《流亡文学》与勃兰兑斯巨大世界性影响的形成[J]. 江海学刊，2009（9）：183.

② 汪杨静."流散"的词义辨析及其研究理论变迁[J]. 云南社会科学，2023（2）：180.

③ 李静. 域外文学与流亡话语[J]. 青海师范大学学报，1998（4）：64.

念进行了区分。① 国内学者杨中举、汪杨静、童明、赵一凡等给出了"流散""离散""飞散""飞撒""大流散""散居"等多元意义阐释。这一古词最初就与移民（immigration）、难民（refugee）、迁徙（migration）、移位（displacement）、失根（uprootedness）、怀旧（nostalgia）等概念有着紧密的联系，任何释义都不能脱离"远离故土""漂泊流亡"的本义。在汪杨静看来，"流散"研究大致经历了三个阶段的历史嬗变，古典阶段"流散"一词具有神学内涵，主要指《旧约》中的犹太人流散和《新约》中的基督徒流散；20 世纪后该词开始现代转向，逐渐发展成为人文社科领域中的一个概念，用来指称某一族裔群体自愿或被迫地离开故土，分散迁移到其他地方的经历；20 世纪 90 年代流散研究成为一个专业领域，向系统化、学科化和理论化的道路迈进。② 经过国内外学者多年的探究与拓展，流散研究被赋予新的研究视角，含有跨民族性、跨国书写、文化杂糅、后殖民研究等现代含义。"从飞散的新视角来看，民族、族裔、身份、文化都不是孤立存在的概念，其语义存在于跨民族关联的动态之中。"③ 从多重视角来审视 20 世纪俄罗斯域外文学，侨民文学经典重读、侨民作家的俄罗斯性与跨民族性、跨民族的多重身份与文化记忆等主题极大地拓宽了俄罗斯域外流散文学的研究视域。俄罗斯域外文学不但深刻地表达了俄罗斯思想的内在诉求，同时也向域外展示了俄罗斯民族精神和民族心智，树立了俄罗斯文化形象，输出了俄罗斯民族的价值观，重塑了俄罗斯域外流亡知识分子观。

从古老的流亡文学到当代的流散书写，从流亡诗学走向流散诗学，流散研究在世界各地兴起并持续发挥影响。全球视野下的流散文化已经成为族裔文化多元共生下的一种新型文化形态，逐渐呈现独特的流散性特点、共同体表征和世界性意义。换言之，流散文学不再局限于最初的犹太流散、海外华裔流散、域外侨民文学等样态。流散文学的内涵与外延不断得到界定和拓展。国内学者杨中举在《流散诗学研究》（2022）中对当下的流散文学给出较为清晰的定义：

---

① 汪金国，王志远. "diaspora"的译法和界定探析 [J]. 世界民族，2011 (2)：55-60.
② 汪杨静. "流散"的词义辨析及其研究理论变迁 [J]. 云南社会科学，2023 (2)：180.
③ 赵一凡等，主编. 西方文论关键词 [M]. 北京：外语教学与研究出版社，2006：113.

流散文化与文学是全球各族迁移、交流、融合、再生产与再发展的新型文化形态；流散行为及结果打乱了传统的地域、种族、语言和文化的分界线，原文化与宿国文化碰撞冲突、借鉴、结合，流散者及后代和当地居民的联姻等，形成了文化、种族和语言的多元共生局面，继而孕育出多元杂交的新文化——流散文化。①

20世纪俄罗斯域外文学创作都具有身份焦虑、家园找寻、文化混杂、流亡话语、共同体想象与民族意识等流散现象表征。"流散者与故园之间的裂痕和永远无法弥补的心灵创伤是流散群体的共同特征。"② 政权更替迫使流亡知识分子先后流亡或放逐到捷克、德国、法国、美国、中国等国家。在迁移、流亡经历中必然与当地文化产生关联，最初是不适与冲突，接着是逐步适应与借鉴，最终产生交融与共生，孕育出域外流散文学的杂糅性与共同体表征，促成了俄罗斯域外文学特有的文化表征和独到的文学景观。因此，从流散诗学的视角去解读域外作家艺术创作中的流散书写，是阐释其艺术世界的多层次和多色彩特征的一种较为有效的途径。

二、流亡话语与故国想象

国内学者开始关注"流亡文学"的研究，始于19世纪后半叶的全球范围的大规模移民现象，进而引发了流散文学和流散写作的潮流。关于流亡文学主要包括流亡文学的源流、概观、流散写作与本体论阐释，既有全球视野下的流散书写研究的宏观视域，又有族裔移民文学的微观解读。

近年来，国内外学者对纳博科夫的研究逐步走向多元化，更加全面地诠释纳博科夫的艺术世界。其艺术世界的"最主要特征是它的多层次、多色彩，因此，他的成熟作品大都无法用寻常的主题来界定"③。国内学者解

---

① 杨中举：流散诗学研究［M］.北京：人民出版社，2021：1.

② 朱振武，袁俊卿.流散文学的时代表征及其世界意义［J］.中国社会科学，2019(7)：138.

③ 符·维·阿格诺索夫.20世纪俄罗斯文学［M］.凌建侯等，译.北京：中国人民大学出版社，2001：374.

读和评介的作品涵盖了其早期的诗歌、小说《玛丽》《洛丽塔》及其自传《说吧，记忆》等作品。国内学者汪小玲、范春香、李小均、王卫东等从心理分析、追寻与超越和时间观等多元视角，阐释了纳博科夫的流亡意识、主题和情结，拓宽了纳博科夫的研究视域。

学者刘佳林从"流亡经验与诗性主题"的联系进行了颇具说服力的阐释。他认为，纳博科夫的艺术创作主题不能局限于"流亡文学"的桎梏。"流亡文学的一些规定性内涵只是我们分析研究纳博科夫的创作时的一种支持，而非制约性的批判观念，对流亡经验所培育的诗性主题进行阐释，则是我们论述的主线，而纳博科夫对作家与流亡之联系的理解更为我们的立论提供了内在的支撑。"[①] 王卫东的论文《弗拉基米尔·纳博科夫作品的流散叙事》较为深入地阐释了纳博科夫的怀旧性流散叙事、反思性流散叙事和超越性流散叙事，展示了 20 世纪流散叙事的三个基本主题，体现了 20 世纪流散叙事美学特征。

同样，在博伊德看来，流亡经历始终贯穿于纳博科夫的生命历程。从 1917 年在克里米亚初尝流亡滋味，到 1925 年柏林的流亡生活场景，1937 年在法国的奔波困境，再到 1940 年避难纽约与斯坦福。博伊德的《纳博科夫传》（美国时期和俄罗斯时期）几乎可以说是一部纳博科夫背井离乡、漂泊流转的流亡史。阅读其传记，读者们无法漠视一个跃然纸上的流亡俄国知识分子形象的存在。通过他及其创造的俄国知识分子形象，我们也透视了纳博科夫笔下人物海外流亡的心路历程。

总之，"流亡文学不仅仅是一种特殊的题材，而且是一种文学的类型，体现着文学的精神品质和思维向度，其所折射的文化光泽足以烛照那个时代特定的历史风貌和那段历史特有的时代精神"[②]。流亡作家作品中所表达的故国情怀、乡愁意识和精神诉求，构成了"流亡文学的基本风格与美学品质，也是这种文学应有的社会文化意义"[③]。本节通过对纳博科夫这三部作品及主

---

① 刘佳林. 纳博科夫的诗性世界 [M]. 上海：上海人民出版社，2012：47-48.

② 朱寿桐.《流亡文学》与勃兰兑斯巨大世界性影响的形成 [J]. 江海学刊，2009 (9)：184.

③ 朱寿桐.《流亡文学》与勃兰兑斯巨大世界性影响的形成 [J]. 江海学刊，2009 (9)：184.

要人物的依次解读，以展现作品中海外流亡者的心路历程和俄国知识分子的形象，从而映射出纳博科夫生命历程中的流亡意识及其隐含的故国想象。

1. 《玛丽》：往昔的记忆

对多数作家而言，怀念逝去的童年是他们书写的一部分，是他们"能够借以流露些许温情"的一种方式。然而，回忆，对于纳博科夫而言，或许过于残酷和悲痛。1922年作为自由主义者的父亲被刺身亡，成为作家一生中挥之不去的梦魇。20世纪二三十年代，他仿佛跌入万丈深渊，在柏林度过穷困潦倒的生活，靠为流亡者所办的刊物撰稿勉强度日。因此，"对纳博科夫来说，昔日的光彩是由于身遭放逐以及现代历史的错位造成的回忆"[①]。

纳博科夫需要酝酿一部作品，将主人公置于精神流亡者的境遇，去追逐梦幻般的往昔岁月。因此，流亡生活成为纳博科夫早期创作的重要场景和主题。其早期的诗歌、小说无不都打上了流亡的主题烙印。因此，其第一部长篇小说《玛丽》被称为"一部关于流亡生活的小说"。在小说的扉页上，纳博科夫引用了普希金的诗句：回忆起了往昔，令人神魂颠倒的爱。纳博科夫在俄国度过了幸福的童年时期，因此初尝流亡滋味的他，作品中充满着对往昔的记忆和乡愁的情怀以及对俄国的深深敬意。"主人公加宁成为流亡者梦想的象征；寻回与重返那失去的俄国早年生活的希望。"[②]

小说的开头，男主人公似乎就陷入一种困境。主人公加宁与同住在公寓中的阿尔费奥洛夫被困于出现故障、悬于半空的电梯中，暗示了加宁的窘迫困境。作为流亡在德国柏林的俄罗斯移民，加宁感到迷惘、空洞虚无。加宁居住的膳宿公寓中的房东和六位房客由于种种原因流亡柏林。纳博科夫在作品中反复重复同一个意象，那就是"整个白天和大半个夜晚都能听到市郊地铁线上隆隆的火车声"[③] 从公寓楼旁驶过，加剧了这群域外流亡

[①] 阿格诺索夫. 20世纪俄罗斯文学 [M]. 凌建侯等，译. 北京：中国人民大学出版社，2001：229.

[②] 奥兰多·费吉斯. 娜塔莎之舞：俄罗斯文化史 [M]. 成都：四川人民出版社，2018：642.

[③] 弗拉基米尔·纳博科夫. 玛丽 [M]. 王家湘，译. 上海：上海译文出版社，2013：5.

者的躁动不安。

当加宁得知房客阿尔费奥洛夫的妻子竟是自己中学时代的初恋情人，并且她要在星期六从俄国抵达柏林时，此后的几天里他深深地陷入初恋的回忆中。玛丽，这个故事中自始至终都没有出现的形象，被纳博科夫赋予了象征意义。加宁"对初恋的回忆和对故国的怀念交织在一起，俄罗斯广袤的原野、秋阳、冷雨、白桦、冬雪，对于在异乡的流亡者来说，增加了些许凄迷的、不可及的、哀婉的美"①。纳博科夫在简单的叙述中使用动人、诗性的语言表达出对远离故国的深深追忆。当他决定要去火车站接上玛丽，然后带她远走高飞时，他深深地感觉"他的青春、他的俄国就要重新回到他的身边了"②。但是，故事出乎意料的结尾设计表现出纳博科夫非凡的叙事策略。当读者们都期待着加宁在火车站与玛丽久别重逢，然后两人一起走向远方时，纳博科夫却笔锋一转，让他在火车站附近的一个小公园中停下，在一张长凳上坐下。"当加宁抬头看着幽静的天空中的房顶架时，他清晰而无情地意识到他和玛丽的恋情已经永远结束了。"③ 那个始终缺席的、朦胧的玛丽形象给了读者无限的想象空间。加宁最终望着北方来的火车慢慢通过铁桥，消失在车站的背后。俄国，那个遥远的过去，离加宁渐行渐远。加宁再一次清晰地感觉到他将离开那片温暖的祖国大地，离开他永远爱着的玛丽了。"在加宁的身上，我们可以看到 20 年代初期初到柏林时的纳博科夫对于故土的眷恋以及被迫别离故土的痛苦。"④

在加宁身上，读者清晰地看到了纳博科夫的影子。1969 年，纳博科夫在接受《纽约时报》记者采访中回答道："远在俄国革命和内战所导致的极为无聊的迁徙之前，我就饱受噩梦之苦，梦中经常出现流浪、逃亡和废弃

---

① 弗拉基米尔·纳博科夫. 玛丽 [M]. 王家湘，译. 上海：上海译文出版社，2013：129.

② 弗拉基米尔·纳博科夫. 玛丽 [M]. 王家湘，译. 上海：上海译文出版社，2013：112.

③ 弗拉基米尔·纳博科夫. 玛丽 [M]. 王家湘，译. 上海：上海译文出版社，2013：125.

④ 马红旗. 逃离·守卫·绝望——纳博科夫三部早期作品主人公的身份研究 [J]. 外国文学研究，2012 (5)：125.

的站台。"① 透过流亡这一棱镜,纳博科夫回忆着初恋、往昔,"梦想着北方的家,那些春朝、夏日与秋夜"②。但他表示永不返乡,因为他不想玷污珍藏在其内心深处的美好形象——他钟爱的北方景色及魂牵梦萦的童年时光。《玛丽》的结尾处,加宁在火车开动时睡着了。纳博科夫在1919年4月的一个夜里,在"希望号"的甲板上,望了俄罗斯最后一眼,然后踏上了域外流亡的历程。

2. 《普宁》: 时间的炼狱

《普宁》是纳博科夫首部引起广泛关注和欢迎的英文小说。小说主人公钱莫菲·普宁,是一位流亡异国他乡的、在美国一所学府教书为生的俄国老教授。纳博科夫成功地塑造了一个"性格温厚而怪癖,与周围环境格格不入,常受同事嘲弄"③ 的俄国流亡知识分子的形象。如果说《玛丽》中的加宁初尝流亡滋味,对于未来的流亡征途充满着渴望与不确定性,那么普宁便在流亡的边缘经历了时间的炼狱。

小说第一章,纳博科夫就向读者呈现一位邋遢、古板、怪异的在纽约州某学院教授俄语的俄国流亡者形象。普宁,应邀去做一次重要的学术报告,坐错了车却浑然不觉。这位一向喜好时间表的俄国佬拿到的却是一份五年前印制的火车时间表。他本想要在克莱蒙纳下车的那一站早在两年前就被撤销了。时间的错置让普宁错乱、迷惘、痛苦。尽管普宁非常想融进美国当地的生活和陌生环境,但是却处处犯错,将自己置于"一种普宁式的特殊不安的心情,一种普宁式的为难境地"④。

---

① 弗拉基米尔·纳博科夫. 独抒己见 [M]. 唐建清,译. 杭州:浙江文艺出版社,2012:137.

② 布莱恩·博伊德. 纳博科夫传:俄罗斯时期 [M]. 刘佳林,译. 桂林:广西师范大学出版社,2009:88.

③ 弗拉基米尔·纳博科夫. 普宁 [M]. 梅绍武,译. 上海:上海译文出版社,2013:251.

④ 弗拉基米尔·纳博科夫. 普宁 [M]. 梅绍武,译. 上海:上海译文出版社,2013:11.

另一方面，对于普宁来说，身居异乡，英语成为特殊的危险区域。尽管努力学习英语，却仍是破绽百出，被弄得狼狈不堪。他接二连三地陷入各种麻烦中，存包出错、讲稿拿错，他处在一个陌生的城镇中心，"那种同现实隔离的激动，突然把他彻底整垮了"①。普宁几乎心脏病发作，公园里的一条石板凳救了他，于是在朦胧的幻觉中他滑回童年的回忆里。作为一个流亡者，普宁始终眷恋着过去的时光，难以自拔。"在美国背景下，普宁是一个外来者，他的情感是虚惘的，他宁可溜进那保留着过去影踪的幻觉，而不愿意直面现实。他根本的目的还在于通过幻觉来战胜时间，以便超越现在、回归过去的世界。"② 可以说，普宁的离散状态流露出一股浓重的乡愁情绪，回忆成为他遗忘的一种方式。"纳博科夫把俄罗斯文化和现代美国文明巧妙地融合在一起，诙谐而机智地刻画了一个失去了祖国、割断了和祖国文化的联系，又失去了爱情的背井离乡的苦恼人。"③

普宁的虚构性让读者们看到了纳博科夫的真实存在，《普宁》的一个研究焦点是叙述者、普宁和纳博科夫之间的关系。1940年5月，纳博科夫移居美国。在美国，他从俄语写作彻底转向了英语写作。尽管纳博科夫精通俄语、英语和法语，他同样面临着"失语症"的心理压力。因为流亡作家"即使能够熟练使用移入国的语言，也会经历一个类似婴儿脱离母体的失语过程，将自己的母语的思维习惯逐渐转化为移入国的语言—思维习惯。在此过程中，与母语相关的文化记忆也渐渐淡忘"④。因此，在纳博科夫看来，完全停止母语写作，从此转入英语创作，这一转向是极为痛苦的，他不得不在异国他乡适应运用英语写作的岁月。

与狼狈不堪的普宁相比，纳博科夫在美国的流亡生涯中同样在时间的

---

① 弗拉基米尔·纳博科夫. 普宁 [M]. 梅绍武, 译. 上海：上海译文出版社, 2013：15.

② 王卫东. 论纳博科夫的时间观 [J]. 国外文学, 2001 (1)：53.

③ 弗拉基米尔·纳博科夫. 普宁 [M]. 梅绍武, 译. 上海：上海译文出版社, 2013：251.

④ 张德明. 流浪的缪斯——20世纪流亡文学初探 [J]. 外国文学评论, 2002 (2)：55.

牢狱中忍受命运的煎熬。"最初,我没有觉察到,初看之下如此无边无垠的时间,竟是一个牢狱","我曾在思想中返回……到遥远的地方,在那里摸索某个秘密的出口,但仅仅发现时间之狱是环形的,而且没有出路"①。如果说,"《普宁》是格调温和而且充满了渴望的炼狱篇",那么"《说吧,记忆》是重新获得往昔的天堂篇"②。纳博科夫在浓重的乡愁里,在炼狱中获得重生,将故国想象诗性地融入其创造的艺术世界。

3. 《说吧,记忆》:故国的想象

不同于一般意义上的写实性自传,《说吧,记忆》是由纳博科夫的个人回忆录汇集起来的,回忆的很多内容添加了纳博科夫的想象。空间上,从圣彼得堡到圣纳泽尔;时间上跨度37年,从1903年8月到1940年5月,只有几次进入后来的时空。纳博科夫将其个人光辉过去的强烈情感和乡愁情绪置于这部充满诗情的自传中,"动人地描绘了这种童年往事一去不回的乡愁。被迫与儿时脚下的那块土地分离,就是眼睁睁地看着自己的过去消逝成为神话"③,"是纳博科夫的乡愁及表达乡愁的艺术的一次集中表演"④。可以说,本自传成为解读纳博科夫小说时空观和流亡主题的绝好密码和第一手资料。

随意翻阅《说吧,记忆》,读者们到处感受到的是纳博科夫在异域他乡的格格不入和种种不适。"整个地方似乎完全是异邦;气味不是俄国的,声音不是俄国的"⑤。然而,在纳博科夫诗性的语言中透着浓重的故国想象和乡愁情结。"看着在山与海之间的一片连绵着的、像地中海沿岸的灌木丛林那样的常绿植物;看着半透明的粉红色天空,一弯羞涩的新月在那里照耀,

---

① 王卫东. 论纳博科夫的时间观 [J]. 国外文学, 2001 (1): 50.

② 萨克文·伯科维奇. 剑桥美国文学史(第七卷) [M]. 孙宏, 主译, 北京:中央编译出版社, 2012: 232.

③ 奥兰多·费吉斯. 娜塔莎之舞:俄罗斯文化史 [M]. 成都:四川人民出版社, 2018: 620.

④ 斯维特兰娜·博伊姆. 怀旧的未来 [M]. 杨德友, 译. 南京:译林出版社, 2010: 61.

⑤ 弗拉基米尔·纳博科夫. 说吧,记忆 [M]. 王家湘, 译. 上海:上海译文出版社, 2009: 289.

近旁只有一颗湿润的孤星。我突然感到了流亡的一切痛苦。"① 随后的几年里，纳博科夫和家人就是在周围完全缺乏安全感和充满死亡阴影的氛围中度过的。"失去祖国对我来说就是失去我的爱，直到一本小说的创作才使我从那份丰富的感情中解脱出来。"② 艺术创作成为纳博科夫摆脱流放情结和精神创伤的一剂良药。

纳博科夫致力于一生的艺术创作是对故国俄罗斯的想象融入他创造的世界中。然而，随着时间的推移，他对自己的祖国充满着矛盾和模糊的思绪。1962 年 7 月，当他接受 BBC 电视台记者采访时，被问及"您会回俄国去吗"，纳博科夫回答得很决绝，"我不会再回去了，理由很简单：我所需要的俄国的一切始终伴随着我：文学、语言，还有我自己在俄国度过的童年。我永不返乡。我永不投降"③。40 年后的俄罗斯，故国不堪回首月明中。此时的纳博科夫已经融入美国的文化熔炉中。"在美国，我比在任何别的国家都感到快乐。正是在美国，我拥有了最好的读者，他们的心灵与我相通。在美国，我心智上有回家的感觉。美国是真正意义上的第二故乡。"④

萨义德在其《寒冬心灵》（1984）中写道："流亡是过着习以为常的秩序之外的生活。它是游牧的、去中心的、对位的；但每当一习惯了这种生活，它撼动的力量就再度爆发出来。"⑤ 故国——俄国，对纳博科夫而言，已经升华为真正意义上的艺术想象，作者或许为之魂牵梦萦，却注定无法回归。多年的漂泊流亡终归于平静，美国给了他精神和情感上的归属感。因此，与其他俄国流亡知识分子相比，纳博科夫更富有创造性和超越性，

---

① 弗拉基米尔·纳博科夫. 说吧，记忆 [M]. 王家湘，译. 上海：上海译文出版社，2009：289.

② 弗拉基米尔·纳博科夫. 说吧，记忆 [M]. 王家湘，译. 上海：上海译文出版社，2009：290.

③ 弗拉基米尔·纳博科夫. 独抒己见 [M]. 唐建清，译. 杭州：浙江文艺出版社，2012：9.

④ 弗拉基米尔·纳博科夫. 独抒己见 [M]. 唐建清，译. 杭州：浙江文艺出版社，2012：10.

⑤ 爱德华·W·萨义德. 知识分子论（第二版）[M]. 单德兴，译. 北京：生活·读书·新知三联书店，2013：1.

他把流亡无法弥补的损失化为艺术灵感，输入自己毕生的创作之中，从流亡的痛苦和损失中创造了一种文学风格。"这不单纯是美学的或者元文学的游戏，而且还是生存的巧妙机制。"① 正如学者刘佳林富有诗意的总结：对纳博科夫来说，流亡是一种痛苦的、众生都难以痊愈的伤痛，但恰恰是流亡、失去故园、时空暌隔才促使他不断成熟，使得他在保持"诗性的人"的同时成长为一个"智人"，在保持对阿卡狄亚般的维拉之浓烈、持久感情的同时，能够从哲学的高度来看待乡愁与对乡愁的超越，从而进入他诗性的艺术世界。②

因此，纳博科夫的流亡经历虽算不上是命运多舛，但他究竟是幸运的。其命运中的每一次波折与障碍都成为其艺术创作的契机。对于一个永未返乡的流亡者来说，故国神游于艺术创作之中。他对故乡既有乡愁与怀旧，又不能轻易返回故国去触及曾经令其魂牵梦萦的童年时光，唯恐玷污了珍藏在其心中的美好形象。

纳博科夫对故国既充满着想象，又鄙视政治独裁。对他而言，流亡体验似乎更接近布罗茨基对流亡的阐释，"流亡是一种形而上的状态"③。这与纳博科夫作品中"失去的童年天堂"的主题和"彼岸世界"的形而上主题不谋而合。其作品中海外流亡知识分子的彷徨与游离与作者与祖国、祖国文化及语言的障碍与分离形成了鲜明的对照。

因此，流亡对纳博科夫来说成为一种形而上的状态，他在流亡体验中努力去建构拥有众多主题形象的艺术世界。"在纳博科夫看来，艺术的起源便是人运用记忆和想象来调整、组建混乱的外部印象。真正的作家创造的是自己的世界，是自己对现实的美妙幻觉。"④ 纳博科夫在其塑造的海外流亡知识分子或艺术家形象中创造出一个多层次、多色彩的艺术世界，而流亡主题只不

---

① 斯维特兰娜·博伊姆. 怀旧的未来 [M]. 杨德友, 译. 南京：译林出版社，2010：292-293.

② 刘佳林. 纳博科夫的诗性世界 [M]. 上海：上海人民出版社，2012：78.

③ 布罗茨基. 文明的孩子 [M]. 刘文飞, 译. 北京：中央编译出版社，1999：41-53.

④ 阿格诺索夫. 20世纪俄罗斯文学 [M]. 凌建侯等, 译. 北京：中国人民大学出版社，2001：373.

过是读者认识其复杂艺术世界的一种动因和支持而已。

总之,纳博科夫笔下塑造的海外流亡知识分子形象都是逐步摆脱现实流亡的痛苦,走向形而上的、自我放逐式的精神流亡。"纳博科夫在构建他笔下的精神流亡世界的同时也在极力拓展人类的意识,试图逼近人类世界的种种极限,他渴求的不只是永远的存在于自我构建的精神世界内,而是突破自我与世界之间的界限,进入那个更为深邃广博的境界。"① 纳博科夫代表着独立自由的知识分子形象,"面对阻碍却依然去想象、探索,总是能离开中央集权的权威,走向边缘"②,进而在边缘中创新、实验、前进,创立风格,最终走到了世界的中心。

三、流散书写与身份认同

全球化背景下的大规模移民现象以及域外文学创作衍生了流散现象、流散写作和身份认同,在 21 世纪初期引起国内学者的关注。2003 年、2004 年在清华大学相继主办了流散文学和流散现象学术研讨会和海外华人写作与流散研究高级论坛。通过对流散现象的历史溯源,王宁"从社会历史的眼光和文学史的角度来综合考察流散写作的身份认同"③。对于 20 世纪俄罗斯域外侨民作家而言,作为域外流亡的边缘人,域外流亡中的疏离感与格格不入成为生活常态。他们拥有个体身份、国家身份和人类身份的多重视界。由此引发的身份认同、族群归属与他者想象等成为流亡作家创作的主题。"这种与他种文化相区别的身份认同,成为一个民族的集体无意识和精神向心力,也是拒斥文化霸权的前提条件。"④ 俄罗斯域外流散者以流亡知识分子的立场,冷峻而理性地对待域外流亡对其艺术创作带来的影响。

1933 年,蒲宁去往斯德哥尔摩领取诺贝尔文学奖,并非以一个俄罗斯

---

① 刘佳林. 纳博科夫的诗性世界 [M]. 上海:上海人民出版社,2012:52.
② 爱德华·W. 萨义德. 知识分子论(第二版)[M]. 单德兴,译. 北京:生活·读书·新知三联书店,2013:57.
③ 王宁. 流散文学与文化身份认同 [J]. 社会科学,2006(11):170.
④ 王岳川. 中国镜像:90 年代文化研究 [M]. 北京:中央编译出版社,2001:191.

第一章 记忆的大流散

人,而是以一个法国人的身份出席颁奖典礼的。蒲宁在致辞中说道:"自诺贝尔奖成立以来,你们第一次颁发给一个流亡者。"① 因此,对于"流亡者"的身份,蒲宁从不排斥。在他看来,流亡者就是俄罗斯文化的捍卫者,是俄罗斯文学强大的道德力量和社会责任感的人道主义者,是引领侨民重返应许之地的"俄国摩西"②,是具有赤子情怀和真诚心灵的"文明的孩子","在欲望膨胀、价值重估的年代,他们始终保持着对艺术价值和自身价值的坚定信念"③。

1919年,纳博科夫随全家流亡德国,初尝流亡滋味,在《说吧,记忆》中"顿时感到了流亡的剧痛"。1920年,蒲宁,以作家和流亡者的身份,带着怀旧的贵族情绪告别俄国,移居法国,最终葬于巴黎郊外的俄国侨民墓地。1922年,茨维塔耶娃,一个失宠的流放者,离开俄罗斯。侨居期间,诗人与侨民社会决裂,作品无法发表,生活拮据,诗人陷入痛苦孤独,唯有在诗歌创作中坚守崇高信念和诗人信仰。三位作家和诗人的作品都隐含着怀旧与记忆这一重要的主题,探究俄国域外流亡知识分子的记忆之美与生存之谜。

流亡者的"格格不入"不仅是地理空间上的流离失所,更是语言、文化、社会和记忆空间中的错置与扞格。在《西方文论关键词》一书中,陶家俊将"身份认同"大致分为个体身份认同、集体身份认同、自我身份认同和社会身份认同四类。作者尝试对这一概念的含义与特征进行宽泛的界定。"身份认同主要指某一文化主体在强势与弱势文化之间进行的集体身份选择,由此产生了强烈的思想震荡和巨大的精神磨难。其显著特征可以概括为一种焦虑与希冀、痛苦与欣悦并存的主体体验。我们称此独特的身份认同状态为'混合身份认同'(Hybrid Identity)。"④ 可以看出,尽管这种身

---

① 聂茂. 永不熄灭的心灯:俄罗斯文学大师群像 [M]. 北京:团结出版社,2023:271.

② 奥兰多·费吉斯. 娜塔莎之舞:俄罗斯文化史 [M]. 成都:四川人民出版社,2018:630.

③ 刘文飞. 白银时代的星空 [M]. 北京:北京出版社,2021:9.

④ 赵一凡,等主编. 西方文论关键词 [M]. 北京:外语教学与研究出版社,2006:465.

份认同是当前后殖民文化批评关注的焦点,但这种概念界定与20世纪俄罗斯域外流亡知识分子的流亡身份状态高度契合,可以为流亡过程中族裔散居造成的混合身份问题和流散记忆主题提供批评反思和借鉴。

说起俄罗斯域外流亡作家的记忆主题,蒲宁这位没落的旧俄贵族和诺贝尔文学奖得主,似乎对怀旧的记忆主题情有独钟。其作品叙述总是依赖记忆的作用关联着抒情的美妙、怀旧的感伤与逝去的痛苦。在流亡域外之前,蒲宁创作的多首诗歌直接以《献给祖国》《致故乡》为题,通过独特的视角和细腻的描绘抒发对祖国家园的深深眷恋。

> 在远离我的故乡的地方,
> 我梦系着开阔幽静的村庄,
> 一株白桦就长在大路边,
> 冬麦、耕地,加上四月天。
> 清晨的天空蓝得温柔,
> 涟漪般的白云在漂浮,
> 白嘴鸦神气地踱步在犁后,
> 潮气升起在耕地上头……还有
> 云雀的颤音,多么响亮,
> 那歌声来自晴朗的天上。[①]

(1893年)

蒲宁的游记体散文同样具备文学的审美愉悦,题材涉猎广泛,源自"大自然的景色、旅途的见闻、人生的记忆、民族和人类的历史文化遗产"[②],既具有自然的美学、生活的质感,更具有对存在思考的哲理深度,充满着强烈的情感张力。1921年创作的《割草人》描写了蒲宁移居他乡时对故乡与俄罗斯人的永恒记忆,回忆起永不复返的过往生活。6月的下午,在俄罗斯中部的田野里,一群远道而来的割麦人在一片白桦树林里边割麦,边唱着歌。一边是割麦人高唱着自由豪放、乐天精神的壮士歌;一边是俄

[①] 布宁. 布宁诗文选[M]. 陈馥等,译. 北京:人民文学出版社,2020:30.
[②] 布宁. 布宁诗文选[M]. 陈馥等,译. 北京:人民文学出版社,2020:9.

第一章　记忆的大流散

罗斯中部乡村的寂静、朴素与原始。他们的勤奋、乐观和干净的打扮令叙述者依稀看到了古朴的父辈和祖辈。他们美滋滋地大口喝着木罐装的泉水，扛起明晃晃的大镰刀，精神抖擞地投入劳动，"大草镰同时砍下去，手臂挥动的幅度大而轻松，他们就这样无拘无束而又秩序井然地向前走去"①。黄昏时分，美妙的歌声回荡在充满花香的白桦树林，令人陶醉在这人与自然和谐共生的美丽画卷里。割草人、我们和周围的庄稼地，从小共同呼吸的田野间的空气，共享自然中的云彩、树林和花木草香。"这片乡土，这个我们共同的家园，是俄罗斯；只有俄罗斯的心灵能够像割草人那样在这片应和着他们的每一声叹息的白桦林中歌唱。"② 此时，游记的主题已经超越自然的美学范畴，而是对古老的俄罗斯和伟大的俄罗斯民族的生命礼赞。"他们用自己的叹息和一句半句歌词——会同远方树林深处的回音——述说的情感，有着完全特殊的，纯粹俄罗斯的美。"③

面对别离与惆怅，割草人以其独特的方式怨诉着、思念着。他们面对命运的无常大胆无畏，向着白桦树林高声呐喊：别了，我生长的地方！别了，我的故乡！别了，我的罗斯！"无论命运将他抛到何处，他头上仍旧是至亲的天空，周围仍旧是广阔无垠的至亲的罗斯。"④ 俄罗斯的自由、广阔和富庶让割草人充满了神奇的力量，曾经助其脱离一切险境，免遭凶恶的邻人和仇敌的攻击。游记结尾，作家笔锋一转，曾经在罗斯护佑下的幸福时光一去不复返，保护神不再佑护，野兽绝迹，预言的鸟儿了无踪迹，大地母亲憔悴不堪，泉水枯竭，上帝的宽恕到了尽头。今后，割草人要循着父辈和祖辈昔日生活的遗迹，带着罗斯的自由与广阔在域外寻找栖身之地，用洒脱、果敢和雄壮的歌声回应流亡的愁绪、荒凉与绝望。

蒲宁 1900 年创作的短篇小说成名作《安东诺夫卡苹果》，以优美的语言、娴熟的技巧细致地描绘了俄罗斯乡村的秋景，兼具思想性和审美的愉悦。"小说标志着作家原乡图谱构建之路的成功开启，体现了作家对自然与

---

① 布宁. 布宁诗文选 [M]. 陈馥等，译. 北京：人民文学出版社，2020：135-136.
② 布宁. 布宁诗文选 [M]. 陈馥等，译. 北京：人民文学出版社，2020：137.
③ 布宁. 布宁诗文选 [M]. 陈馥等，译. 北京：人民文学出版社，2020：137.
④ 布宁. 布宁诗文选 [M]. 陈馥等，译. 北京：人民文学出版社，2020：139.

生命、历史与现实、民族精神内涵与文化心理等问题的思考与诠释。"[1] 小说没有《乡村》等后期作品的阴郁沉重,而是从金秋到初冬自始至终刻画出一幅清新自然、古色幽香、宁静祥和的贵族庄园景观和还乡形象。在蒲宁看来,乡村与庄园就是俄罗斯生活的主要核心。

"我怎么也忘怀不了金秋送爽的初秋。"[2] 小说开篇就直抒胸臆。整部小说以回忆的口吻极具表现力地刻画了俄罗斯农村庄园的秋天景观,抒发了对旧俄过往生活的怀旧情结和世事变迁的惆怅。在小说中,处处洋溢着蒲宁对俄罗斯乡村庄园的景象描绘。静谧的清晨、金黄的树叶、落叶的幽香、馥郁的苹果香,果园里花椒树上的鸫鸟声、人语声不绝于耳,一幅人与自然和谐共处的画面跃然纸上。蒲宁在小说中将自然的宁静与生活的喧闹处理得恰到好处。果园的清晨寒意料峭、宁静;继而人头攒动"响彻着笑声、话语声,乃至跳舞声……"[3] 北斗星高高在寂静的夜空闪烁,时而有流星划过。"我良久地凝望着黑里透蓝、繁星闪烁、深不可测的穹苍,一直望到觉得脚下的大地开始浮动……天气多么凉呀,露水多么重呀,生活在世界上又是多么美好呀!"[4] 安东诺夫卡苹果大获丰收,五谷丰登,人人心平气和,喜气洋洋。"人生的乐趣莫过于割麦、脱粒,在打麦场的麦垛上睡觉。"[5] 叙述者"我"回忆起中等贵族的生活方式,对庄户人家克勤克俭、祥和安宁的乡居生活记忆犹新。"我"想起安娜·格拉西莫芙娜姑母的老式庄园,体味到农奴制下古朴而又坚固的庄园、古色古香的门廊、阴凉而昏暗的客房;还有老态龙钟的家奴、白发苍苍的马夫。"一走进宅第,首

---

[1] 杨明明.《安东诺夫卡苹果》的原乡意识与诗意怀乡 [J]. 俄罗斯文艺,2015(4):19.

[2] 戴骢主编. 蒲宁文集. 短篇小说卷(上)[M]. 合肥:安徽文艺出版社,2016:14.

[3] 戴骢主编. 蒲宁文集. 短篇小说卷(上)[M]. 合肥:安徽文艺出版社,2016:16.

[4] 戴骢主编. 蒲宁文集. 短篇小说卷(上)[M]. 合肥:安徽文艺出版社,2016:17.

[5] 戴骢主编. 蒲宁文集. 短篇小说卷(上)[M]. 合肥:安徽文艺出版社,2016:20.

先扑鼻而来的是苹果的香味,然后才是老式红木家具和干枯了的菩提树花的气味……宅第四周古木森森,加上窗户上边那排玻璃又都是彩色的;或者是蓝的,或者是紫的。"① 蒲宁有着音乐家的听觉、画家的视觉和营养师的味觉,"能将形状、色彩、光亮、声响、气味、温度和触觉等诸多因素复杂地结合在一起,传导出对外部世界的感受"②。

　　作家在小说第三节笔锋突然一转,古朴的庄园日益败落,曾经的地主精神日趋衰亡。昔日庄园的热闹生活不再,风雨袭扰着果园,果园显得光秃、荒凉、沉闷,"露出一副逆来顺受的可怜巴巴的样子"。然而,十月的果园依然美丽动人、令人陶醉。"尚未掉落的树叶仍安然地悬在树上,一直要到下了好几场雪之后才会离树他去。黑森森的果园将在绿松玉般的碧空的映衬下,晒着太阳,柔顺地等待冬天的到来。田野由于已经翻耕过,变得乌油油的,而已经分蘖了的越冬作物又给它增添了鲜艳的绿色……"③ 打猎季节如约而至,而狩猎活动成为支撑日趋没落庄园的唯一符号。

　　翻译家戴骢认为,《安东诺夫卡苹果》就是一首悼亡诗,通篇字里行间都流露出对已经消亡了的贵族阶级及其庄园生活的哀思与悼念,尽管悼念的心情是矛盾的,既向往而又有所否定。④ 小说第四节开篇就写道,"安东诺夫卡苹果的香气正在地主庄园中消失"⑤。庄园里的老人先后离世,小地主的生活开始破落,穷到靠乞讨维持生计,意味着时代的变迁与贵族庄园的没落。但是在叙述者看来,即使没落,小地主的生活也是美好的。"我"在深秋的时分再次来到农村,跨上马、带着猎狗、背着猎枪,走向旷野,

---

① 戴骢主编. 蒲宁文集. 短篇小说卷(上)[M]. 合肥:安徽文艺出版社,2016:22.

② 弗·阿格诺索夫. 俄罗斯侨民文学史 [M]. 刘文飞,陈方,译. 北京:人民文学出版社,2004:277.

③ 戴骢主编. 蒲宁文集. 短篇小说卷(上)[M]. 合肥:安徽文艺出版社,2016:23.

④ 戴骢主编. 蒲宁文集. 短篇小说卷(上)[M]. 合肥:安徽文艺出版社,2016:386.

⑤ 戴骢主编. 蒲宁文集. 短篇小说卷(上)[M]. 合肥:安徽文艺出版社,2016:29.

"在渺无人烟的荒野上踯躅,直到夕阳西堕,才策马回庄园去"①。远处庄园村落里的点点灯火,庄园里飘来的人间烟火气息,麦秸散发出的独特清香,村姑们吟唱的和谐欢快的乡村歌谣,人们忙碌的脱粒场景,无不令人感到温暖和欢愉。伴随着初冬时节的第一场雪,地主们无所事事,聚集拢来,开怀畅饮,"白天都在白雪漫漫的旷野里消磨时光,而到了晚上,在某个偏僻的田庄里,在那间小小的厢房里,一团团的烟雾在屋中漂浮,蜡烛发出昏暗的光,吉他调好了弦……"② 可以看出,出身没落贵族的蒲宁有着浓重的"庄园情结","对远离尘世喧嚣、与大自然相伴、悠然自得、充满理想化色彩的田园牧歌式生活的怀念与向往"③。从 1920 年开始,蒲宁在法国巴黎和离尼斯不远的格拉斯市开始域外定居,直到去世。作家以敏锐的观察力和智慧的视力去透视彼岸生活,在流亡中创作出优秀作品的同时也逐步确立和完善了他的艺术原则。"图画般鲜明的细节,紧凑的叙事,在展现日常生活主题——爱、自然、死亡和论及超越时间问题时的具体性和细腻感;记忆被确立为审美价值的最高等级。"④ 总之,面对域外流亡的身份焦虑,蒲宁试图通过诗歌创作与小说叙事描绘旧俄乡村幻想,重现隐遁到幻想的过去,进而构建起侨民与失落的罗斯之间的"神圣联系"。

对于俄罗斯年轻一代侨民作家而言,纳博科夫算是最为杰出,也最为幸运的一位。其娴熟的双语创作、高超的修辞特色及其横跨侨民文学三个浪潮的时间长度让纳博科夫在 20 世纪俄罗斯文学中占有特殊地位,保证了对 20 世纪初俄罗斯文学的继承与发展。

1929 年,尼娜·别尔别罗娃读到《当代纪事》上发表的《卢仁的防

---

① 戴骢主编. 蒲宁文集. 短篇小说卷(上)[M]. 合肥:安徽文艺出版社,2016:29.

② 戴骢主编. 蒲宁文集. 短篇小说卷(上)[M]. 合肥:安徽文艺出版社,2016:31.

③ 杨明明.《安东诺夫卡苹果》的原乡意识与诗意怀乡[J]. 俄罗斯文艺,2015(4):23.

④ 谢·伊·科米尔洛夫. 二十世纪俄罗斯文学史:20-90 年代主要作家[M]. 赵丹,段丽君,胡学星,译. 南京:南京大学出版社,2017:107.

第一章　记忆的大流散

御》前几章,高度称赞纳博科夫是一位伟大、成熟、复杂的当代作家。"他像凤凰一样,在革命和流放的火焰与灰烬中重生。我们的存在从此开始获得了意义。我们这一代人都被判无罪。"① 流亡初期,纳博科夫深切地感受到了域外流亡的阵痛。其早期创作的俄语作品《防御》《荣誉》等小说均呈现了域外流亡的俄罗斯人在欧洲流亡的精神困境。时代的混乱气氛、身份的危机、精神的焦虑显现出流亡知识分子的流亡窘境,也显示了纳博科夫自身的内心冲突,及其作家在域外流亡的无所适从和压抑苦闷。纳博科夫在《独抒己见》(*Strong Opinions*) 访谈录中指出,在侨居西欧的后革命年代初期,逐渐形成了对俄国的怀旧情绪。"纳博科夫的'怀旧',表明了一种姿态、一种立场,是作者对俄罗斯黄金时代的隔空眺望,对俄罗斯绚烂的文化传统绵延的渴望,那份渴望凝结成最高贵的乡愁。"②

进入新世纪以来,国内外学者对纳博科夫的研究逐步呈现多层次、多维度的特点,其中流亡与乡愁成为作家的基本主题。研究者主要从流散的视角对纳博科夫的《玛丽》《普宁》《微暗的火》和《说吧,记忆》等长篇小说和回忆录进行了深入的阐释与分析,其中《玛丽》是挥之不去的怀乡梦,纳博科夫将其往昔生活的一部分赋予了加宁。"加宁对玛丽的渴望是流亡者之梦的形象化,是对重新回归记忆中之幸福的俄罗斯的向往。"③ 作家用俄语创作的小说《天赋》也被其本人认为是最出色、最乡愁的一部作品。小说时间跨度为三年 (1926—1929),刻画了流亡青年费奥多尔在 20 年代的柏林文学创作和爱情生活的经历。

在贯穿作家 40 年的写作生涯中,纳博科夫创作了 68 部短篇小说,被称为"英语文学的奇迹",众多短篇涉及对俄罗斯的回忆和俄国流亡者生活的细腻刻画。纳博科夫一生中所关注的命运主题与彼岸世界主题:怀旧与记忆、流亡与想象、童年创伤与流散书写、人与人之间的微妙关系,在纳

---

① H. 别尔别罗娃. 我的斜体字 [J]. 莫斯科,1996:370.

② 张晓红. 怀旧之笔　艺术之镜——以《说吧,记忆》和《上海的风花雪月》为例 [J]. 中国比较文学,2012 (2):129.

③ 布赖恩·博伊德. 纳博科夫传:俄罗斯时期 [M]. 刘佳林,译. 桂林:广西师范大学出版社,2009:325.

博科夫的魔法叙事中——呈现。对于纳博科夫来说,"怀旧既是探寻、摸索和保存记忆的过程,直到记忆碎片形成独特而鲜明的个体感知,又是在越来越远离精神家园的时候挽留和守护'根柢'意识的艺术尝试"①。下面我们走进作家创作的几部短篇小说,看看纳博科夫笔下的域外流亡知识分子如何在面对异乡的现实世界与回望故国的想象世界之间展现精湛的艺术技巧和记忆的流散书写。

我们先从纳博科夫的第一部短篇小说《木精灵》(*The Wood-sprite*)说起。在这部短篇小说里,读者见识到了纳博科夫对"审美狂喜"的委婉含蓄的表达。小说以梦境的虚构方式描写了一位被迫逃亡的森林精灵,带着低沉的叹息,"亲眼看着我心爱的白桦树噼里啪啦地倒下,他们把我赶进沼泽地里,我哭泣,我怒吼,飞快地逃走,去了邻近的一片松树林"②。字里行间影射出作家在布尔什维克革命背景下的流亡情景。从曾经黑漆漆的冷杉林、白茫茫的桦树林,到如今茂密、幽深、凉爽的松树林,木精灵感到了不适应,在松树林里伤心哭泣。"我久久流浪,穿过不同的树林,却找不到安宁。要么是死寂,荒凉,了无生趣,令人窒息;要么是恐怖,令人不敢去想。最后我下定决心,变成一个乡巴佬,背个背包出发,永远离去。别了,俄罗斯!"③至此,小说的记忆主题显现。对于精灵来说,逃亡是一场灾难,印证了萨义德"流亡是最悲惨的命运"的流亡观。俄国流亡知识分子在十月革命后逃亡域外,与周遭格格不入,本想"找一片能和睦相处的绿林",最后却"落脚在了这个陌生的、可怕的石头城"④。同蒲宁一样,纳博科夫的真正奥妙同样在于其创作具有抒情性的鲜明特征。借助木精灵隐喻的叙述,深情地诉说着对故国家园的怀恋与思念。"家乡的河水变得忧伤,

---

① 张晓红. 怀旧之笔 艺术之镜——以《说吧,记忆》和《上海的风花雪月》为例[J]. 中国比较文学,2012(2):137.

② 弗拉基米尔·纳博科夫. 纳博科夫短篇小说全集(上)[M]. 上海:上海译文出版社,2018:4.

③ 弗拉基米尔·纳博科夫. 纳博科夫短篇小说全集(上)[M]. 上海:上海译文出版社,2018:5.

④ 弗拉基米尔·纳博科夫. 纳博科夫短篇小说全集(上)[M]. 上海:上海译文出版社,2018:5

第一章　记忆的大流散

再没有欢快的手在河面上击溅月华。偶有没被收割的风信子，成了孤儿，默然无语。淡蓝色的古斯里琴也不再弹响……那个头发蓬乱、热情友好的家居精灵，含着眼泪放弃了你那蒙羞受辱、又脏又乱的家，也放弃了枯萎的小树林。想当年那些小树林，明亮处楚楚动人，幽暗处又神秘莫测……"[1]

最终，木精灵的魔幻存在于蜡烛扑闪了几下后熄灭了。死亡意味着心灵的净化。"真正的艺术家，能够透过虚假现实的机械呓语，分辨出真实的现实，并力图把自己的这种直感在艺术创作中表达出来。"[2] 读者通过木精灵的呓语，内心深处感受到了纳博科夫创作中某种真正的、崇高的东西。当读者合上小说，什么东西也没有留下，"只有一股淡淡的香气，桦树的香气，湿苔的香气，飘荡在屋子里……"[3] 那股香气是作家曾经的灵感，曾是青春永驻的魔力，曾是失去的童年天堂，更是通往深处的形而上的"彼岸世界"。

1934年，茨维塔耶娃在诗歌《我的乡愁》中写出了对故乡的思念和"找不到胎记"的身份焦虑感。这种身份焦虑"既是移民知识分子对自身境况的一种无奈的描绘与定位，也是用来质疑他们无法认同的本质主义族群身份与文化民族主义的一种手段"[4]。女诗人痛苦的回忆是她逝去的童年和浓厚的乡愁。20年的流亡生涯，诗人历经域外流亡和国内痛苦挣扎，扮演着妻子、母亲、诗人和流亡者的多重角色。

> 我呆滞得像根原木，
> 被遗留在林荫道旁，
> 所有人、所有事我都无所谓，
> 或许，我最无所谓的

---

[1] 弗拉基米尔·纳博科夫. 纳博科夫短篇小说全集（上）[M]. 上海：上海译文出版社，2018：6.

[2] 符·维·阿格诺索夫. 20世纪俄罗斯文学[M]. 凌建侯等，译. 北京：中国人民大学出版社，2001：389.

[3] 弗拉基米尔·纳博科夫. 纳博科夫短篇小说全集（上）[M]. 上海：上海译文出版社，2018：6.

[4] 生安锋. 后殖民主义的"流亡诗学"[J]. 外语教学，2004（5）：62.

还是亲切的过去。
我所有的标记,所有的特征,
所有的日期,都被抹去;
不知生于何处的灵魂。①

(《故乡的思念》,1934 年)

  流散作家的身份认同观凸显的是其民族意识、文化记忆和社会归属问题。从传统的身份认同视角来看,本质主义身份认同观认为,一个人的身份是与生俱来的,"总是通过你的宗教、社会、学校、国家提供给你的概念(和实践)得以阐述"②。这为认同主体提供了一个以国家、民族为框架,个人与特定社会文化的"天然"归属。流亡作家和诗人产生身份焦虑的根源,是内心深处的本质主义国族身份认同观。"由于对自己的国家、民族无比忠贞,当面对时代变迁、空间错置时,人物便自然产生了身份焦虑。"③流亡让诗人创作出大量的思乡诗歌,并更加关注民族主题。

请替我致敬俄罗斯的黑麦,
致敬有农妇劳作的田地。
朋友!我的窗外下着雨,
灾难和欣悦落在心底……④

(《请替我致敬俄罗斯的黑麦》,1925 年)

  域外流亡脱离俄罗斯大地的土壤基因让诗人与侨民社会决裂。这位失宠的流亡者面对疯狂而残酷的世界,丈夫和女儿被捕,作品无法在侨民期刊发表,生活无以为继,茨维塔耶娃必然会产生强烈的流散身份焦虑。换

---

① 茨维塔耶娃. 茨维塔耶娃诗选 [M]. 刘文飞,译. 北京:人民文学出版社,2020:451.

② 阿皮亚. 认同伦理学 [M]. 张容南,译. 南京:译林出版社,2013:36.

③ 王飞,邓颖玲. 流散写作与身份认同:日裔英籍作家石黑一雄的身份认同观研究 [J]. 广西民族大学学报,2017(3):121.

④ 茨维塔耶娃. 茨维塔耶娃诗选 [M]. 刘文飞,译. 北京:人民文学出版社,2020:428.

言之，战后的"无家"和位移状态、挥之不去的疏离感，域外移居的边缘性都会引发流亡者的身份焦虑。"身份焦虑使得认同主体可能产生身份危机甚至毁灭，或者也可能导致移民主体更为强烈的反弹，建构出更为稳固的本质主义国族身份认同。"[①] 尽管回国麻烦重重，焦虑不安，诗人依然"带着忠诚、勇敢和对诚实的崇高信念"在1939年离开法国飞往故国，迎接苦难与灭亡，直到死亡也从未妥协。诗人在临终前的一张字条中写道："原谅我吧，我已无法承受。"俄罗斯一代流亡缪斯就此落幕。

总之，20世纪俄罗斯域外文学第一浪潮中的流亡知识分子在怀旧、记忆与创作中形成了一种特殊的大流散机制与生存主义美学策略。事实证明，俄罗斯域外知识分子经历重大历史动荡和转折，被迫离开故土和位移到不同文化的移居国，在格格不入中适应、生存和创造。他们创作的诗歌、散文和小说等文学作品"不仅仅是对于过去的富有感情的回忆，而且也是对于怀旧叙事的自觉反思"[②]。对于蒲宁和茨维塔耶娃而言，流亡不仅意味着记忆的流散，还有身份的焦虑和精神上的创伤。他们的文化身份是通过对记忆的书写和重构而建立起来的。而年轻一代的纳博科夫将域外流亡，从未返乡变成艺术创作的推动力量，作家先后使用双语创作，作品中的主人公几乎都是陷入域外流亡生活的痛苦挣扎的边缘人形象。流散的边缘化、母语的消退和身份的焦虑都让纳博科夫感受到了流亡的阵痛。"夹缝中求生存的状态使纳博科夫以异域文化为镜，从'他者'的视角重新审视'自我'的归属，用俄语的在场来弥补祖国的'缺席'，用传统的继承来抵消文化的冲突，不断巩固原本支离破碎的国家身份。"[③] 最终，作家以鲜明的创作特色和独特的双语写作诠释同时参与俄罗斯文学与美国文学两部民族文学史的"纳博科夫现象"。

---

① 王飞，邓颖玲. 流散写作与身份认同：日裔英籍作家石黑一雄的身份认同观研究[J]. 广西民族大学学报，2017 (3)：122.

② 斯维特兰娜·博伊姆. 怀旧的未来[M]. 杨德友，译. 南京：译林出版社，2010：287.

③ 刘锟，彭永涛. 俄罗斯流散文学中的对话性与人类命运共同体书写[J]. 中国俄语教学，2024 (1)：36.

第二章　流亡者的肖像

　　20世纪俄罗斯域外文学第一浪潮始于1917年俄国十月革命,终于1940年纳粹德国入侵法国。战争爆发后,俄罗斯域外流亡知识分子沿着土耳其、捷克斯洛伐克、法国、德国、美国和中国的域外流亡路线,将俄罗斯文化带往世界各个移居国,在那里他们保持创作热情,推动俄罗斯域外文学的发展进程。地理的位移造成流亡者在夹缝中游离、挣扎与抵抗,同时又在融合和认同中存在与移居国文化依附和剥离的矛盾心理。"流亡者存在于一种中间状态,既非完全与新环境合一,也未完全与旧环境分离,而是处于若即若离的困境,一方面怀乡而感伤,一方面又是巧妙的模仿者或神秘的流浪人。"[1]

　　活跃在移居国里的茨维塔耶娃、蒲宁、叶赛宁、吉皮乌斯、梅列日科夫斯基、苔菲、巴尔蒙特、纳博科夫等域外文学家在各自独特的艺术世界里勾勒出一幅幅俄罗斯域外流亡知识分子的群体肖像。学者聂茂撰写的著作《永不熄灭的心灯:俄罗斯文学大师群像》(2023)对19-20世纪享有世界声誉的俄罗斯文学大师群体,进行了细腻而颇具人文情怀的书写,生动再现了俄罗斯文学大师们的探索之思与实践之旅,将文学大师们的个人际遇与国家和民族命运的关联内化为文本的精神探寻与诗性承继,为全球流散书写视域下勾勒俄罗斯域外流亡者群像提供了诸多有益的启示。

　　俄罗斯域外文学的三次浪潮此起彼伏,呈现一幅波澜壮阔的域外侨民

---

[1] 爱德华·萨义德. 知识分子论(第二版)[M]. 单德兴,译. 北京:生活·读书·新知三联书店,2013:45.

第二章 流亡者的肖像

文学景观。在众多的俄国文学史著作中，颇具影响力的当数德·斯·米尔斯基撰写的被誉为最佳的《俄国文学史》、弗·阿格诺索夫等撰写的《俄罗斯侨民文学史》和由其主编的《20世纪俄罗斯文学》，三部文学史一脉相承。漫长的文学创作历程和文学思想主题，风格各异的众多文学创作者生动形象地反映出俄罗斯厚重的文化传统、复杂的民族性格和强烈的民族精神。

在《俄罗斯侨民文学史》中，阿格诺索夫与维冈、列昂季耶娃、列捷尼奥夫、列昂尼多夫和刘文飞等中俄学者系统介绍了20世纪俄罗斯域外文学三次浪潮中近50位俄侨作家。重点对23位作家的创作道路、艺术风格和代表作品进行了较为深刻的评述与阐释，同时在每一章节后面附上了国外学界重要的研究成果和权威资料，为研究者提供了重要的文献，极具参考价值。从这些重要的俄侨作家在不同的移居国创作的文本中，读者们深刻地感受到侨民作家对俄罗斯文学传统的坚守，尤其是第一浪潮的代表作家，"他们在流亡的状态中坚持对文学的忠诚，在艰难的生活中保持创作的激情，在异域的土壤上营造出了一个个'文学俄罗斯'的文化孤岛"[1]。难能可贵的是，大多数流亡作家如蒲宁等坚持使用俄语创作，其最优秀的作品都是在域外流亡期间创作的。还有纳博科夫（西林）等年轻作家使用俄语和英语创作，域外流亡期间《洛丽塔》《普宁》《微暗的火》《阿达》等英语佳作相继问世，不断丰富了俄罗斯的世界文学宝库。

流亡知识分子在俄罗斯域外，"从一座城市到另一座城市，我们毫无目的，带着受伤的心灵，愁苦地默默不语……满怀无力的愤怒，一腔无尽的忧愁，我们自己也不知道，起点和终点在哪里"[2]。从他们的诗作中，我们可以深刻地感受到流亡者浓浓的乡愁情结。茨维塔耶娃诗篇中的山楂树、蒲宁创作中的乡村记忆、纳博科夫笔下的家族庄园都反映出域外俄侨作家创作的一个中心主题，"即俄国只是一个视觉上的错觉，是某种像童年记忆

---

[1] 弗·阿格诺索夫. 俄罗斯侨民文学史[M]. 刘文飞，陈方，译. 北京：人民文学出版社，2004：730.

[2] 弗·阿格诺索夫. 俄罗斯侨民文学史[M]. 刘文飞，陈方，译. 北京：人民文学出版社，2004：13.

一样已经消逝的东西"①。无家可归的失落感、流离失所的错置感让流亡知识分子在移居国里寻找身份和心灵的圣地。他们在域外建立起俄罗斯侨民文学的重镇,创办报纸杂志,出版书籍,丰富和发展了俄罗斯域外文化遗产。

据不完全统计,1917—1929年间约有300万俄国人流散到中国的哈尔滨乃至美国的加利福尼亚。域外流亡知识分子具有较高的教育水平,这为俄罗斯域外文学的产生、孕育和发展提供了条件。流亡知识分子"把在文化和哲学层面上象征祖国的'微型俄罗斯'视为自己的精神家园"②。1920年大约有20万俄罗斯流亡者涌入君士坦丁堡,初尝流亡滋味的域外知识分子带着迷茫、痛苦和悲壮在这座城市落脚,并通过出版报刊、发表文集,成立俄罗斯作家艺术家协会、艺术剧院和举办文学晚会等方式开始书写流亡的主题,对俄罗斯国内的政治局势做出回应与判断。尽管君士坦丁堡并非俄国侨民文学的圣地,也不具备柏林、巴黎、纽约等城市的中心地位,但它却是后来俄罗斯侨民界的雏形,也为流亡者移居欧洲发挥了桥梁作用。

俄罗斯的知识界精英之所以能够在布拉格聚集,主要在于捷克斯洛伐克政府早期采取的"俄罗斯行动"政策,为年轻的俄罗斯流亡者慷慨解囊,提供教育经费支持,为流亡在境内的3万名俄罗斯难民提供了较为宽松的生存环境。尽管面临着无法返回故国家园的困境,面临着放弃民族身份还是试图融合的抉择,面临着经济大萧条的冲击,移居在布拉格的俄罗斯流亡作家始终通过不同方式去保护、继承和创造俄罗斯文化遗产。对他们而言,摒弃俄罗斯文化就意味着背叛自己和国家。俄罗斯文学在布拉格得以丰富与保存,既要归因于文学界元老创立的作家协会和文学团体,还要归因于茨维塔耶娃的诗歌和阿维尔琴科的小说,纳博科夫(西林)、蒲宁、什梅廖夫和拉金斯基等流亡作家的造访与创作。布拉格俄罗斯学术中心的建立初衷与后期的走向背道而驰。当局势发生变化,他们既要获得技能以求

---

① 奥兰多·费吉斯. 娜塔莎之舞:俄罗斯文化史[M]. 成都:四川人民出版社,2018:619.

② 王时玉. 俄侨期刊《现代纪事》的俄罗斯文化共同体建构意识[J]. 外国文学动态研究,2022(3):78.

第二章 流亡者的肖像

生存，更要肩负起捍卫斯拉夫文化的使命。"他们需要保存自己的文化，不仅仅为他们的子孙后代和俄罗斯的未来着想，更是为他们自己，以免其民族身份在异国他乡完全丧失。"[①]

20世纪20年代，在柏林一直存在着一个庞大的俄罗斯侨民圈，旅居柏林的俄罗斯侨民数量、注册成立的俄罗斯出版社、形式多样的艺术流派和活跃的文艺晚会都证明了柏林的俄罗斯侨民界精神生活的丰富，柏林的政治和文化中心地位为其赢得俄罗斯域外文学"首都"的地位，也成为众多流亡作家的第二故乡。究其原因，柏林具有地处俄罗斯与欧洲十字路口的地理环境，具有生活成本相对较低和无可争议的文化环境。布赖恩·博伊德在《纳博科夫传：俄罗斯时期》中提到，1922年和1923年，几乎每个有名的俄罗斯作家都曾在柏林逗留：高尔基、别雷、帕斯捷尔纳克、马雅可夫斯基、阿列克赛·托尔斯泰、茨维塔耶娃、扎伊采夫、阿尔达诺夫等等。[②] 尽管流亡柏林的艺术家、作家和学者等知识分子意见相左、风格迥异，从1921年年底到1924年年初，他们紧密地团结在柏林——这座左翼先锋派的中心，积极为《舵》《前夜》《北极光》《黎明》等报刊撰稿。在柏林的俄罗斯移民区，集中的文化、自由的思想、特定的时代环境，使得俄国流亡者这个庞大的群体在俄罗斯侨民文学史上独树一帜。

到20世纪20年代中期，马克币值逐渐稳定，经济复苏，移居德国生活成本逐步提高，迫使俄国流亡者纷纷转往捷克斯洛伐克、法国等欧洲其他国家。

巴黎，这座世界文化中心的都市，在俄罗斯域外文学史上同样发挥了重要作用。自由的移民政策和活跃的创作环境让第一次世界大战之后的巴黎成为外国移民的魔都，其中包括众多流亡的艺术家、作家和音乐家。曾在法国文化艺术史上引领风骚几十年至今依然能引起许多人怀旧眷念的街区蒙巴纳斯（Montparnasse）见证了巴黎的俄罗斯流亡社区的辉煌与变迁。

[①] Catherine A., Ivan S. Russia Abroad: Prague and the Russian Diaspora, 1918-1938 [M]. New Haven: Yale University Press, 2004: 80.

[②] 布赖恩·博伊德. 纳博科夫传：俄罗斯时期 [M]. 刘佳林, 译. 桂林：广西师范大学出版社, 2009: 260-261.

二十世纪俄罗斯域外流散文学研究

1925年开始,巴黎成为俄罗斯域外文学创作的主要中心,流亡巴黎的俄罗斯人数超过45000人,其中就包括蒲宁、梅列日科夫斯基以及妮娜·贝蓓洛娃和她的丈夫。"两次世界大战期间,他们创立了俄罗斯巴黎文学,其活跃程度可以与曾流亡巴黎的斯坦因、海明威、费茨杰拉德和米勒等美国作家比肩。"①

从20世纪20年代初期到50年代中期,俄罗斯侨民的东方中心在哈尔滨。哈尔滨生活富足、设施完备,地域优势明显,是连接俄罗斯、欧洲和远东的中东铁路的中心,具有俄罗斯文化与东方文化的融合特点,被誉为"东方的彼得堡"。② 十月革命后,一批俄国知识分子先后流亡到中国的哈尔滨和上海,尽管生活条件艰苦,他们在中国同样创立了自己的文化生活,投身文学创作,建立出版社和艺术文学团体等,不断组织社会活动,活跃文化氛围。总体来看,上海的俄国流亡作家大致分为两类。一类是十月革命爆发后直接从俄国流亡到上海;另一类是移居哈尔滨,继而转往上海。与流亡其他城市的作家一样,流亡中国的作家的创作主题主要包括家园与怀旧、流亡生活、中国与中国文化、哈尔滨和上海形象等。③ 总之,远东俄罗斯侨民作家对俄罗斯域外文学的保存和发展具有历史意义,以李延龄、李英男为代表的中国学者系统深入挖掘了旅居哈尔滨和上海的俄罗斯侨民文学素材,出版有"中国俄罗斯侨民文学丛书",编纂或翻译了俄语诗集。阿尔谢尼·涅斯梅洛夫、瓦列里·佩列列申、阿列克赛·阿恰伊尔、Вс. Н. 伊万诺夫四位作家已被收入俄罗斯侨民文学金库。

1987年12月,世界各国俄侨作家齐聚维也纳,召开了第二次代表大会。弗拉基莫夫、沃伊诺维奇等知名作家现场参会,当年获得诺贝尔文学奖的布罗茨基以书面形式参会。"这些俄侨作家以他们的出席、他们作为文

---

① Rubins M. Russian Montparnasse: Transnational Writing in Interwar Paris [M]. Basingstoke: Palgrave Macmillan, 2015: 1.
② 弗·阿格诺索夫. 俄罗斯侨民文学史 [M]. 刘文飞, 陈方, 译. 北京: 人民文学出版社, 2004: 61.
③ Xinmei, Li. An Overview of Russian Émigré Literature in Shanghai [J]. Fudan Journal of the Humanities and Social Sciences, 2016 (9): 289 - 302.

学家的存在这种事实向莫斯科方面传达着信号"①，预示着俄侨文学的回归和白银时代伟大遗产的发掘，这也成为20世纪90年代俄罗斯文坛中的两大热点现象。

流亡作家对俄罗斯的眷念是贯穿整个域外俄罗斯文学的主题，"对俄罗斯、对俄罗斯的美丽、对亲人的回忆，催生出一系列关于童年生活的自传体作品，流亡生活本身也成为俄罗斯侨民文学最流行的主题"②。俄国流亡知识分子在域外各国的流亡生活勾勒出一个个孤独象征、痛苦回忆和流亡肖像。沃尔孔斯基在《回忆录》前言中，就表达出流亡者的痛苦与困惑。

因此，祖国俄罗斯是域外侨民作家的情感维系，是挥之不去的文化印记，是域外文学创作的永恒主题。祖国是文学生命的源泉动力，域外世界是文学创作的海阔天空，文学则是侨民作家艺术表达，获得生命价值的灵魂之地。对于流亡作家和诗人来说，蒲宁、茨维塔耶娃和纳博科夫塑造的流亡者形象可以说颇具代表性。三位流亡知识分子塑造的流亡者肖像既有共性特征，又有鲜明的个性风格。蒲宁在域外流亡多年，尽管有归国意愿，却事与愿违，晚年处境凄凉，生活艰难，客死巴黎市郊；茨维塔耶娃可谓是命运多舛，尽管如愿回国，生活却陷入孤独绝望，自缢身亡；纳博科夫是一个幸运儿，尽管域外流亡，从未返乡，却最终加入美籍，他使用俄语和英语创作，硕果累累，成绩斐然。三位流亡作家命运迥异，却共同形塑出个性独特、风格鲜明、流而不亡的俄罗斯域外流亡知识分子的群体肖像。

一、怀旧的贵族：伊凡·蒲宁

1933年，伊凡·蒲宁（1870—1953）因中篇小说《米佳的爱情》荣获诺贝尔文学奖，也是俄罗斯文学史上首位诺贝尔文学奖获得者。瑞典学院给出的获奖理由是："由于他严谨的艺术才能，使俄罗斯古典传统在散文中

---

① 周启超. 二十世纪俄语文学：侨民文学风景 [J]. 国外文学，1995 (2)：53.
② 刘文霞. 纳博科夫的传统继承与艺术创新 [M]. 北京：中国社会科学出版社，2020：10.

得到继承。"① 对于作家独特的创作语言，高尔基曾写信夸赞道："您不愧是缔造了可与欧洲文学相媲美的俄罗斯文学并成就了19世纪俄罗斯文坛繁荣景象的众多巨匠的继承者。"②

尽管蒲宁性格怪异、自命不凡，但作家高傲的性格背后隐藏着一种旧贵族的崇高与内在的气质。苏联诗人西蒙诺夫（Simonov）曾对晚年蒲宁的肖像有过这样的描绘，"蒲宁的外貌看上去很结实，很清瘦，头发完全花白了，是一个古板的老头。高昂的头颅，满头的白发，神情严峻，穿着整洁，举止生硬，所有这一切甚至都得到了强化。他善于自制，彬彬有礼。有时是非常自制、非常有礼的……我觉得他像是另一个时代的人物"③。这段描述较为准确地刻画出蒲宁的外貌特征和鲜明的个性特点。古老的家族、高傲的性格、精湛的创作技艺赋予了蒲宁精神上的贵族气质。这种鲜明的个性"糅合了天性的激情和冷淡内敛的外表，糅合了贵族的分寸感和高尚淳朴的情感"。"这种心理面貌是在20世纪奇特的、大概独一无二的最后乡村贵族文化孤岛上培育成的，这种文化保存着人与自然不可分割的生动感受，对家族、生命沿袭性的和不可分割性的深厚情感，与'根'保持着有机联系，带有过去的回忆和父辈祖辈们的记忆，同时，也掺杂着这一阶层不可避免的、对渐渐接近的衰落和灭亡的预感。"④ 作家早在十月革命前创作的《落叶》《乡村》等小说"就已先知般的预言了他心爱的贵族庄园的衰败，宗法制关系和稳定状态的消逝，以及精神的沦丧、功利主义的盛行和混乱

---

① 龙飞. 布宁：俄国首位获诺贝尔奖的作家［N/OL］. 中华读书报，2016-03-16(19). https://epaper.gmw.cn/zhdsb/html/2016-03/16/nw.D110000zhdsb_20160316_1-19.htm

② 龙飞. 布宁：俄国首位获诺贝尔奖的作家［N/OL］. 中华读书报，2016-03-16(19). https://epaper.gmw.cn/zhdsb/html/2016-03/16/nw.D110000zhdsb_20160316_1-19.htm

③ 弗·阿格诺索夫. 俄罗斯侨民文学史［M］. 刘文飞，陈方，译. 北京：人民文学出版社，2004：271.

④ 谢·伊·科米尔洛夫. 二十世纪俄罗斯文学史：20—90年代主要作家［M］. 赵丹，段丽君，胡学星，译. 南京：南京大学出版社，2017：105.

第二章 流亡者的肖像

的到来"[1]。即使在日后漫长的域外流亡时期，作家对贵族庄园的刻画和对俄罗斯典型性格的探究依然是作家的主要创作主题之一。

1870年，蒲宁出生于俄国中部一个没落的贵族家庭，年仅4岁就不得不举家迁居、寄人篱下。家道没落的悲剧与充满忧伤和苍凉的童年和少年时光让蒲宁对"人的存在之谜的探索怀有浓厚的兴趣"[2]，其作品充斥着浓厚的乡土情怀，既有反映农民和小市民的生活，也有旧俄贵族的庄园生活。蒲宁15岁便弃学谋生，同时开始创作诗歌，在文坛崭露头角，21岁出版了第一部诗集。

这位出色的俄罗斯作家在诗歌、散文、小说等多个领域均有建树，对20世纪俄罗斯文学产生深远影响。蒲宁首先是一位杰出的诗人。其早期诗歌就展露出灼人的光芒，"抒发俄罗斯的家国情怀，表达诗人对艺术殿堂深深的敬畏和应有的责任伦理"[3]。蒲宁对诗人的责任和使命有着独到的理解，诗人是在苦难的历程中坚守高洁人格。

> 忧郁的艰苦的诗人，
> 你为贫困所迫的穷人，
> 你无须总想要挣断
> 自己身上赤贫的锁绳！
>
> 你用不着以轻蔑的态度
> 去战胜自己的种种不幸，
> 你，喜欢光明的憧憬，
> 你要热爱，你要深信！[4]

（《诗人》，1886年）

---

[1] 谢·伊·科米尔洛夫. 二十世纪俄罗斯文学史：20—90年代主要作家[M]. 赵丹，段丽君，胡学星，译. 南京：南京大学出版社，2017：272.

[2] 顾蕴璞编选. 蒲宁精选集[M]. 顾蕴璞，柳鸣九，译. 北京：北京燕山出版社，2010：2.

[3] 蒲宁. 蒲宁诗文选[M]. 陈馥等，译. 北京：人民文学出版社，2020：3.

[4] 蒲宁. 蒲宁诗文选[M]. 陈馥等，译. 北京：人民文学出版社，2020：3.

蒲宁的童年和少年时代是在其祖父和外祖母的田庄里度过的,他的诗歌处处洋溢着田园式的牧歌和民间的童话与歌谣。诗人笔下的大自然风景如画、千姿百态。蒲宁借景抒情,四季的更替、自然的声音、色彩不仅体现丰富、复杂的美,更彰显了诗人对人世的孤独、异域的乡愁和精神的寄托。如在题为《夜莺》(1892年)的诗歌中,诗人写道:

> 庄园后面传来雷声,
> 忽而山响,忽而低沉,
> 白杨林荫道开始喧腾,
> 玻璃窗蒙上了薄暮的阴影。
>
> 乌云滚滚而来,
> 低低地压在头顶;
> 阵风刮来的雨意
> 和田野的气息,
> 越来越清新、浓烈。
> 田野里庄稼弯到了田埂……
> 从谷底和果园处处随风飘来
> 夜莺早早的啼声。[①]

蒲宁之所以对自然的描绘有着敏锐的嗅觉、细腻的笔触和抒情的韵味,主要源自诗人"自幼养成的用画家的眼光观察世界,用音乐家的耳朵捕捉天籁的习惯"[②]。他能够准确地将自然万物的形状、色彩、声响、气味和触觉等诸多因素创造性地结合在一起,表达了俄罗斯大自然的万种风情。但在其一幅幅诗意的画面里时而隐藏着过往的回忆,"那个我曾度过少年时代的村庄,那幢我在其中谱写了第一首歌曲,期盼着青春的幸福和欢乐的古

[①] 戴骢主编. 蒲宁文集. 诗歌、散文、游记卷 [M]. 合肥:安徽文艺出版社,2016:15.

[②] 戴骢主编. 蒲宁文集. 诗歌、散文、游记卷 [M]. 合肥:安徽文艺出版社,2016:3.

第二章 流亡者的肖像

老的住房，如今我已永远、永远不再回去"①。时而有秋天的萧疏寂寞、深邃旷远。"在林中的旷地间，在死一般僵硬的秋树间，处处都那么苍白，那么峭寒，独处于深夜荒凉的索寞中，秋天害怕得心惊胆战。此时已是另一种寂静：听，这寂静在增加，伴随着寂静，冷月缓缓上升，苍白得令人吃惊。"② 读者阅读蒲宁的诗歌和散文集，都会被诗歌中描绘的俄罗斯庄园田园诗般的优美和静谧深深感染。蒲宁无论是诗歌还是散文游记都热衷刻画自然景观，"特别是庄园的景色，以寄托他对崩溃瓦解了的贵族世界的怀念和伤逝之情"③。作为俄国批判现实主义的重要代表，蒲宁的创作总体分为三个主要阶段。"他的早期作品流露出一种对于庄园经济解体的挽歌情绪；中期作品极力描写农村生活的悲惨与黑暗，以及看不到光辉前景的沉吟；而晚期作品则呈现一种现代主义倾向，以爱情和死亡为主题。"④

蒲宁在流亡前创作的诗歌深深地眷恋着俄罗斯广漠的草原、十月的黎明、冬日的白昼和傍晚的天空。诗人时而"独立一人，屏住气息，伫立在惨白的夜色中出神"⑤，时而忧思惆怅，"夜忧郁得如同我的冥想。在远方荒凉广袤的草原上，有一星孤独的火光在闪烁……心里有几多爱情，几多惆怅"⑥。

1918年5月，蒲宁逃亡到俄国南方。1920年1月，蒲宁流亡域外，最初侨居巴尔干半岛，之后定居法国巴黎，前后经历30年的流亡生涯，再也没有回到故土。值得注意的是，蒲宁最好的作品都是在流亡过程中创作的。

---

① 戴骢主编. 蒲宁文集. 诗歌、散文、游记卷[M]. 合肥：安徽文艺出版社，2016：14.

② 戴骢主编. 蒲宁文集. 诗歌、散文、游记卷[M]. 合肥：安徽文艺出版社，2016：33.

③ 戴骢主编. 蒲宁文集. 诗歌、散文、游记卷[M]. 合肥：安徽文艺出版社，2016：8.

④ 聂鑫森. 我读蒲宁[J]. 世界文学. 1999(3)：284.

⑤ 戴骢主编. 蒲宁文集. 诗歌、散文、游记卷[M]. 合肥：安徽文艺出版社，2016：24.

⑥ 戴骢主编. 蒲宁文集. 诗歌、散文、游记卷[M]. 合肥：安徽文艺出版社，2016：47.

到了晚年,作家对脱离祖国土壤在域外颠沛流离的经历可谓是五味杂陈。蒲宁描写侨民生活的短篇《巴黎》《寒秋》《报复》等写尽了流亡生活的屈辱与凄凉。1922年,在一首《无题》短诗中,他写道:

> 鸟有巢,兽有穴。
> 年轻的心多么痛苦,
> 在我向父亲的庭院告别,
> 离开祖居的时候!
>
> 兽有穴,鸟有巢。
> 心在多么悲伤而激越地跳,
> 在我背着破旧的背囊,画着十字,
> 走进租来的别人的屋子时!①

流亡,对于任何放逐者都是悲惨的经历。尽管蒲宁是自愿的流亡域外,但流亡初期他还是感受到了悲痛与不适。域外流亡期间,蒲宁坚持使用俄语写作,除了自传体长篇小说《阿尔谢尼耶夫的青春年华》外,他还完成近两百篇中短篇小说。尽管爱情与死亡是流亡时期创作的主题,但诗歌创作中始终贯穿着乡愁与悲痛情结。俄罗斯域外的寒夜与北风传达出作家强烈的归国思绪。

> 寒夜,凛冽的北风
> 我在窗口看见远方
> 闪光的光秃秃的山峰丘陵。
> 宁静的金色月光
> 照着床前一席之地。
> 世间没有别人,
> 只有我和上帝。
> 只有他知道我的

---

① 戴骢主编. 蒲宁文集. 诗歌、散文、游记卷 [M]. 合肥:安徽文艺出版社,2016:210.

第二章　流亡者的肖像

> 无奈的忧愁悲痛，
> 我的不为人知的隐衷……
> 寒冷，闪光，凛冽的北风。①

　　蒲宁伟大的文学遗产不仅在于其崇高的抒情性，还具有空前的完整性。尽管他的文学创作道路分为十月革命前和域外侨民岁月，但并没有割裂其文学创作的整体性。在俄罗斯域外侨居时创作的作品，几乎是蒲宁最好的作品。作为俄国第一位诺贝尔文学奖得主，蒲宁不仅是俄罗斯的作家，更是世界的艺术家。"蒲宁流亡国外如此之久而且生活经常如此窘困，但所取得的成就却如此之大，原因就在于他虽久处异域文思始终没有枯竭，他的秘诀是充分调动他丰富的记忆宝库，他长年累月地在记忆中咀嚼人生，从而获得了用之不竭的新的创作源泉。"② 他不仅仅忠实于俄罗斯古典文学的传统，遵循俄罗斯古典文学的艺术原则，更是在流亡经历中发展和创新了俄罗斯文学的传统，并将纳入世界文学的遗产宝库。

　　旅行是蒲宁的主要爱好，其文学创作中包括大量的散文游记和随笔日记。从19世纪80—90年代他游历俄国各地，到20世纪初游遍欧洲，再到20年代后流亡域外，他的作品不可避免地带有行旅叙事的特点。蒲宁在游历生涯中发现了大自然的纯粹与美。旅行不仅是为了领略大自然的美，更重要的是为了探索人生的存在与悲剧的崇高。在阿格诺索夫主编的《20世纪俄罗斯文学》一书中，作者将蒲宁称为"情系俄国文化的旅行者"。③ 读者从《蒲宁文集》中可以看出，无论是诗歌、散文、游记卷，还是小说卷，都包含着作家独有的天赋和风格——抒情性。美是蒲宁心中至高无上的宗教。其散文、诗歌和游记等作品经常抒写自然、宗教、生命的相互纠结所产生的感伤、神秘与忧郁之美。1907年，他游历伊斯坦布尔时撰写的游记

---

① 戴骢主编．蒲宁文集．诗歌、散文、游记卷［M］．合肥：安徽文艺出版社，2016：214．

② 顾蕴璞编选．蒲宁精选集［M］．顾蕴璞，柳鸣九，译．北京：北京燕山出版社，2010：1．

③ 符·维·阿格诺索夫．20世纪俄罗斯文学［M］．北京：中国人民大学出版社，2001：119．

| 二十世纪俄罗斯域外流散文学研究

《鸟影》中写道：

> 我永远不会忘记乌斯库达尔农村式的宁和，它的围墙、坟地、葱绿的花园和小街曲巷，二层楼木房和它突出于人行道之上的灰色护窗栅。在这花团锦簇的、概而广之被称作乌斯库达尔的院落深处，有多少古老的花岗石砌的喷泉啊！在真主祝福过的喷泉水池中，朝圣者得以洗濯他们晒黑了的裸脚，在清泉旁找到春日的庇荫，耳听穿梭于杏花间的蜜蜂催人入眠的嗡嗡声。在那绿荫深处，又有多少个寺院，多少个隐蔽于花园、寺院和残垣之间的荒坟！①

蒲宁艺术创作呈现抒情性和总体性特征的本质是"坚定不移地专注于个性生存中的美好的与悲哀的东西"②。换言之，要深刻理解和表达阅读蒲宁作品的感受，读者不仅需要从文体修辞学的审美视角去对其文本做出字斟句酌的艰苦努力，更要从哲学的高度对艺术家存在主义问题的"永恒课题"表现出高度的积极性和创造性阐释。蒲宁对流亡、爱情和生命等主题写出了抒情的诗意，更展示出悲剧的崇高性和人类生存的存在主义意义。"蒲宁将关于人类生存的悲剧性思考融于生命事件的叙说中，表现世界的荒诞，社会对人的异化、对人性的摧残，还有人类自我挣扎的徒劳。"③ 其小说创作主题与复杂性传达出 20 世纪人类生存的困境，"传达了这个世纪人类经验的内在与外在图景"④。总之，一方面蒲宁用诗性的语言对俄罗斯的乡村景观、对域外流亡的生活抒发怀旧的乡愁记忆；另一方面对 20 世纪人类的生存境遇、对人类存在的悲剧与崇高的永恒主题进行形而上的思考。

蒲宁在 1940 年创作的短篇小说《在巴黎》，刻画了一位流亡到普罗旺

---

① 戴骢主编. 蒲宁文集. 诗歌、散文、游记卷 [M]. 合肥：安徽文艺出版社，2016：390.

② 符·维·阿格诺索夫. 20 世纪俄罗斯文学 [M]. 北京：中国人民大学出版社，2001：125.

③ 布宁. 布宁中短篇小说选 [M]. 陈馥，译. 北京：人民文学出版社，2020：11.

④ 吴晓东. 从卡夫卡到昆德拉：20 世纪的小说和小说家 [M]. 北京：生活·读书·新知三联书店，2003：5.

斯和巴黎的俄国前上校尼古拉·普拉托内奇。故事开始，一位年龄40多岁，眼睛里饱含忧郁神色的域外流亡者的形象跃然纸上。尼古拉站在地下铁道的车厢里，"剃得很短的淡红色头发已经夹满银丝。他清瘦而红润的刮得干干净净的脸庞和挺得笔直的穿着一件风雨衣的修长的身躯"①，言行举止间透露出主人公饱经忧患，曾遭受妻子的背叛，"直至今天心灵上的创伤还没有愈合"②。对此，尼古拉压抑着内心的创伤，从未向他人透露过该秘密。多年移居在陌生的巴黎，他讲着蹩脚的法语，孤独地企盼一场幸福的艳遇。于是在一个深秋之夜，主人公走进一家中等的俄国餐厅吃饭，认识了30多岁的女服务员奥尔珈。两人逐渐相识，开始约会、相恋。从两人的对话和作家的描写中，读者感受到了移居巴黎的俄侨的生活环境和内心的孤独，"夜里，特别是雨天，真是说不尽的凄凉愁闷。打开窗子，到处看不到一个人影，完全是一座死城"③。没有朋友和熟人，无人料理家务，两个可怜的流亡者在昏暗的电影院，"手握着手，偎依着，久久地坐在昏暗中，装着在看银幕"④。两人最终走到一起，在异域两颗孤独的心相依相恋，似乎让流亡的生活有了一丝希望和慰藉。然而，在蒲宁看来，"幸福只是生活悲剧中的一个瞬间"⑤，前上校阴郁的预感应验了，"在复活节后的第三天上，他死在地铁的车厢里了"⑥。女主人公从墓地回来，收拾衣物，"她看到了他早年的一件夏季军大衣，灰色的面子，大红的衬里，她将脸紧紧地贴着

---

① 戴骢主编. 蒲宁文集. 短篇小说卷（下）[M]. 合肥：安徽文艺出版社，2016：267.

② 戴骢主编. 蒲宁文集. 短篇小说卷（下）[M]. 合肥：安徽文艺出版社，2016：267.

③ 戴骢主编. 蒲宁文集. 短篇小说卷（下）[M]. 合肥：安徽文艺出版社，2016：274.

④ 戴骢主编. 蒲宁文集. 短篇小说卷（下）[M]. 合肥：安徽文艺出版社，2016：275.

⑤ 弗·阿格诺索夫. 俄罗斯侨民文学史[M]. 刘文飞，陈方，译. 北京：人民文学出版社，2004：280.

⑥ 戴骢主编. 蒲宁文集. 短篇小说卷（下）[M]. 合肥：安徽文艺出版社，2016：278.

大衣，颓然坐在地板上，呼天抢地恸哭起来，祈求着什么人怜悯怜悯她"①。

巴黎的上空刚刚春光明媚，生活刚有起色，继而是再次经历旦夕祸福，陷入无尽的黑暗和绝望之中，"她的生活却已经到了尽头"②。蒲宁将域外俄侨无尽的乡愁和流亡的悲剧与苍凉细腻地融入巴黎潮湿的深秋、阴暗的胡同、压抑的公寓和凄然的侨居生活。

蒲宁1944年创作的另一篇短篇小说《寒秋》，同样是一部关于流亡和爱情主题的佳作。女主人公与即将奔赴前线的未婚夫相爱。因为战事，婚礼推迟到来年春天举行。在9月的一个寒秋之夜，女方邀请他到家里为其送行。过了这个夜晚，恋人将奔赴战场，这为两人的未来平添了一分忧伤与惆怅。"那天夜晚，我们俩都平静地坐着，只是偶尔交谈一两句无关紧要的闲话，以掩饰各自的思绪和感情。"③ 家人们也是装作轻松，实则心事重重，父亲抽着烟，母亲缝着线，女主人公用扑克牌占卜吉凶，未婚夫来回踱步，念出俄罗斯诗人阿法纳西·费特的诗句，与小说题目《寒秋》交相呼应：

多么寒冷的秋天啊！
披上你的围巾和大氅吧……
看——在黑压压的林间
仿佛燃起了火焰……

诗句中洋溢着田园式的美丽的秋光，一对恋人借着夜空中星星之光，在果园中漫步，未婚夫停下来，指着宅第说："瞧，那些窗户亮得多么奇特，只有秋天才会这样。如果我活下来的话，我将永远记住这个晚上……"④

---

① 戴骢主编. 蒲宁文集. 短篇小说卷（下）[M]. 合肥：安徽文艺出版社，2016：278-279.

② 戴骢主编. 蒲宁文集. 短篇小说卷（下）[M]. 合肥：安徽文艺出版社，2016：278.

③ 戴骢主编. 蒲宁文集. 短篇小说卷（下）[M]. 合肥：安徽文艺出版社，2016：339.

④ 戴骢主编. 蒲宁文集. 短篇小说卷（下）[M]. 合肥：安徽文艺出版社，2016：341.

第二章　流亡者的肖像

此刻小说的抒情性展露无遗。蒲宁将人物活动有机地融入寒冷的秋夜,恋人月色下的拥吻,令人难以忘怀。"如果我战死沙场的话,你总不至于立刻就把我忘掉吧?"[①] 未婚夫的这一问顿时让读者感到了不祥的悲剧,女主人公也被心里的想法吓坏了,悲伤地哭泣。一个月后,未婚夫战死沙场。自此以后,女主人公历经 30 年漫长的沧桑岁月。其间,父母过世,自己流落莫斯科街头,之后嫁给了一名上了年纪的退伍军人。从此她跟着难民四处漂泊,先后移居君士坦丁堡、保加利亚、塞尔维亚、比利时、巴黎、尼斯……其间经历丈夫因病去世,独自抚养孩子的辛酸,生活捉襟见肘。

小说结尾,女主人公追忆往昔的爱情,"我总是问自己:我一生中究竟有过什么东西呢?我回答自己:有过的,只有过一件东西,就是那个寒秋的夜晚。世上到底有过他这么个人吗?有过的。这就是我一生中所拥有的全部东西,而其余的不过是一场多余的梦"[②]。作家在艺术创作中的抒情性再次显现:多年前的那个寒秋的夜晚,那位年轻的未婚夫,一个流亡者回归故国家园的梦。"我算是活过了,也算享受过了人间的欢乐,现在该快点到他那里去了。"[③] 女主人公活了下来,却是如此艰辛、如此沧桑、如此悲壮。蒲宁将人的存在的悲剧性与崇高性的生存景象描绘得细腻而又深刻。他在 1920 年创作的短篇小说《耶利哥玫瑰》中呈现了以一种干枯的荒野刺草象征俄罗斯的美与想象的内心复活。"我把我往昔的根和茎浸入心灵的清流中,浸入爱、忧伤、柔情的净水中,于是我珍贵的刺草便一次又一次抽芽暴青。"[④] 作家那沉寂的青春、俄罗斯的乡村和故国一切美的形象都在蒲宁的心中完整保存,并通过艺术创作的形式慢慢复活。

1944 年,蒲宁告别祖国 24 年,作家已经完全确立了世界观和艺术创作

[①] 戴骢主编. 蒲宁文集. 短篇小说卷(下)[M]. 合肥:安徽文艺出版社,2016:341.

[②] 戴骢主编. 蒲宁文集. 短篇小说卷(下)[M]. 合肥:安徽文艺出版社,2016:344.

[③] 戴骢主编. 蒲宁文集. 短篇小说卷(下)[M]. 合肥:安徽文艺出版社,2016:344.

[④] 戴骢主编. 蒲宁文集. 短篇小说卷(下)[M]. 合肥:安徽文艺出版社,2016:99.

观,艺术风格也趋于成熟。作家最具特色的自传体作品《阿尔谢尼耶夫的一生》,"写了爱情、死亡在严酷而又美好世界中的生存悲欢,写了俄罗斯,写了回忆的创作力量"①。在翻译家戴骢看来,这是一部由艺术性的自传、回忆录、哲理性散文、抒情散文和以爱情为主题的小说交融而成的一部独树一帜的文学作品。②

打开这部自传体小说,读者跟着主人公阿廖沙的足迹回忆起俄罗斯的乡土、古老的民风、生命的喜怒哀乐。首先是幼年时代的郁悒愁闷,在孤零零的庄园和穷乡僻壤中长大,让阿廖沙郁郁寡欢。蒲宁笔下的莽原和庄园刻画的自然灵动,引发主人公无限的遐想。"冬天是无涯无际的白雪的海洋,而夏天是庄稼、青草和野花的海洋……笼罩着原野的是永恒的沉寂,是莽原谜一般的缄默……穹苍的深邃和莽野的广袤,唤起了我对某种我还未拥有的东西的幻想和企求。"③ 接着作家描绘了主人公居住的卡缅卡庄,庄园里有家畜家禽,有雇工、管家、保姆等,到处充满着生活气息。前面提到,蒲宁善于将人物的心理活动融入周边的自然环境里。"夏日的黄昏,夕阳已落到屋后,落到果园后面,空荡荡的宽广的院场内暮色四合,而我躺在院场的渐渐变冷的草地上,仰望深邃无底的碧空,像是在谛视某人一双美丽得无以复加的亲切的双眸,像是在凝望天父的怀抱。"④

主人公以第一人称的叙述手法细腻地表达了"我"对大自然、故乡和世界的理解与感受。蒲宁在字里行间以精确的语言描绘着乡村庄园的颜色、声音、动作和韵律,捕捉到乡村的黄昏、浮云、田野和麦田。"在这一碧如洗、深不可测的穹冥中,有片白云在极高极高的地方浮游,聚合成圆形,复又缓缓地变幻着形状,缓缓地消融……嗟,这催人泪下的美!""黄昏还跟那天的一模一样——唯一不同的是那低低的残阳还熠熠闪光——而且还

---

① 符·维·阿格诺索夫. 20世纪俄罗斯文学[M]. 凌建侯等,译. 北京:中国人民大学出版社,2001:122.

② 戴骢主编. 蒲宁文集. 长篇小说卷[M]. 合肥:安徽文艺出版社,2016:292.

③ 戴骢主编. 蒲宁文集. 长篇小说卷[M]. 合肥:安徽文艺出版社,2016:3.

④ 戴骢主编. 蒲宁文集. 长篇小说卷[M]. 合肥:安徽文艺出版社,2016:4.

跟那天的黄昏一样,世上只有我独自一个人。"①细心的读者发现,在广袤无垠的苍穹下,主人公孑然一身,独自享受着自然的万种风情,麦穗累累的黑麦和燕麦、沉默隐蔽的鹌鹑、东碰西撞的小甲虫,自然万物时而万籁俱寂,时而嗡嗡作响,生动形象。"小甲虫气鼓鼓的,不苟言笑,在我手指间爬动,坚硬的翅鞘沙沙作响,从翅鞘下伸出了非常之薄的黄膜——突然间翅鞘的坚甲分开,张大,那黄膜也张开来了,噗,神态优雅极了——小甲虫腾空而起,心满意足地轻松地发出嗡嗡的声响,永远离我而去,消失在空中,把一股我还从未体味过的离愁留在我心头……"②夏日的傍晚,空无一人的会客室,孤独的阿廖沙,"只有最后一抹余晖,还在会客室角落里一张老式高脚桌四脚间的镶木地板上,孤单单地泛着红光——啊,天哪,这无言的、忧伤的美怎不叫人潸然泪下!"③

  1953年11月8日,一代文学巨匠蒲宁在巴黎去世,作家晚年落叶归根的愿望终究未能如愿。他被埋葬于巴黎郊外的俄国侨民墓地。在此借用蒲宁1902年创作的诗歌《墓志铭》向其表达敬意和哀思。

> 在这静静的墓地林荫道上,
> 只有风儿在半睡半醒地吹,
> 幸福和春天是万物的话题。
> 这古墓上的十四行爱情诗
> 表露着对我的不灭的哀思,
> 沿林荫道是一线湛蓝的天。④

(《墓志铭》,1902年)

  这位世界中短篇小说大师、诺贝尔文学奖得主尽管一生颇受争议,但蒲宁的创作极具艺术个性,忠实于俄罗斯古典文学传统,带着使命在域外流亡与创作,创新和发展了俄罗斯文学传统,成为俄罗斯文学史上不可忽

---

① 戴骢主编. 蒲宁文集. 长篇小说卷[M]. 合肥:安徽文艺出版社,2016:4.
② 戴骢主编. 蒲宁文集. 长篇小说卷[M]. 合肥:安徽文艺出版社,2016:4.
③ 戴骢主编. 蒲宁文集. 长篇小说卷[M]. 合肥:安徽文艺出版社,2016:4.
④ 布宁. 布宁诗文选[M]. 陈馥等,译. 北京:人民文学出版社,2020:74-75.

视的流亡作家。作家的肖像没有那么光鲜亮丽的伟岸，蒲宁始终关注的是人的生命存在与际遇，探索人的本质与复杂属性。作家以清丽、本真的创作风格和原生态的人性刻画，"关注自然宇宙和历史文化中的美与和谐，关注人类个体寻常生活中的感情和状态"①。蒲宁以自然美对抗世间的混乱与凶恶。"他在无数次目睹破坏、灾难、暴力和死亡之后热望为生活寻找一个支点，这个支点便是由人的双手和智慧创造出来的一切美好的东西，这个支点便是拯救世界的'美'。"② 简言之，蒲宁作品的抒情性在于其自然之美、艺术之美与宗教之美的和谐统一。

作家以俄罗斯生活的主要核心——乡村与庄园为叙述核心，细腻地刻画了农夫与领地贵族等俄罗斯历史主要人物，富有远见地思考和探索了俄罗斯民族性格的悲剧性之谜。他以独特的观察视角和清澈真挚的语言风格，在继承古典文学传统的同时加以个人化的批判与改造，最终确立了永恒的漂泊者和独树一帜的流亡作家身份。

二、流浪的缪斯：玛丽娜·茨维塔耶娃

在俄罗斯文学史上，玛丽娜·茨维塔耶娃（1892—1941）的形象总体上是一位与众不同、不合时宜的天才女诗人。从家庭出身来看，诗人出生于高级知识分子家庭，父亲是艺术史教授，母亲是才华横溢的音乐家。但由于国内学者对女诗人的研究还不够深入全面，文学史中的茨维塔耶娃的形象还不够多维立体。因此，诗人的自传、他人传记、回忆录和日记书信等是多维度呈现诗人面孔的重要文献。传记作者笔下的诗人形象要么是特立独行、粗犷豪放；要么是不善家务、生活能力差；要么是喜欢佩戴饰品，晚年疲惫不堪。诗人的女儿撰写的回忆录《缅怀玛丽娜·茨维塔耶娃：女儿的回忆》刻画出女诗人一幅婉约细腻的肖像。

---

① 蒲宁. 蒲宁诗文选 [M]. 陈馥等，译. 北京：人民文学出版社，2020：19.
② 蒲宁. 幽暗的林荫小径——蒲宁中短篇小说选 [M]. 冯玉律，冯春，译. 上海：上海译文出版社，2007：6.

第二章 流亡者的肖像

我母亲,个子不高,只有一米六三,体形跟埃及男子相像,肩膀宽阔,胯骨窄小,腰身纤细。少女时的圆润,很快就发生了变化,变得结实、消瘦,有贵族气质;她的踝骨和脚腕部位又硬又细,走起路来,步子轻快,举手投足动作频率极快,但是并不猛烈。当着他人的面,感觉有人在看她,甚至频频注视她的时候,她会有意识地放慢脚步,尽力显得更温和。那时候,她的手势会变得小心谨慎,有所节制,但是从来不会拘谨呆板。她的姿态一向端庄严肃,即便坐在书桌边低头看书,她的脊椎也不弯曲,"脊椎骨如钢铁铸就的一般"。[①]

诗人的女儿回忆中的母亲形象应该是准确的,是令读者信服的。读者需要循着诗人传记和回忆录的足迹和诗歌文本中的创作密码去勾勒和还原一个真实、形象、婉约、细腻的女诗人肖像。

诺贝尔文学奖得主布罗茨基称茨维塔耶娃为全世界最伟大的诗人。茨维塔耶娃短暂的一生创作了数百首抒情诗,17部长诗,8部诗剧,以及一定数量的散文作品。女诗人的诗以生命和死亡、爱情和艺术、时代和祖国、流亡与绝望等为主题,是20世纪不朽的、纪念碑式的诗篇。革命初期,诗人经历的生活和创作上的双重悲剧,迫使茨维塔耶娃于1922年5月移居柏林与丈夫相聚,之后在布拉格生活3年,于1925年迁居法国。1939年6月返回祖国,结束了长达17年的流亡岁月。两年后因国内环境的恶劣,诗人内心绝望,最终自杀离世。诗人一生可谓亢奋悲凉、命运多舛,令人唏嘘。

从1910年初出茅庐,茨维塔耶娃就坚持诗歌创作的个性自由,"从不用任何文学团体的责任和原则束缚自己"[②]。她也是唯一一位未加入任何流派,却成为白银时代最杰出的诗人。茨维塔耶娃的第一部诗集《黄昏纪念册》一出版就受到国内著名诗人的认可。该诗集让诗人确定了文学创作的

[①] 阿里阿德娜·艾伏隆. 缅怀玛丽娜·茨维塔耶娃:女儿的回忆 [M]. 谷羽,译. 桂林:广西师范大学出版社,2015:3.

[②] 谢·伊·科米尔洛夫. 二十世纪俄罗斯文学史:20-90年代主要作家 [M]. 赵丹,段丽君,胡学星,译. 南京:南京大学出版社,2017:229.

信念：主张用心灵的深邃来保证自己的与众不同和自给自足。[①] 即使生命中遭遇世界大战和革命事件，诗人依然坚持自我，永不妥协，一个人对抗全体。与蒲宁和纳博科夫不同，第一次世界大战和国内革命极大地影响了诗人与家人的命运。革命初期，丈夫命运未卜，诗人无力养活一双女儿，最终小女儿因饥饿不幸夭折。与此同时，诗人还经历了创作上的悲剧，出版的诗集不合时宜，综上诸多因素迫使诗人移居国外，与丈夫相聚。

在革命的风暴中，诗人的命运如同一枝风中的芦苇，摇曳不定，历经家人生离死别和侨居异国他乡的痛苦，但是她唯一没有抛弃的是对诗歌的执念和写作欲望。茨维塔耶娃被誉为俄罗斯文学中最具特色的诗人之一，首先在于其诗歌中的抒情性。诗人崇尚自由、热爱自然，诗歌"充满真挚的情感、浪漫主义的幻想，充满对独立、爱情和大自然的憧憬"[②]。诗人的诗歌创作主题涉及自然与生命、爱情与孤独、流亡与死亡、祖国与乡愁、苦难与绝望等。"她的作品夹杂着浓厚的主观色彩，但它们毕竟较真实地反映了那个时代的特征、侨民生活的点滴，揭示了侨民文学精神探索的心路历程。"[③]

对于茨维塔耶娃而言，1922—1925年在捷克生活的三年是她生命中最为稳定的阶段之一。回首令诗人困扰的艰难岁月，她将捷克斯洛伐克视为避难所，在那里幸福感、创造力，甚至对未来的乐观主义都适得其所。布拉格，这座城市为俄国流亡知识分子提供的庇护发挥了独特的作用。从1925年开始，诗人和丈夫迁居法国，在那里生活了13年半。1928年出版诗集《离别俄国之后》，充满了诗人域外颠沛流离的怀乡之情。茨维塔耶娃的域外流亡经历印证了萨义德的流亡知识分子观。在《流亡的反思》一文中，萨义德写道，"流亡令人不可思议地使你不得不想到它，但经历起来又是十分可怕的。它是强加于个人与故乡以及自我与其真正的家园之间的不可弥合的裂痕；它那极大的哀伤是永远也无法克服的"[④]。与较为幸运的纳

---

① 符·维·阿格诺索夫. 20世纪俄罗斯文学[M]. 北京：中国人民大学出版社，2001：243.

② 荣洁. 走近茨维塔耶娃[J]. 俄罗斯文艺，2001 (2)：24.

③ 焦晨. 孤独的玛·茨维塔耶娃[J]. 西安外国语学院学报，1999 (2)：60.

④ Said E. Reflections on Exile and Other Essays [M]. London：Cambridge：Harvard University Press，2000：173.

第二章 流亡者的肖像

博科夫等年轻一代作家相比,女诗人的流亡经历带有明显的悲剧性特征。诗人曾经提及,流亡生活就如维苏威火山的灰烬,就像古罗马赫库兰尼姆城一样,整个儿被掩埋在火山灰下,年华就这么白白流逝。

  诗人独立的个性和自由不羁的心灵在其侨居域外创作的诗歌中得以体现。她有着与一切都不协调的性格。"你们听着,我真实得如同召唤,如同忧愁,我这金色的鬈发,不服从任何一双手。"① 诗人的骨子里浸透着丰富的心灵和不可征服的个性。"始终保持着自己独特的创作个性和思想倾向,与苏维埃的现实生活格格不入。"② 她一生中未加入任何文学团体、诗人行会或文学流派,始终坚守自己的艺术原则,捍卫流亡知识分子的风骨。诗人始终坚持自我,无所畏惧地与学界权威论战,坚决捍卫自己的作品。"散落在商店尘埃里的我的诗,像是值钱的葡萄酒等待着自己的好运来临。"③ "这就是她的孤独。一个敢于走自己道路的创造者的孤独,这种孤独构成了她境外诗歌创作的基本主题之一。"④ 1922年7月,在题为《致柏林》的诗歌中,诗人写道:

    雨水在哄痛苦入睡。
    枕着窗外的暴雨声,
    我入睡。马蹄沿着颤动的
    马路,像一阵掌声。

    相互问候,融为一体。
    在金色霞光的剩余,
    照耀最神奇的孤儿,

---

 ① 弗·阿格诺索夫. 俄罗斯侨民文学史[M]. 刘文飞,陈方,译. 北京:人民文学出版社,2004:351.

 ② 蓝泰凯. 玛丽娜·茨维塔耶娃:俄罗斯"白银时代"的诗歌女皇[J]. 贵阳学院学报,2023(3):71.

 ③ 谢·伊·科米尔洛夫. 二十世纪俄罗斯文学史:20-90年代主要作家[M]. 赵丹,段丽君,胡学星,译. 南京:南京大学出版社,2017:230.

 ④ 谢·伊·科米尔洛夫. 二十世纪俄罗斯文学史:20-90年代主要作家[M]. 赵丹,段丽君,胡学星,译. 南京:南京大学出版社,2017:352.

楼房啊，你们发了慈悲！①

  柏林是茨维塔耶娃流亡域外的第一站。侨居初期，女诗人极度痛苦孤独，诗歌中的"雨水""痛苦""孤儿""慈悲"等体现出诗人的孤独与不适。脱离了俄罗斯的创作土壤，又与侨民社会格格不入，诗人成为域外流浪的"缪斯"与"孤儿"，在自我放逐中永不妥协，始终捍卫诗人的最高权力。"趁白昼尚未起床，带着它被腐蚀的激情，我在重建俄罗斯，用潮湿和枕木。"② 尽管遭遇种种坎坷，诗人执着于生活的信念和信仰，不在厄运中抛弃一个人，更何况她的祖国俄罗斯。在诗人看来，异域国度与移居城市都与诗人心中的俄罗斯无法媲美。

> 埃菲尔塔触手可及！
> 来啊，让我们攀登。
> 可我们过去和现在，
> 每人都见过这个场景，
>
> 如今我要说，巴黎
> 很是枯燥，也不漂亮。
> "俄罗斯，我的俄罗斯，
> 你为何燃烧得那么明亮？"
>
> （《松明》，1931）③

  俄罗斯域外侨民界对茨维塔耶娃的疏远，让诗人回归故土的愿望越来越强烈，"在这里我无人需要，在那里我无法生存"，"故乡的思念！早已被

---

① 茨维塔耶娃. 茨维塔耶娃诗选 [M]. 刘文飞, 译. 北京：人民文学出版社，2020：326.

② 茨维塔耶娃. 茨维塔耶娃诗选 [M]. 刘文飞, 译. 北京：人民文学出版社，2020：345.

③ 茨维塔耶娃. 茨维塔耶娃诗选 [M]. 刘文飞, 译. 北京：人民文学出版社，2020：431.

揭穿的纠缠！我完全无所谓，在哪里都是孤单"①。"这里的人们对我肆意凌辱，戏侮我的傲气和我的无权地位。"最终不甘于平庸的诗人于1939年6月离开法国，回到俄罗斯，尽管前途未卜。

茨维塔耶娃在《诗人与时间》一文中写道："所有的诗人从本质上说都是侨民，即使他在俄罗斯。是天国的侨民，是大地自然界天堂的侨民……他是从永恒移居到时间中的侨民，是没有返回自己天国的人。"② 1923年4月创作的一首《诗人》的诗篇，茨维塔耶娃直抒胸臆，诠释了诗人及诗人的角色。

> 诗人从远方领来话语。
> 诗人被话语领向远方。
>
> 像星星，像征兆，
> 像迂回的寓言坑洼密布……
> 是非之间，他从钟楼起飞，
> 挂钩骗人……因为彗星的路——
>
> 就是诗人的路：燃烧，却无温度，
> 收获，却没有培育，
> 爆炸和摧毁，蜿蜒曲折，
> 日历不预告你的道路！③

茨维塔耶娃在诗中表达出诗人坚持自我、捍卫诗人权利的强烈意识。诗人的使命是燃烧，走蜿蜒曲折、不同寻常的路，如同真正的知识分子一

---

① 茨维塔耶娃. 茨维塔耶娃诗选[M]. 刘文飞，译. 北京：人民文学出版社，2020：450.

② 符·维·阿格诺索夫. 20世纪俄罗斯文学[M]. 凌建候，等译. 北京：中国人民大学出版社，2001：258.

③ 符·维·阿格诺索夫. 20世纪俄罗斯文学[M]. 凌建候，等译. 北京：中国人民大学出版社，2001：362-363.

样,"甘冒被烧死、放逐、钉死在十字架上的危险"①。在域外流亡、放逐的灾难岁月,女诗人如殉道士般坚持诗人的最高真理,绝不附庸他人,出卖自己。1941年8月31日,诗人在苏联鞑靼自治共和国叶拉布拉镇一间破旧的出租屋内自缢身亡。昏暗的房间,陈旧的衣物,冰冷的剩饭,被世人遗忘的角落,诗人带着绝望、悲壮与凄凉离开了这个世界,没有了诗人在诗中预言的那么富有诗意。在诗人创作中,"死亡是一个庞大的主题,它总是很吸引人、令人生畏、令人惊叹、引起人们的好奇、令人向往;在逼仄的世俗生活中它总是很艰难的,它总是想超越生活的界限"②。诗人以自缢的方式证实了苦难人生中最后的高傲、永恒与悲壮。在众多的身份中,茨维塔耶娃最看重的角色是诗人,早在1920年在莫斯科创作的一首诗歌,女诗人诗性地预知了自己的死亡,"我知道我将死在霞光中"!

> 我知道我将死在霞光中!
> 晚霞还是早霞,尚费思量!
> 啊,真希望我的火把能两次熄灭!
> 在傍晚的霞光,在清晨的霞光!
> ……
> 温柔的手推开没吻过的十字架,
> 我为最后的问候冲向慷慨的天空。
> 切开霞光,回报的微笑像切口……
> 我仍将是诗人,在咽气的时候!③

诗人域外侨居创作的最后一部作品是《致捷克》。捷克这个国家曾经接纳过包括茨维塔耶娃在内的成千上万的流亡知识分子,受到众多流亡者的

---

① 爱德华·W·萨义德. 知识分子论(第二版)[M]. 单德兴,译. 北京:生活·读书·新知三联书店,2013:14.

② 谢·伊·科米尔洛夫. 二十世纪俄罗斯文学史:20-90年代主要作家[M]. 赵丹,段丽君,胡学星,译. 南京:南京大学出版社,2017:259.

③ 茨维塔耶娃. 茨维塔耶娃诗选[M]. 刘文飞,译. 北京:人民文学出版社,2020:274.

向往。1938年9月，纳粹德国攻占捷克斯洛伐克，诗人创作组诗饱含对捷克人民的同情，也充满了对战争带来世界灾难的悲剧性感受。

> 这片土地富饶宽广。
> 它只有一种忧伤；
> 捷克人没有大海，
> 他们的眼泪汇成海洋。
> ……
> 听吧，林中的每棵树，
> 听吧，伏尔塔瓦河！
> 狮子与愤怒押韵，
> 伏尔塔瓦与荣光合辙。
>
> 你的一切灾难
> 都不会太久！
> 熬过这奴役的黑夜，
> 就是自由的白昼！[①]

在《致捷克》组诗中，诗人深深地眷恋着布拉格的乡村，因为她的儿子出生在布拉格远郊。诗中充满着群山、森林、峡谷、农舍、牧场、河溪等田园意象。

> 群山是野牛的舞台！
> 黑色的森林，
> 峡谷倒映水中，
> 群山对望天空。
>
> 最自由的去处，
> 最慷慨的地方。

[①] 茨维塔耶娃. 茨维塔耶娃诗选 [M]. 刘文飞，译. 北京：人民文学出版社，2020：453，456.

这些山峦啊，
是我儿子的故乡。

山谷是鹿的牧场，
野兽不会受惊，
农舍的屋檐是庇护，
林中一片安宁，

无论走上多远，
也遇不上一杆猎枪。
这些山谷啊，
是我儿子的故乡。

我在那里把儿子抚养，
还有什么在流淌？
河水？岁月？
还是白色的鹅群？
……
在我儿子的故乡，
一切应有尽有，
只是没有一个人，
忘记自己的故土。

诗人多年在域外移居国颠沛流离，对捷克人民的遭遇感同身受，饱含同情。诗中她痛恨占领捷克的敌人，诅咒出卖祖国，让人们失去故土的人。同时，诗人又联想起自己的祖国和背井离乡的流亡知识分子。

我的故乡，你被活活地
出卖，连同野兽，
连同奇妙的园子，
连同丰富的矿物，

连同各个民族，

第二章 流亡者的肖像

>他们流离失所,
>在旷野呻吟:
>祖国啊!
>我的祖国!

诗人从未抛弃俄罗斯,但回到俄罗斯后,她得到的只有冷漠、拒绝与绝望。"她的粮食是思念、冷遇、恐惧与缺乏营养。现在她回到你的体内,可是她得到的只有拒绝,你不再认她这个女儿。"[①] 同蒲宁一样,茨维塔耶娃的诗歌佳作都是在侨居国外期间创作的,诗歌的核心主题是俄罗斯情结和俄罗斯性。无论身处何种境遇,诗人始终以丰满的个性、深邃的感情和深刻的灵魂"一生都在构建一部无穷无尽、丰富有趣的'与自我心灵之间的罗曼史',让她从自己像大海一样无边无际的心灵中汲取诗歌的灵感"[②]。女诗人的诗歌主题涉猎广泛,包括艺术、爱情、真理、流亡、祖国、悲剧性命运等,除了抒情的风格,还充分体现崇高的语体,强化了诗句的庄重与激越。比如,《人民》一诗中,有着高昂雄辩的语调和庄严悲壮的情绪。

>子弹打不中它,
>歌声也打不动它!
>我站着,张开嘴巴:
>"人民!多么强大!"
>
>人民就像诗人,
>所有宽度的代言人,
>像诗人,张开嘴巴,
>站着强大的人民!
>
>当你既没有力量,

[①] 聂茂. 永不熄灭的心灯:俄罗斯文学大师群像[M]. 北京:团结出版社,2023:451.

[②] 弗·阿格诺索夫. 俄罗斯侨民文学史[M]. 刘文飞,陈方,译. 北京:人民文学出版社,2004:357.

也没有神赐的天赋,
围困这样的人民?
就是把花岗岩围住!①

此外,1939 年 5 月在巴黎期间,诗人还创作了另一首以人民为主题的诗歌,直接颂赞了人民的不朽的力量。诗人心中的人民坚强、自由、纯洁。

人民,你不会死去!
上帝将你护佑!
石榴石做你的心脏,
花岗岩做你的胸膛。

盛开吧,人民,
像石板一样坚硬,
像石榴石一样滚烫,
像水晶一样纯净。②

茨维塔耶娃的悲剧性成因是多方面造成的,包括国内外的政治和生存环境、诗人与家人的紧张关系、丈夫艾伏隆的政治立场等。任何作家和诗人都希望拥有众多的读者群体,丈夫醉心于政治,诗人却是无奈地追随,这让诗人和作品在侨民群体中受到孤立。贝蓓洛娃将诗人描述为巴黎的"弃儿";"她没有读者","而且没有人回应她写的东西"③。这无异于扼杀诗人的创作天赋,诗人在域外流亡的最后岁月里,其诗作明显地表现出与日俱增的疏离、孤独与绝望。流亡迫使诗人脱离祖国艺术创作的土壤,俄国道路旁的山楂树,已经逝去的童年都是诗人天生的"胎记"。"诗人不能在流亡中生存:那里没有其站立的土地——没有媒介,没有语言。那里——

---

① 茨维塔耶娃. 茨维塔耶娃诗选 [M]. 刘文飞,译. 北京:人民文学出版社,2020:477-478.

② 茨维塔耶娃. 茨维塔耶娃诗选 [M]. 刘文飞,译. 北京:人民文学出版社,2020:478-479.

③ Berberova N. The Italics Are Mine [M]. London:Chatto & Windus,1993:202.

没有根。"①

尽管茨维塔耶娃倔强不羁、与一切不妥协的性格带有悲剧性，诗人一生经历了流亡的悲痛与孤独的绝望，但"她的诗以爱情和生命为主题，感情深沉，富有悲剧内涵，她的内心充满了炽烈的爱，她爱这个世界，爱她的国家俄罗斯，爱艺术，爱诗，爱她周围的亲朋挚友。她在孤独中写诗，却在艺术上刻意求新，无论在音韵、节奏、意象和句法上都自成一体，别具一格"②。女诗人曾经预言，我的诗好像名贵的美酒，自有风靡的时候。我深深知道，过一百年，人们将是多么爱我！如今，诗人的预言成真。她发自灵魂的歌唱和纯粹的诗音为其赢得了高贵的尊严和礼赞。一百年以后，所有的人都没有错过诗人全部的风景，都曾经与这颗自由不羁的心灵相遇过。"她的灵魂是人类抽象出来的存在，是人类最深处的存在。"③

一言以蔽之，茨维塔耶娃作为一个诗人而生，又作为一个诗人而亡！她是一个超世界的诗人，她终究将属于未来！我们引用阿·巴甫罗夫斯基在费·库兹涅佐夫主编的《20世纪俄罗斯文学》的《玛丽娜·茨维塔耶娃》中的话来总结女诗人的不朽。"诗人死了，她的诗永存。茨维塔耶娃的预言也实现了：'鸿运将把她的诗歌照临。'现在，她的诗已经进入了人们的文化生活，进入了我们的精神世界，并在诗歌史上占有崇高的地位。"④

三、非典型的流亡者：弗拉基米尔·纳博科夫

俄裔美籍作家弗拉基米尔·纳博科夫（1899—1977）是一个诗人，一个"非常不典型的流亡者"，一个自由不羁的作家，其一生可谓是颠沛流

---

① Broude l. From Khodasevich to Nabokov [J]. Nabokov Studies, 1995 (2): 19-20.
② 张宏莉. 论诗人M·茨维塔耶娃及其创作 [J]. 兰州大学学报. 2000 (S1): 167-168.
③ 聂茂. 永不熄灭的心灯：俄罗斯文学大师群像 [M]. 北京：团结出版社，2023：421.
④ 费·库兹涅佐夫. 20世纪俄罗斯文学：卷2 [M]. 莫斯科：教育出版社，1996：90.

离，流亡、追寻、梦蝶、乡愁、回忆成为其人生字典中的关键词。尽管作家总是宣称他的作品与侨民无关，但流亡是纳博科夫无处不在的主题。流亡经历始终贯穿于纳博科夫的生命历程。从1917年在克里米亚初尝流亡滋味，到1925年柏林的流亡生活场景，1937年在法国的奔波困境，再到1940年避难纽约与斯坦福。博伊德撰写的《纳博科夫传》（美国时期和俄罗斯时期）几乎可以说是一部纳博科夫背井离乡、漂泊流转的流亡史。阅读其传记，读者们无法漠视一个跃然纸上的流亡俄国知识分子形象的存在。

直至今日，国内外学界对纳博科夫的研究长达一个世纪之久。一百多年来，从早期俄侨批评家对纳博科夫作品的形式、美学和诗学批评，到20世纪80—90年代的伦理的和形而上的批评视域，再到21世纪近十几年的跨学科和跨文化研究，纳博科夫的文学生命经历了漫长的生长期，至今国内外学界对其人其作研究依然方兴未艾。随着研究的不断深入和拓展，纳博科夫的多重身份得到了令人信服的解读和阐释。作家在世界文学史中的多重身份和形象也得以确立和认可。

总体而言，中外几部文学史中从纳博科夫的族裔身份、流亡生涯、作品主题、诗学及美学等视角塑造了纳博科夫的诗人、作家、译者以及文学批评家的多重身份，同时呈现了其艺术世界中的"多层次、多色彩"的艺术特性和创作密码。几部中外文学史以整体论的叙事方法诠释了纳博科夫独特的创作密码和艺术精神。

1. 弗拉基米尔·纳博科夫是谁？

可以说，纳博科夫的文学声名在一个世纪的岁月中被打上了美学家、魔术师、文体家、游戏高手等种种标签。然而，这些形象仅仅是单一维度的，评论家仍在继续发现纳博科夫的多重身份。"近些年来，纳博科夫创造的令人敬畏的知识遗产，如对他作为鳞翅目昆虫学家的研究新视角，已经开始备受关注。"[①] 在由朱莉安·康纳利编写的《剑桥文学指南——纳博科夫》（*The Cambridge Companion to Nabokov*，2005）一书中，康纳利在引

---

① Connolly J W. The Cambridge Companion to Nabokov [M]. London: Cambridge University Press, 2005: Ⅰ.

言中重点评述了纳博科夫的多重面孔，收集了纳博科夫作为一个讲故事的人、一位俄罗斯作家、一位诗人、一位从笔名为西林（Sirin）转向纳博科夫的双语作家等多篇代表论文。此外，由亚历山大亚夫编写的《纳博科夫研究指南》（*The Garland Companion to Vladimir Nabokov*，1995）一书从多元化视角全面评述了纳博科夫的诗歌、小说、译作、风格及其与其他世界作家的内在关联。除了以上的多重身份，纳博科夫还有传记和自传作家身份的研究视域。

纳博科夫的小说创作中具有传记文学的影子。如其长篇小说代表作《普宁》和《微暗的火》对国内纳博科夫的研究产生了深远的影响。纳博科夫的这两部作品本身就具有自传性的特征，因而具备了传记视野研究的可行性。而国内研究从传记视野对纳博科夫的艺术创作进行文学解读的尝试不多，研究似乎只落在传记翻译的层面上，进行深度解读的不多。纳博科夫认为，解谜是人类最纯粹、最基本的心智活动。因此，从其传记的视野走进纳博科夫的文学世界去感受其文学思想的愉悦与震颤将是打开纳博科夫创作之谜的另一扇窗户。时至今日，国外已有几位传记作家为纳博科夫作传。其中有《弗拉基米尔·纳博科夫人生与艺术》（Andrew Field，1986）、法国作家布洛的《蝴蝶与洛丽塔——纳博科夫传》（Jean Blot，2010），以及 2012 年出版的《弗拉基米尔·纳博科夫：一种艺术人生》（David Rampton，2012）等都对纳博科夫的艺术创作人生做出了积极的探索和概括。

纳博科夫研究的权威与集大成者当属新西兰知名学者布莱恩·博伊德（Brian Boyd）。其最负盛名的学术成果不仅包括两卷本传记《纳博科夫传》（俄罗斯时期和美国时期），还包括纳博科夫的经典英文小说《微暗的火》《阿达》的学术研究成果：《纳博科夫的〈微暗的火〉：艺术发现的魅力》（1999）和《纳博科夫的〈阿达〉：意识之地》（2001）。两部专著里，博伊德走进小说文本世界，对纳博科夫的艺术世界进行了详细而又深刻的阐释。此外，2011 年由哥伦比亚出版社出版的新作《跟踪纳博科夫》以论文选集的形式对纳博科夫最优秀的英文小说及其无与伦比的自传《说吧，记忆》重新进行了梳理和解读。对所有热爱纳博科夫的读者来说，纳博科夫的作品永远拥有谜一般的魅力和诱惑。

通过纳博科夫的多重艺术身份,读者们意识到以史学的叙述视角去审视纳博科夫的人生和艺术世界,会发现纳博科夫作品中多层次性和多维度的艺术特性。通过解读不同版本文学史中对纳博科夫研究的叙事话语和策略,读者们可以探究到纳博科夫的史学形象及其独特的创作密码。

2. 俄罗斯本土文学史中的纳博科夫形象

刘文飞在其撰写的《纳博科夫国际研讨会侧记》一文中,对1999年为纪念纳博科夫一百周年诞辰而举办的"俄罗斯文学与世界文学中的纳博科夫"国际研讨会进行了述评。在侧记中,他对冷清平淡的研讨会与十年前同样在莫斯科举办的声势浩大的纪念帕斯捷尔纳克百周年诞辰研讨会做了对比,感触颇深。同时分析了经济危机、文学失落等种种原因。然而,本次会议也在某种意义上反映出纳博科夫与其"俄罗斯性"和"非俄罗斯性"的矛盾与冲突。这位使用双语(英语、俄语)写作,很早就加入美国国籍的作家对俄国一直有着深深的怀旧情结。流亡的岁月里,纳博科夫"心中怀藏的对过去的思念是对失去了的童年的一种极度复杂的感情"[①]。在诗中他写道:"在我的美利坚的天空下怀念俄罗斯的那独一无二的地方。"[②] 然而,俄罗斯人面对纳博科夫也出现了某种矛盾:一方面,他们认为纳博科夫无疑是20世纪最伟大的俄语作家之一。另一方面,他们又不得不面对纳博科夫的"美国作家"头衔。[③] 或许,对于纳博科夫而言,生性孤傲、低调创作的他不会太多计较他的自我形象和作家地位。然而,为世界文学创作了文学瑰宝的纳博科夫应该拥有自己的位置和评价。纳博科夫毕竟不仅属于美国,他也属于俄国,也属于世界。[④] 因此,从俄国文学史、美国文学史以及世界文学史中的叙事与评介去审视纳博科夫的艺术创作,可以为揭开纳博科夫的创作密码,进而走进其独特的艺术世界提供一种有效的路径。

---

① 纳博科夫. 说吧,记忆 [M]. 王家湘,译. 上海:上海译文出版社,2009:69.
② 纳博科夫. 说吧,记忆 [M]. 王家湘,译. 上海:上海译文出版社,2009:69.
③ 刘文飞. 纳博科夫国际研讨会侧记 [J]. 外国文学动态,1999(3):41.
④ 刘文飞. 纳博科夫国际研讨会侧记 [J]. 外国文学动态,1999(3):41.

第二章 流亡者的肖像

纳博科夫与文学史有着历史的渊源。他曾经写信高度赞扬德·斯·米尔斯基编著的《俄国文学史》,认为"这是包括俄语在内的所有语言写就的最好一部俄国文学史"[①]。这部《俄国文学史》分为上、下两卷,概述了从11世纪古俄罗斯开始到20世纪初俄国文学发展的历史。遗憾的是,时代的局限性未能让纳博科夫走进这部文学史,读者们更想知道米尔斯基对纳博科夫及其艺术创作又该做出何种评论呢?

但是,由弗·阿格诺索夫编著的《俄罗斯侨民文学史》中第十四章(列捷尼奥夫撰写)对纳博科夫在俄罗斯侨民文学第一次浪潮中的地位和作用进行了较为深刻的阐释。纳博科夫创作生涯的涵盖面、使用英俄双语创作出的文学瑰宝以及对俄罗斯古典文学的弘扬与传承等三方面原因确立了纳博科夫在俄罗斯侨民文学中占据的特殊地位。可以说,"纳博科夫的创作保证了当代俄罗斯文学与20世纪初期文学之间的连续性"[②]。同时,"他为西方真正地开启了一扇大门,让他们了解到19世纪上半叶的俄罗斯经典作品,尤其是普希金的创作"[③]。

尤为珍贵的是,在本部文学史中,著者在文章后面列出了20世纪80—90年代俄罗斯学界对纳博科夫研究的重要文献成果。成果涵盖了纳博科夫俄语小说文集、英俄语传记、纳博科夫与俄罗斯文学传统、俄罗斯性与非俄罗斯性之间的关系、作家世界观和诗学特征、元小说写作范式、对《死亡邀请》《天赋》《洛丽塔》等作品形式手法及其审美解读。

在另一部由阿格诺索夫主编的《20世纪俄罗斯文学》一书中第19章分三个部分对纳博科夫其人其作进行了评述。从内容上看,该章同样是由列捷尼奥夫撰写,增加了对长篇小说《死刑邀请》的详尽、深入评论。第一部分以"浸透着俄罗斯骨血的一生"为标题,作者开篇便诠释了纳博科夫

[①] Nabokov V. Selected Letters. 1940-1977 [M]. London: Harcourt Brace Jovanovich, 1990: 91.

[②] 弗·阿格诺索夫. 俄罗斯侨民文学史 [M]. 刘文飞,陈方,译. 北京:人民文学出版社,2004:435.

[③] 弗·阿格诺索夫. 俄罗斯侨民文学史 [M]. 刘文飞,陈方,译. 北京:人民文学出版社,2004:435.

在20世纪俄罗斯文学中占据特殊地位的三个原因，驳斥了俄罗斯侨民文学圈子里视纳博科夫为"世界主义者"作家的论调，认为他"不仅独立于俄罗斯文化之外，而且毫无俄罗斯骨血"①。为此，国内学者以此为研究视角探究了纳博科夫与俄罗斯文化的密切关系。第二部分揭示了纳博科夫"只有现实的众多主体形象的艺术世界"②。作者深刻解读了纳博科夫所创造的艺术世界的"多层次、多色彩"特征，同时其所有的作品具有一种完整统一的品质。③第三部分用"语言的影子"创作出的形象，以长篇小说《死刑邀请》为文本分析揭示了小说的创作过程、小说情节、小说的人物体系和直观世界、小说的文学性及其语言结构和对小说的多视角解读。

3. 《剑桥美国文学史》中的纳博科夫创作密码

纳博科夫在煌煌八卷本的《剑桥美国文学史》中的位置位于第七卷散文作品（戏剧和小说1940—1990年）中的第三章（在路上与离路行：作为青年叛逆的局外之人）。剑桥版的美国文学史以较少的篇幅赋予了纳博科夫更多的是流亡意识与怀旧情结。流亡成为研究纳博科夫不可忽视的动因之一。穷困潦倒的岁月、昔日的光彩、"失去的童年天堂"主题、语言的分离，在纳博科夫的自传体散文《说吧，记忆》中"饱含着怀旧的情感，充满了精神的力量"④。可以说，纳博科夫在俄罗斯侨民中是最不多愁善感的，但是最具诗性和回忆品质的。"在《洛丽塔》一书里他把回忆和向往，把怀旧之情和无法实现的渴望结合起来，从而获得了极大的感染力。纳博

---

① 阿格诺索夫. 20世纪俄罗斯文学 [M]. 凌建侯等，译. 北京：中国人民大学出版社，2001：372.

② 阿格诺索夫. 20世纪俄罗斯文学 [M]. 凌建侯等，译. 北京：中国人民大学出版社，2001：373.

③ 阿格诺索夫. 20世纪俄罗斯文学 [M]. 凌建侯等，译. 北京：中国人民大学出版社，2001：374.

④ 萨克文·伯科维奇. 剑桥美国文学史（第八卷）[M]. 孙宏，主译. 北京：中央编译出版社，2008：230.

第二章 流亡者的肖像

科夫的自传是开启他所发表的全部作品的一把钥匙。"①

纳博科夫是幸运的。记忆中的欢乐时光、父亲惨遭暗算的家庭变故以及远离故国的种种不适没有让他沉浸在无尽的欢乐或是悲伤之中。相反,他用诗性的语言、蝴蝶、镜子和迷宫等种种隐喻和意象勾勒出一个独特复杂的艺术世界。"与其他流亡俄国流亡知识分子相比,纳博科夫更富有创造性和超越性,他把流亡的无法弥补的损失化为艺术灵感,输入自己毕生的创作之中,从流亡的痛苦和损失中创造了一种文学风格。"② 可以说,"艺术是纳博科夫用来重现往昔,使之完美无缺、永恒不变的一种方式"③。其中,他善于使用的蝴蝶意象以及梦蝶情结成为国内外学者解读其作品美学思想的重要手段之一。在纳博科夫看来,大作家总归是大魔法师。他将写作艺术与自然的魔力相比较,认为两者"都是一种任凭错综复杂的魅力与障眼法来玩的游戏"④。为此,纳博科夫总会因其作品中的艺术形式、语言制造术和文字游戏而受到严重误解,仿佛"纳博科夫就只是一个玩弄噱头和花招的魔术师,一个醉心于纯形式的作家"⑤。

然而,时间将成为揭开纳博科夫艺术作品的密码,而时间与回忆又是纳博科夫作品中的重要主题。从《剑桥美国文学史》的叙述话语中可以看出,《洛丽塔》中亨伯特的回忆与向往、《说吧,记忆》中纳博科夫对过去时光栩栩如生的回忆,却"不带丝毫伤感的强烈情感",这都赋予了纳博科夫的艺术世界极大地感染力,饱含着怀旧情绪和精神力量。因此,对纳博科夫的研究无法回避其海外流亡者的身份,其多部作品表达了对逝去的俄国昔日岁月的深深眷恋:《玛丽》中加宁对初恋情人的那段令人神魂颠倒的

---

① 萨克文·伯科维奇. 剑桥美国文学史(第八卷)[M]. 孙宏,主译. 北京:中央编译出版社,2008:230.

② 崔永光. 流亡话语与故国想象—纳博科夫作品中海外流亡形象的心路历程[J]. 大连海事大学学报,2016(1):103.

③ 萨克文·伯科维奇. 剑桥美国文学史(第八卷)[M]. 孙宏,主译. 北京:中央编译出版社,2008:230.

④ 萨克文·伯科维奇. 剑桥美国文学史(第八卷)[M]. 孙宏,主译. 北京:中央编译出版社,2008:230.

⑤ 刘佳林. 纳博科夫研究及翻译述评[J]. 外国文学评论. 2004(2):74.

爱情、《洛丽塔》中亨伯特对那个精明的小仙女所代表的心中往昔的渴望以及《说吧，记忆》中对失去的童年的复杂感情等等，都反映了纳博科夫创作中的流亡作家身份及流亡话语策略。该文学史鲜明地指出，写于1948—1955年间的《说吧，记忆》《洛丽塔》和《普宁》"组成了描写海外流亡者内心生活的三部曲"[①]。

本部文学史尤其对《洛丽塔》进行了多层次、多视角的剖析，涵盖着20世纪50年代美国文化的主题及亨利·詹姆斯式的国际主题，赋予其道路小说、侦探小说、元小说以及"一部后现代主义小说家的自省之作"等风格特征。[②] 后现代主义小说的开放性和不确定性特点使得这部小说具有黑色幽默、讽刺戏仿、政治寓言等多元阐释话语和艺术策略。更为深刻的是，编者还对《洛丽塔》与《麦田里的守望者》《在路上》《看不见的人》等作品进行了对比研究，凸显了20世纪50年代和60年代美国文化变迁对社会发展及自我解放的深刻影响。

总之，《剑桥美国文学史》（第八卷）对纳博科夫的评介重点阐释了纳博科夫的流亡意识、怀旧情结和回忆主题，同时对《洛丽塔》背后的后现代写作特点及其深刻的文化主题进行了客观、详尽、有力的解析。但遗憾的是，该部文学史对纳博科夫的其他重要作品、诗歌佳作和文学讲稿都未做系统的评论，缺失了对纳博科夫作品较为全面的评介和解读。

美国加州州立大学洛杉矶分校英语系教授童明所著的《美国文学史》，对纳博科夫的阐述视角独特、观点新颖、见解深刻。他将纳博科夫置于全书的最末一章："美国文学的全球化：飞散作家。"在多元文化交融的全球化时代影响下，纳博科夫、莫里森、拉什迪、奈保尔等一批作家"成为由跨国意识影响的快速发展起来的文学的一部分，他们对美国文学经典化中的传统思维方式提出了严峻的挑战，同时也为美国文学的发展注入了活

---

① 萨克文·伯科维奇. 剑桥美国文学史（第八卷）[M]. 孙宏，主译. 北京：中央编译出版社，2008：232.

② 萨克文·伯科维奇. 剑桥美国文学史（第八卷）[M]. 孙宏，主译. 北京：中央编译出版社，2008：239.

力"[1]。童明将这些新类型文学归类为飞散文学。他从"飞散意识和文化输出"的视角对"飞散"的词源及其文化表征进行了周到的梳理，从文化地域与有限空间、后殖民空间下的多元历史、民族主义问题、文化翻译、遭遇异域、反对同化意识、族裔文学等七大方面阐释了全球化时代下的飞散意识和文化表征问题。

值得注意的是，在阐释的最具代表性的五位当代美国飞散作家中，童明将纳博科夫放在第一位加以详细评介。研究发现，童明教授在其文章中多次提及纳博科夫流亡生涯的文化价值及其情感结构。他对纳博科夫的短篇小说中的飞散主题有着独到的见解和准确的定位。"小说中的人物，原有的生活被切断，故国的往日已疏离，现实和梦交织或冲突，小说如泣如诉，欲爱而不能、自我错位的思绪，逐渐深化为富有哲学思考的情感主题：诗人对残酷极为蔑视，因而时时为生命中无所不在的仁慈所感动，艺术形成强大的生命力。"[2]

在《美国文学史》中，童明主要评介了其短篇小说集中的几篇代表作、长篇小说《洛丽塔》和《普宁》。在童明看来，纳博科夫的小说背景有时设在美国、有时设在俄国，有时穿插于两国之间，有时设在想象的国度。这种背景设置的不断变换是与其作为一个飞散者的身份一致的。[3] 亨伯特和蒲宁作为飞散者的形象注定受到误解。两部作品都可以用其短篇小说中的主题进行更为有意义的诠释，即通过残酷的现实去再现疏离的过去时光。

21世纪全球背景下的俄罗斯侨民作家研究应该以更为开放的态度、多棱镜的视角和文本的重读与细读去重新审视域外侨民作家的多重身份及其多层次的艺术世界。然而，开放多元并不意味着去误读、曲解和过度阐释作家和作品。任何一种解读和重读都不可疏离侨民作家创作思想的基本内核和时代背景下的深层文化内涵。蒲宁、茨维塔耶娃、纳博科夫三位第一浪潮中的侨民作家都重视个性的自由，坚持在流亡中秉承传统、创造风格，

---

[1] 童明. 美国文学史 [M]. 北京：外语教学与研究出版社，2008：364.

[2] 童明. 家园的跨民族译本：论"后"时代的飞散视角 [J]. 中国比较文学，2005 (3)：154.

[3] 童明. 美国文学史 [M]. 北京：外语教学与研究出版社，2008：369.

他们从不参加集体创作的活动，始终保持独立的个性和艺术原则，在整个文学创作历程中始终扮演独角，拒绝迎合任何一个俱乐部、社会或政治团体。

蒲宁，身为诗人、散文家、翻译家和小说家，在俄罗斯域外侨民界艺术风格独树一帜，其艺术创作"已然成为连接黄金时代文学与白银时代文学巨大链条上的一环。他是守护经典俄罗斯文学精神与话语的那些骑士中的一员，他珍藏并传承这些传统"①。他创作的脍炙人口的诗篇《落叶》《寒秋》《在火车上》淋漓尽致地展现了诗人的语言天赋和抒情品格。他的抒情散文把诗、画与散文融为一体，通过作品中的多重意象、色彩声音、人物思绪进行细腻的描绘，从而引发共鸣，令读者或感到忧郁沉思，或感到寂寞萧索，或为之满心喜悦。同时，作家流亡生涯中创作的以死亡、爱情为主题的中短篇小说都以暴死、自杀和绝望为结局；其描写侨居生活的短篇小说主人公受尽了屈辱与沧桑，在凄凉与孤苦中要么自我放逐，要么客死他乡。如今在俄罗斯，人们在蒲宁的故乡为他竖立起铜像，还在其故居竖起纪念碑，向这位伟大的诗人和小说家致敬。

茨维塔耶娃肖像的一个总体特征就是与众不同。"她始终具有独创性，她的声音不会与任何人的声音混淆。"② 诗人面对革命带来的痛苦孤独、与侨民社会的疏远与决裂，却不痛恨咒骂革命。她将忠诚、勇敢和对诚实的崇高信念融入其厚重的七卷诗歌文集中，更融入她的生活信仰中。尽管处处格格不入、自我流放、饱经磨难，诗人经历至暗时刻和残酷世界，依然迎接苦难与悲剧，最终用流亡的生命树起一座缪斯的丰碑。茨维塔耶娃以忠诚的性格、悲剧的命运和殉道者的精神生动诠释了才情横溢却又饱经磨难的一生。

如果说蒲宁和茨维塔耶娃在域外成功地确立风格、固守传统，从俄罗斯民族、文化、宗教等宏观的历史主义概念中获得身份认同，那么作为年

---

① 谢·伊·科米尔洛夫. 二十世纪俄罗斯文学史：20-90年代主要作家 [M]. 赵丹，段丽君，胡学星，译. 南京：南京大学出版社，2017：125.

② 德·斯·米尔斯基. 俄国文学史 [M]. 刘文飞，译. 北京：商务印书馆，2020：653.

轻一代的纳博科夫可谓第一位突破传统,成功实现转型的侨民作家。在贝蓓洛娃看来,"他是唯一有能力不仅开创新的写作风格,也能赢得新读者的人"①。纳博科夫的独特创作密码体现的是一种"纳博科夫精神",这种精神的内核就是其艺术世界中的文字游戏、诗性语言及其彼岸世界的形而上主题。纳博科夫强调艺术想象力的作用,"具备想象力的个体能在生活的不幸中发现幸福,从对外在环境的附庸者转变为自为的创造者,在想象中充实自我价值,用艺术的方式去弥补现实的缺憾"②。纳博科夫独特的创作密码为其赢得了最现代、最具美学影响力的文体艺术家的美誉。纳博科夫说,重读作品时真正需要的是"心灵,脑筋,敏感的脊椎骨,兼具艺术的赤诚与科学的冷静"③。读者和评论家对纳博科夫及其作品的解读永远是开放式、多元化的。纳博科夫试图要做的是邀请读者们和作家一起探险和创作,一起在其制造的迷宫世界里发现、思考和顿悟。而作为优秀的读者需要反复走进纳博科夫的文学文本,在感受"审美愉悦"的同时,去领悟隐含在其复杂文本中独特的创作密码和文学精神。

---

① 奥兰多·费吉斯. 娜塔莎之舞:俄罗斯文化史 [M]. 成都:四川人民出版社,2018:637.

② 颜宽. 俄罗斯域外文学(1920—1940)年轻一代关于"自我存在价值"的两类思考 [J]. 俄罗斯文艺,2022(3):89-90.

③ 弗拉基米尔·纳博科夫. 文学讲稿 [M]. 申慧辉等,译. 上海:上海三联书店,2005:3.

第三章　共同体想象

"共同体"成为当下国内外学界研究的热点,已经从最初的政治学和社会学内涵转向世界族裔文学的视域。但笔者研究发现,共同体想象背后隐匿的价值判断、政治指向和社会架构等问题路径建构不完善、意义阐释不清晰、学理梳理不系统。国内学者需要从词源上对共同体进行界定的同时,更要将共同体纳入现代性的批判性考察,融入伦理学、政治学和文学的跨学科研究。

何为共同体?外国文学中的共同体想象如何逐步建构并产生影响的?20 世纪俄罗斯域外流散文学又如何体现共同体想象的?俄罗斯域外流亡知识阶层又体现哪些知识分子观和共同体表征?回答这些问题都需要对"共同体"这个核心概念进行词源上的梳理和阐释。

按照《牛津高阶英汉双解词典》的解释,英文中的"共同体"(Community)一词具有社区、社会;团体、社团;共享、共有等多重含义。从词源学上看,"共同享有"的含义源自拉丁语中的"communis"一词,"整个词指的是以平等、团结和温情为特征的共同体"[①]。从 14 世纪开始进入英语词汇的"共同体"经历了漫长的历史演变,其含义随着时代发展日益丰富,逐渐在哲学、社会学和文学等学科领域显现张力。"其中从黑格尔到马克思,从滕尼斯到威廉斯,把有机的内在的属性看作共同体主要内涵的观点一直占据共同体思想史的主流地位。"[②] 无论共同体概念和特质如何演

---

① 何卫华. 共同体与现代性 [J]. 外国语文研究, 2023 (1): 8.
② 殷企平. 西方文论关键词: 共同体 [J]. 外国文学, 2016 (2): 71.

变，它具有的"共同的关怀"[①] 和强烈的社区意识成为共同体概念的重要表征。英国著名学者雷蒙·威廉斯（Raymond Williams）曾对共同体的特征进行了梳理与总结，这包括：1. 平民百姓或普通人（14—17 世纪）；2. 国家或有组织的社会，后者相对较小（14 世纪至今）；3. 同属一个地区的人（18 世纪至今）；4. 共同拥有某物的特征，如：利益共同体、商品共同体（16 世纪至今）；5. 对拥有相同身份和特征的感知（16 世纪至今）。[②] 从中可以看出，经过几个世纪的嬗变过程，共同体的重要表征逐渐显现，文化、传统、信仰、时代精神等道德价值的判断标准不可或缺。人与人、人与社会、人与自然和谐共处的深度共同体和有机共同体正在得到建构和阐释，并产生学术影响。

在西方学界，北美著名文学批评家希利斯·米勒（Hillis Miller）是从事共同体理论研究的佼佼者。他出版的专著《共同体的焚毁》（*The Conflagration of Community*, 2011）及其姊妹篇《小说中的共同体》（*Communities in Fiction*, 2014）均源自作者对共同体问题的长期关注。两部著作中米勒分别解读了《辛德勒的名单》《黑犬》《鼠族》《无名运动人生》等与大屠杀主题相关的文学作品和《巴塞特郡最后纪事》《还乡》《诺斯特罗莫》《海浪》《狗的对话》和《秘密的整合》等现实主义、现代主义和后现代主义作品，探讨文学见证极端经历的可能性。重要的是，两部著作开篇均阐释了共同体理论，分别聚焦南希与斯蒂文斯的对立和威廉姆斯、海德格尔等批评家、哲学家的共同体思想观点，为国内外学界深入阐释共同体理论研究奠定了学理基础，拓宽了研究维度和路径。

近几年，国内学界从族裔文学"共同体"视角衍生出的流散书写、族裔流动性、跨国书写、民族性和世界性等研究引发强烈关注。"共同体"研究的跨界性与混杂性对构建人类命运共同体和文化共同体具有重要的学术价值和现实意义。截至 2023 年 6 月，中国"族裔文学国际研讨会"已经举办了九届，其中 2023 年举办的第九届聚焦"族裔文学的流动性与共同体想

---

① 雷蒙·威廉斯. 关键词：文化与社会的词汇［M］. 刘建基，译. 北京：生活·读书·新知三联书店, 2005：79.

② Williams R. Keywords［M］. New York: Oxford UP, 1983: 75.

象"，吸引来自世界100余所高校和科研机构的专家学者近400位学者参与研讨与交流。学者曾艳钰在《流散、共同体的演变与新世纪流散文学的人类命运共同体书写》一文中提出，流散具有动态发展特征，从"流散化"视角审视新世纪流散文学的发展，发现流散作家不断挑战和模糊传统民族和国家共同体的概念和边界，它呈现超越"后殖民""民族性""本土性"的创作维度，体现出超越世界文学的全球性书写特征，并指向人类命运共同体共同价值的建构。①

徐彬、翟乃海等青年学者依托国家社科基金重大项目"流散文学与人类命运共同体研究"在《流散文学溯源及其中人类命运共同体的基本范式》《犹太流散文学中的共同体想象及其表征》等论文中尝试为流散文学正本溯源，试图构建研究范式，阐释加勒比英国流散文学、犹太流散文学中共同体想象及文化表征，为深刻理解人类命运共同体提供有益借鉴。此外，李维屏的《论中世纪英国的共同体思想与文学想象》；朱振武、袁俊卿的《流散文学的时代表征及其世界意义——以非洲英语文学为例》；李睿的《〈布鲁克林〉中的流散书写与共同体想象》；李瑾的《流散视域下对阿拉伯侨民文学的思考》分别聚焦于英国文学、非洲英语文学、爱尔兰当代作家和阿拉伯侨民文学中的流散书写与共同体表征，总体反映在各国流亡社区与族裔社群的生存状态时体现出强烈的命运意识和共同体理念，为我们深入研究文学中命运共同体表征和审美两个场域的历史、社会、政治与文化成因等深层次问题不断提供丰富的资源，② 同时也为俄罗斯域外文学的流散书写和民族建构提供借鉴与启迪。何卫华的《流散与文化生产》是国内学者对流散研究的最新成果。作者对流散概念的缘起、发展和理论脉络进行了比较全面的和深入的探讨，进一步梳理了流散的类型，明确了流散者反本质主义的身份观，指出"流散不仅意味着对单一民族国家疆界的突破，同样意味着一种中间状态，由此构成了一种独特的文化生产空间"③。面对流

---

① 曾艳钰. 流散、共同体的演变与新世纪流散文学的人类命运共同体书写［J］. 当代外国文学，2022（1）：127.

② 李维屏. 论中世纪英国的共同体思想与文学想象［J］. 外国文学，2023（3）：12.

③ 何卫华. 流散与文化生产［J］. 外国语文研究，2024（1）：6.

第三章　共同体想象

散这一重要的全球性现象，国内外学者不断开疆拓土，既有对流散理论的学理性阐释，又融入流动研究（mobility study）、地理学、社会学、政治学等跨学科的、更为宏阔的视野。流散研究衍生出多元视角、文化共同体和政治立场都是文化生产的宝贵资源。

俄罗斯域外文学的璀璨景观与累累硕果是流亡知识分子在各个移居国的流亡侨民社区里创造出来的。尽管政治革命带来的流亡与放逐让众多的俄罗斯知识分子精英感到了生活的苦涩与域外流亡的种种不适，但他们带着强烈的使命意识，扮演着俄罗斯文化的使者角色，在漫长艰辛的流亡生涯中向世界各地播撒俄罗斯传统文化的种子，最终创造出俄罗斯侨民文化的独特景观。俄罗斯国学大师利加乔夫曾经说过，在俄罗斯传统中，知识分子的力量不在智慧而在心灵。"对于俄罗斯侨民知识分子来说，俄罗斯有一种支撑他们的精神、抚慰他们的心灵、滋养他们的生活的东西。"[1] 这种让域外流亡者笃定使命的是捍卫普希金、屠格涅夫、果戈理、托尔斯泰和陀思妥耶夫斯基等文学巨匠象征的伟大的俄罗斯文化传统和文学精神。

作为后殖民批评家的萨义德在《知识分子论》中提到，大多数流亡者的困境并不在于远离家乡，而在于既无法与故土割裂又无法与新环境融合的痛苦。俄罗斯域外流亡知识分子是自我放逐的"边缘人"，是游离于域外移居国文化与俄罗斯民族文化的格格不入者。"尽管如此，他们并没有放弃对真理与自由的追求。他们有着明显的共性，他们行走于社会的边缘，他们的灵魂既不世俗也不超脱，自由奔放精神之下的灵魂'苦行'仿佛成了流亡知识分子的'集体无意识'。"[2] 这在无意识中形成一个"知识阶层"的共同体，他们是"有着共同历史认知和知识谱系，并有一个共同价值与伦理道德底线的'知识阶层'群体"[3]，他们以知识分子的风骨品格、艺术家的创造精神共同构成一股推动历史进程的强大"合力"。

因此，俄罗斯域外文学第一浪潮中的知识分子尽管忧国忧民，在颠沛

---

[1] 任光宣. 俄罗斯文化十五讲 [M]. 北京：北京大学出版社，2007：205.

[2] 邱畅. 纳博科夫英语长篇小说中俄国流亡知识分子形象研究 [J]. 社会科学辑刊，2013（4）：189.

[3] 丁帆. 知识分子的幽灵 [M]. 上海：东方出版中心，2017：188.

流离中徘徊迷茫，但始终坚持知识分子的写作立场，其艺术风格和创作主题均体现流散知识分子的地理处境与精神困境，进而"表露出其鲜明的知识分子写作的良知、理智和责任"①。蒲宁、茨维塔耶娃和纳博科夫三位流散作家的流亡立场和创作思想都共性地反映出流亡知识分子在域外力图"挖掘出遗忘的事情，连接起被切断的事件"②。纳博科夫创作的9部俄语小说中的悲剧性角色都是域外流亡者，他们"在异国他乡中迷失、孤立，或者被那个再也寻不回的——除非通过幻想或艺术的创造性回忆——过去所萦绕"③。蒲宁在小说作品中成功塑造了俄国流亡知识分子的形象，他们在域外试图摆脱现实流亡生活的痛苦而逐渐走向精神流亡，为俄罗斯文化强烈发声，既有对流亡者个体精神创伤的反思，又有对域外流亡社区"文化共同体"精神原型的构建。

一、知识分子观

知识分子的表征需要放到历史的语境里方能清晰呈现。在萨义德的知识分子论中，"流亡"与"流亡立场"都是重要的概念。流亡对萨义德而言是"一种既真实又有隐喻意义的情境"④。他认为，流亡知识分子应该是局外人和边缘人，是精神上的流亡者和放逐者。他心目中的"真正知识分子"与俄罗斯流散文学中的"流亡知识分子"的精神品格不谋而合。在他看来，真正的知识分子应该是世俗的批评家，始终保持知识分子独立性和批判性的精神本色，"在受到形而上的热情以及正义、真理的超然无私的原则感召

---

① 韩伟，任智峰. 后殖民·知识分子·身份认同：古尔纳小说的三个面向 [J]. 外语教学，2022（3）：108.

② 爱德华·W·萨义德. 知识分子论（第二版）[M]. 单德兴，译. 北京：生活·读书·新知三联书店，2013：40.

③ 奥兰多·费吉斯. 娜塔莎之舞：俄罗斯文化史 [M]. 成都：四川人民出版社，2018：642.

④ 顾华，马新. 流亡中的知识分子：重读萨义德 [M]. 东北大学学报，2010（4）：368.

时，叱责腐败、保卫弱者、反抗不完美的或压迫的权威"①。之后，吉奥乔·阿甘本（Giorgio Agamben）提出知识分子是一群不合时宜的"同时代人"，他们紧紧凝视黑暗和深渊，不允许自己被世纪之光蒙蔽，他们在当下书写，以行动力做出紧迫性的回应。② 俄罗斯域外流亡者代表着民族优秀知识分子在特定历史时期的多舛命运与不屈精神。

在中国学者许纪霖看来，知识分子（intelligentsia）一词最早源于俄文，出现在 19 世纪的俄国。对当时落后的专制制度，他们产生对旧秩序的强烈的批判和背叛意识。"这样一批与主流社会有着疏离感、具有强烈的批判精神特别是道德批判意识的群体，当时被称为知识分子。"③ 许纪霖认为，知识分子群体本质上具有精神性，具有强烈的现实与道德的批判精神，并且与一种文化的疏离感联系在一起。受到东正教背景的影响，俄国知识分子具有沉重的道德紧张感。"俄罗斯苦难的大地与西方化的上流社会的腐败，使得许多俄国知识分子产生道德上的原罪感，产生绵延不绝的民粹主义。"④ 上述观点与 20 世纪俄罗斯域外流亡知识分子表征高度契合。面对真实的流亡域外的遭遇和身份，俄罗斯流亡知识分子深知肩负的重大责任，"在于明确地把危机普遍化，从更宽广的人类范围来理解特定的种族或民族所蒙受的苦难"⑤。在流亡境遇面前，流散知识分子一方面面对着格格不入的不适感，另一方面流亡这一位移的、混杂的特性使得知识分子获得双重视角。"流亡的身份使他们不必看重权威者的认可，不必顾虑丢掉用效忠换回的利益，不仅能够见人所未见，而且敢于说出那些可能令人不悦的内容，敢于创新和改变现状。"⑥ 总之，他们永远持有怀疑精神和批判立场，坚决

---

① 爱德华·W·萨义德. 知识分子论（第二版）[M]. 单德兴, 译. 北京: 生活·读书·新知三联书店, 2013: 13.
② 吉奥乔·阿甘本. 裸体 [M]. 黄晓武, 译. 北京: 北京大学出版社, 2017: 24 - 25.
③ 许纪霖. 中国知识分子十论（修订版）[M]. 上海: 复旦大学出版社, 2015: 3.
④ 许纪霖. 中国知识分子十论（修订版）[M]. 上海: 复旦大学出版社, 2015: 5.
⑤ 许纪霖. 中国知识分子十论（修订版）[M]. 上海: 复旦大学出版社, 2015: 41.
⑥ 戴从容. 乔伊斯、萨伊德和流散知识分子 [M]. 上海: 华东师范大学出版社, 2012: 111 - 112.

捍卫自身立场和自由权利。俄罗斯侨民文化之所以能够在20世纪出现、发展并形成三次浪潮的独特景观，其根本原因在于俄罗斯域外知识分子肩负着继承、发展并创造俄罗斯侨民文化的使命。"俄罗斯知识分子从民族信仰的立场来看待自己的创作，认为它负有一种救赎的使命，具有超越个人本身的精神价值。"[①]

1922年发生在俄罗斯历史上著名的"哲学船"事件对于研究20世纪俄国文化史、思想史和知识分子问题有着特殊的意义。"哲学船"指的是"普鲁士号"和"哈根船长号"两艘客轮，被冠以"哲学船"的名号是因为船上有160多位受到苏维埃行政驱逐的知识分子，其中不乏俄国哲学界里的文化精英和知识阶层里的优秀代表。这些知识分子精英有着独立的政治思想和世界认知，誓死捍卫自由权利，最终被驱逐到俄罗斯境外流亡，成为域外的自我放逐者和精神流亡者。他们在域外流亡的生活以历为其文学和艺术创作提供了宝贵的土壤。

从米·安·奥索尔金、尼·亚·别尔嘉耶夫等被驱逐者的流亡日记叙述中，细心的读者能深切地感受到流亡知识分子的痛楚与挣扎，"革命于我是悲剧性的，是俄国生活中最宝贵愉悦的东西的消亡，是爱的消亡。是的，革命对我来说是一场爱的灾难，它掠走了爱的对象，荒芜了心灵，洗劫了爱"[②]。读者可以清晰地看出哲学家对待革命的态度及其各自的心路历程。他们经历过被放逐到域外的垂死挣扎，在孤立隔绝、慌乱迷茫中煎熬度日，同时也在坚持创作中日益成熟。"我知道还有各种各样的考验在等着我们，对故乡的思念、绝望，所有这一切都是必然的，但现在我作为一个人只有一种情感——为获得自由而高兴和对上帝的仁慈所怀的虔诚的讶异和感激。"[③]

[①] 刘怡彤. 信仰与审美的互动：俄罗斯文学思想史的反思[J]. 俄罗斯文艺，2024(3)：69.

[②] 谢·尼·布尔加科夫. 五年（1917-1922）. 哲学船事件[M]. 伍宇星等，译. 广州：花城出版社，2009：108-109.

[③] 谢·尼·布尔加科夫. 五年（1917-1922）. 哲学船事件[M]. 伍宇星等，译. 广州：花城出版社，2009：136.

第三章 共同体想象

1924年2月16日，流亡巴黎的蒲宁在一次大型集会上，发表了著名的演说"俄国侨民的使命"（The Mission of the Russian Emigration）。他首先对"émigré"和"exile"做出了概念上的界定与区分。"我们是（因政治原因移居外国的）流亡者，'émigrer'这个词更加适合我们。我们绝大多数都不是被流放者，而准确地说是流亡者（exiles），也就是说，我们是自愿离开祖国"。"使命是赋予某人的一种权利。命运已经让我们担起这一艰难而又崇高的使命。"① 对蒲宁而言，自愿流亡到域外国家暗示着一种使命感。蒲宁在60多年的创作生涯中一以贯之地践行旧俄知识分子的使命，笔耕不辍，并于1933年成为俄国作家中首位摘得诺贝尔文学桂冠的人。

"哲学船"事件之所以影响深远，就是因为船上不仅有赫赫有名的哲学家，还有蒲宁、阿·托尔斯泰、茨维塔耶娃、梅列日科夫斯基等著名作家、诗人和艺术家。两艘"哲学船"承载着俄国流亡者捍卫传统、继承文化的使命，体现着独特的流亡知识分子观。"知识分子是超越民族性、追求人类价值的'捍卫者'，是不断转换立场和视角，开拓创新的'流亡者'，是敢于表达、追求真理的'业余者'。"② "正是这种强烈的自由渴望、迫切的精神探索和无畏的斗争精神，成了俄罗斯知识分子独特的精神诉求。"③ 也正是因为俄罗斯流亡知识分子的精神品格，在域外坚持文学创作，最终，在将俄罗斯文化传播到世界各地的同时，也有力地推动了俄罗斯域外文学的形成与发展。

总体上来看，俄罗斯知识分子是一个具有改革理想和社会责任感、追求思想独立自由、坚守道德底线的俄罗斯知识群体。简言之，俄罗斯域外流亡知识分子观具有聚合性、创造性和超越性的特点。

首先是聚合性。俄国东正教的"聚合性"塑造了俄罗斯的民族精神与

---

① Bunin I A. 'Missiiarusskoiemigratsii'. In I. A. Bunin, Publitsistika 1918 – 1953 godov, edited by O. N. Mikhailov, 148 – 57, Moscow: Nasledie, 1998: 43.

② 付佳乐. 论知识分子的精神品格——读萨义德《知识分子论》[J]. 思想政治课教学, 2022（3）: 94.

③ 姜磊. 俄罗斯知识分子群体的缘起和演变研究 [J]. 国外社会科学, 2016（6）: 57.

民族性格，折射出俄罗斯的政治伦理与哲学思想。这一俄罗斯传统哲学的核心概念注重精神性与超越性，强调"多样性中的统一"和"自由的统一"，反对鼓吹个人主义，"弘扬一种超越个体、由内向外的精神和谐"[①]。俄罗斯白银时代诸如普希金、果戈理、莱蒙托夫和陀思妥耶夫斯基等作家将"人的内心和谐的思想"，"人和世界、社会、自然、宇宙的融合"[②] 视为最高的精神理想，本质上凸显的是一种人道主义传统和东正教的文化正统与民族精神。

学者萧净宇等撰写的专著《"聚合性"与俄罗斯文学经典》，从俄罗斯文学经典文本分析入手，通过考察"聚合性"与俄罗斯文学经典之间的关系，探索"聚合性"在俄罗斯文学经典中的表现形式、生成机制和在构建俄罗斯民族及国家形象中的积极作用。"聚合性"意识体现的是俄罗斯民族的集体无意识与传统主流价值，对20世纪俄罗斯流亡知识分子，尤其是早期的流亡者影响深远，是支撑他们在域外保持创作热情、担负文化使命的思想源泉。"俄罗斯知识分子在面对强权的时候从不愿轻易放弃自己的价值判断和理想追求，这其实也是俄罗斯文学强大的道德力量和社会责任感以另一种方式的表现。"[③] "俄罗斯知识分子从启蒙开始一直没有能够摆脱东正教的影响，即认为自己有罪，对于社会的贫困、灾难有不可推卸的责任。"[④] 因此，俄罗斯知识分子具有"受难和爱"的独特气质，"突出表现则是超验式的忧伤"[⑤]。域外文学老一辈流亡作家的主要创作主题就是怀旧与创伤。流亡知识分子对故国家园的深深眷恋、抒情想象与创伤回忆都融入其小

[①] 萧净宇. 19世纪俄罗斯文学经典中"聚和性"与民族主流价值观的同构[J]. 外语学刊，2018(6)：118.

[②] 弗·阿格诺索夫. 俄罗斯侨民文学史[M]. 刘文飞，陈方，译. 北京：人民文学出版社，2004：5.

[③] 弗·阿格诺索夫. 俄罗斯侨民文学史[M]. 刘文飞，陈方，译. 北京：人民文学出版社，2004：729.

[④] 徐葆耕. 叩问生命的神性：俄罗斯文学启示录[M]. 桂林：广西师范大学出版社，2009：64.

[⑤] 徐葆耕. 叩问生命的神性：俄罗斯文学启示录[M]. 桂林：广西师范大学出版社，2009：25.

说、散文和诗篇创作中,尽管怀乡文学主题与风格迥异,"蒲宁是与永逝不返的过去告别,什梅廖夫是对过去的诗意化,仿佛它仍在现实中继续存在"①。

俄罗斯女诗人季·沙霍夫斯卡娅流亡后在诗句中写道:"俄罗斯,是痛苦,是奇异的愁,/是永远不会疲惫的渴望,/是一把温暖的骨灰,/是一把温暖的沙土。/被捧在每一个人的手上。"② 流亡者背井离乡,却从不与环境妥协,背负着文化使者的使命与不灭的灵魂。他们尽管伤痕累累,却依然苦苦追寻流亡、上帝、知识分子的使命、宗教与死亡等创作主题。蒲宁等作家最好的作品都是在流亡期间完成的,几乎所有的作品都是描写俄罗斯的乡村、旧俄贵族和侨民流亡生活的。自传体作品《阿尔谢尼耶夫的一生》书写了"爱情、死亡在严酷而又美好世界中的生存悲欢,写了俄罗斯,写了回忆的创作力量"③。

再者是创造性。阿恰伊尔写道:"祖国把我们赶出了家门,我们却将她带到世界各地。"对于在域外流亡成长起来的年轻一代作家,如纳博科夫、加兹达诺夫、马姆琴科等,他们不只是探索流亡者想象中的故乡,还有在记忆的大流散视域下追求创新探索。"正是这种强烈的自由渴望、迫切的精神探索和无畏的斗争精神,成了俄罗斯知识分子独特的精神诉求。"④ 尽管许多作家一生从未返乡,但这也成为他们艺术创作的推动力量,他们"在许多体裁的作品中创造了一个返回的家园,一个广大的诗歌帝国,不仅创造了空间的迷宫,也创造了时间的迷宫"⑤。域外侨民的叙事范式难免带有故事的伤感与怀旧的创伤,年轻一代作家担负起更重的责任,不断拓宽俄罗斯域外文学的广度与深度,"把流亡的无法弥补的损失转化输入自己毕生

---

① 谢·伊·科尔米洛夫. 二十世纪俄罗斯文学史:20-90年代主要作家[M]. 南京:南京大学出版社,2017:53.

② 弗·阿格诺索夫. 俄罗斯侨民文学史[M]. 刘文飞,陈方,译. 北京:人民文学出版社,2004:7.

③ 符·阿格诺索夫. 20世纪俄罗斯文学[M]. 北京:中国人民大学出版社,2001:122.

④ 姜磊. 俄罗斯知识分子群体的缘起和演变[J]. 国外社会科学,2016(6):57.

⑤ 斯维特兰娜·博伊姆. 怀旧的未来[M]. 杨德友,译. 南京:译林出版社,2010:287.

的创作,这不单纯是美学的或者元文学的游戏,而且还是生存的巧妙机制"①。这对于俄罗斯侨民作家是幸运的,对于俄罗斯民族文学也是幸运的。流亡知识分子用自身的勇气、智慧和创作思想再造了一个"微型的俄罗斯",推动了俄罗斯文学在域外的发展。

最后是超越性。对于知识分子来说,流离失所意味着从寻常生涯中解放出来。② 流亡意味着走向边缘、位移、流离失所和格格不入,更象征着一种流散的生存美学与创造性的超越。俄罗斯知识分子深知在域外不仅要保持俄罗斯性,还要走出"唯俄罗斯性","走出自己的池塘,走向河流,走向大海,这绝对不是什么坏事情,对于艺术创作来说,这从来都不是什么坏事情"③。俄侨作家在域外移居国创作的同时也与欧洲文学产生了关联。20世纪20年代的巴黎是一座激发创造力、孕育新思想的大都市,塞纳河巴黎左岸浓郁的文化气息吸引着世界各地的作家和艺术家纷至沓来。受到当时世界文学作家和思潮的影响,俄侨作家将俄罗斯文学推向世界的同时,对于弘扬本民族文化,融入世界文化做出了独特的贡献。

蒲宁、茨维塔耶娃和纳博科夫三位作家在不同时期都流亡到巴黎,三位作家的最佳作品都是在流亡期间创作的。蒲宁更是定居在巴黎,直到病逝。作家一生致力于继承和发展俄罗斯现实主义的传统,并融入了浓重的古典审美情怀,但他在继承中创立文体,最终以其浪漫情调和优雅文笔赢得世界赞赏。茨维塔耶娃的诗歌以艺术与生命、爱情与死亡、流亡与祖国为主题。无论是赞美自然、去国怀乡的短诗,讴歌爱情的《山之诗》和《终结之诗》等长诗,还是诗体故事《花衣吹笛手》,诗人时而简洁明了、直抒胸臆,时而错综复杂、辞藻华丽,时而引经据典、抒情讽刺,即使命运多舛,依然坚持个性化的艺术创作原则,将优美的韵律、丰富的情感、

---

① 斯维特兰娜·博伊姆. 怀旧的未来[M]. 杨德友,译. 南京:译林出版社,2010:292-293.

② 爱德华·W·萨义德. 知识分子论(第二版)[M]. 单德兴,译. 北京:生活·读书·新知三联书店,2013:56.

③ 弗·阿格诺索夫. 俄罗斯侨民文学史[M]. 刘文飞,陈方,译. 北京:人民文学出版社,2004:33.

复杂的意象和创新的语言融为一体。

与前两位作家和诗人相比,纳博科夫是幸运的,更具有超越性。他在流亡中创立艺术风格,实现自我价值,成为典范。纳博科夫先后使用俄语和英语创作,他在童年时期接受的自由宽松的教育赋予了作家创作的天赋和艺术想象力。对纳博科夫而言,最好的派系是孤独。即便是流亡域外,作家也是对脱离一种集体的对流亡痛苦的诉说,并在享受孤独中怒放生命和才华。在田佳宁看来,纳博科夫从空间、记忆和身份三个不同层面展现了流亡生活的困境,探索了流亡者实现自我救赎的出路,体现了对个体生命的关怀和对时代灾难的反思。① 纳博科夫在欧洲时期的创作特征既凸显了流亡主题,又充分体现了现代主义写作手法,成为20世纪现代主义和后现代主义文学的先锋之一。

综上,伟大的灵魂孕育于人类的苦难之中。俄罗斯域外流亡知识分子之所以能够创造出跟俄罗斯历史上"黄金时代""白银时代"相媲美的文学景观,就在于流淌于知识分子血液中的俄罗斯传统与文化基因,"其中葆有了俄罗斯知识分子的殉道精神、拯救意识和人文关怀"②。尽管政治环境迫使俄罗斯流亡知识分子在域外颠沛流离,但他们始终带着独立自由的知识分子的理想与殉道精神,"面对阻碍却依然去想象、探索"③,在被边缘和流放地他们不是被驯化和同化,而是"创新、实验,大胆无畏,代表着改变、前进,而不是故步自封"④。最终他们以放逐者的思维,在流亡中创造和重建了俄罗斯民族精神,将伟大的俄罗斯文化传统推向了世界的中心。换言之,"俄罗斯侨民的文化意义正在于他们保存了传统和价值……继承了'白

---

① 田佳宁. 空间、记忆、身份:纳博科夫短篇小说中的流亡书写研究[D]. 北京外国语大学,2002:1.

② 王时玉. 俄侨期刊《现代纪事》的俄罗斯文化共同体建构意识[J]. 外国文学动态研究,2022(3):86.

③ 爱德华·W·萨义德. 知识分子论(第二版)[J]. 单德兴,译. 北京:生活·读书·新知三联书店,2013:57.

④ 爱德华·W·萨义德. 知识分子论(第二版)[J]. 单德兴,译. 北京:生活·读书·新知三联书店,2013:57.

银时代'开始的创作实践活动,俄罗斯传统文化才得以生生不息的发展"①。

二、共同体表征

目前,国内学界对俄罗斯域外文学的共同体研究主要集中于俄罗斯作家笔下的莫斯科和彼得堡文本,莫斯科、彼得堡与俄罗斯现代化进程等。郭芯雨在《莫斯科的双重面貌:俄罗斯域外文学第一浪潮中的莫斯科文本》一文中指出,流亡作家将逝去的莫斯科记忆转化为"基捷日城"或"第二巴比伦"的文化概念,体现了对俄罗斯民族未来的创造性理解与深邃思考。② 高添、高建华的《蒲宁〈四海之内皆兄弟〉中的东西方文明互鉴与共同体想象》以文本细读的方法解析了《四海之内皆兄弟》的隐喻架构,反思了东西方文明的空间交往历史,通过对帝国殖民行径的批判和人类共通伦理准则的哲理探讨,呈现了作家东西方意识的杂糅态势、对东西方文明互为镜鉴的热切呼唤以及对建构人类"精神共同体"的合理想象。③

俄罗斯域外文学第一浪潮中的作家和诗人最初想要融入移居国的当地生活并非易事,而且"他们抱有希望,认为在俄罗斯域外的流亡生活只是暂时的状态,苏维埃政权很快就会崩溃,他们不久就会返回祖国"④。他们在域外继续追求有意义的俄式生活方式,不断活跃文学生活,举办各种文学晚会和文学沙龙,创办杂志报纸,适时刊载文学作品,"他们创造性地行动,好像流亡代表着文化和哲学意义上最大化的俄罗斯"⑤。1919—1939 年

---

① 徐曼琳. 流亡中的求索 [J]. 俄罗斯文艺,2008 (4):13.

② 郭芯雨. 莫斯科的双重面貌:俄罗斯域外文学第一浪潮中的莫斯科文本 [J]. 外国文学动态研究,2021 (6):120.

③ 高添,高建华. 布宁《四海之内皆兄弟》中的东西方文明互鉴与共同体想象 [J]. 当代外国文学,2023 (4):112.

④ Raeff M. Russia Abroad:A Cultural History of the Russian Emigration,1919 – 1939 [M]. New York:Oxford University Press,1990:4.

⑤ Raeff M. Russia Abroad:A Cultural History of the Russian Emigration,1919 – 1939 [M]. New York:Oxford University Press,1990:5.

第三章 共同体想象

二十年时光里,流亡知识分子在俄罗斯域外的布拉格、柏林、巴黎、哈尔滨等城市都建立了颇具异域特点的"流亡社区"(the émigré community of Russia Abroad)。在这些域外社区里,流亡者始终保持密切联系,不断强化他们的民族认同与文化身份,与移居国的主流文化保持距离,避免受到同化。同时,尽管地理分散,俄语将流亡者联结在一起。"对于俄罗斯域外作家,语言本身超越了作为交流和自我表达工具的作用,成为身份认同的重要象征。"[1] 当域外知识分子发现重回故国无望,他们在流亡中逐步构建起一个"想象的共同体"。当流亡成为一种模式,一种习惯的生存状态,"它撼动的力量就再度爆发出来"[2]。俄罗斯流亡知识分子开始在流亡中创造,在伟大的俄罗斯文化传统中寻找智慧,在域外的艺术创作中保持传统、创造风格,逐步形成了跨国的文化共同体书写。

近年来,"共同体"研究在国内外学界受到极大关注,中外学者不断从人类学、社会学、民族学、文学地理学等学科视域梳理和拓展共同体观念的内涵与外延。"共同体"也成为西方文论的一个关键词,文学想象的共同体研究为解读外国文学文本、阐释族裔文学的民族性、经典性与世界性特征提供了一个独特的视角与趋向。国内学者殷企平等对共同体观念的内涵与外延进行了系统梳理,积极建构共同体观念的跨学科性,呼吁要走出"独体"怪圈,构建文学想象的共同体。[3] "共同体"一词从 14 世纪开始进入英语词汇,经过几个世纪的衍变,共同体的含义不断丰富和发展,其复杂性是在与历史过程中的社会学、哲学和文学思潮密切互动中产生的,并在后殖民研究和后现代文本中呈现更加多元复杂的意义阐释。

20 世纪俄罗斯域外文学的共同体体现的是更直接、更完整、更具有意义的社群关系。流亡于不同城市里的知识分子精英在生活、创作、集会和出版中逐步营造出一个文化共同体语境,"把希望寄托于共同的信念、共通

---

[1] Rubins M. Redefining Russian Literary Diaspora,1920 - 2020 [M]. London:UCL Press,2021:3.

[2] Said E. The Mind of Winter:Reflections on Life in Exile [M]. Harper's 269 (1612),1984:55.

[3] 殷企平. 西方文论关键词:共同体 [J]. 外国文学,2016 (2):70 - 79.

的思想范型、共有的习惯、文化记忆和情感结构"①,以共有的文化传统、身份认同和伦理风俗维系域外流亡社区的存在。这一共同体是一种集体无意识的"深度共同体",是"一种超越亲缘和地域的、有机生成的、具有活力和凝聚力的共同体形式"②。据不完全统计,1917—1929年逃离故土的俄国人约有三百万,柏林、巴黎和纽约等城市成为域外流亡知识分子文化生活的中心。无论是文化中心(柏林),还是政治首都(巴黎),每一座城市都有一个"微型的俄罗斯",俄国流亡群体将俄罗斯的文化风情带到了域外居住地。每到一处,域外流亡者的艺术与文学生活繁荣,俄语出版商和俄语报纸数量惊人,架起了域外流亡知识分子与俄罗斯文化的桥梁,也为俄国侨民群体在域外从事跨国共同体书写提供了有利的条件。

在俄罗斯域外文化史上,《现代纪事》是域外流亡知识分子在巴黎创办的俄语期刊,是聚集域外俄侨、联结侨民向心力、维系俄国文化的重要载体。"杂志还将建构俄罗斯文化共同体的美好愿景从域外扩展至本土:从他乡回望故乡,从现在连接过去,从分裂走向融合。"③流亡知识分子在各个移居国成立"俄罗斯作家记者联合会"、巴黎的"青年诗人作家联盟"、"绿灯社"、布拉格的"隐修会"、柏林的"艺术之家"和"作家俱乐部"等;成立《报界》《彼得罗波里斯》《时代》《西徐亚人》等出版社,出版发行的《俄罗斯回声报》《舵》《前夜》《最新消息》《复兴》等报纸;《俄罗斯意志》《俄罗斯图书》《环节》《现代纪事》等杂志;《黎明》《方舟》等文集在各国引起极大反响,这些媒体成为知识分子的论战战场,成为他们表达政治立场、文学观念和抒发情感的最佳途径。④

俄罗斯厚重的文化遗产是凝聚俄侨群体"深度共同体"的文化基因。"文化是他们在这个混乱与毁灭的世界中一个稳定的元素——这是旧俄国留给他们唯一的东西。让侨民在内部政治纷争中感到彼此拥有一个共同目的,

---

① 殷企平. 华兹华斯笔下的深度共同体[J]. 杭州师范大学学报,2015(4):78.
② 殷企平. 西方文论关键词:共同体[J]. 外国文学,2016(2):78.
③ 王时玉. 俄侨期刊《现代纪事》的俄罗斯文化共同体建构意识[J]. 外国文学动态研究,2022(3):78.
④ 徐曼琳. 流亡中的求索[J]. 俄罗斯文艺,2008(4):12.

就是要保存自己的文化遗产。侨民的'小俄罗斯'是他们的心灵家园。"①在流亡初期，大多数流亡知识分子认为他们只是临时被迫流亡，并随时做好返乡的准备。而俄国国内局势的发展出乎他们的意料，回到俄国开始变得虚幻无望，怀旧、记忆与想象成为域外流亡诗人和作家的一个中心主题，即俄国只是一个视觉上的错觉，是某种像童年记忆一样已经消逝的东西。域外流亡意味着空间的位移、记忆的怀旧和流动的创作。少数流亡作家把流亡化为引人入胜的诗歌、散文和小说，让艺术创作成为域外流亡和抵御异化生存的巧妙机制。

  对流亡诗人茨维塔耶娃来说，她的个性特征、创作主题和流亡经历都极具鲜明个性。1922年5月，诗人离开俄罗斯，辗转于柏林和布拉格，1925年侨居巴黎十三年半。相对于域外俄侨流亡群体，茨维塔耶娃个性独立，从未加入任何一个诗人行会或文学团体，以自己的独特性捍卫走自己道路的权利。诗人最优秀的作品都是在域外流亡期间创作的。尽管诗人特立独行，疏离侨民界，远离故国家园，诗人的作品中也表现出了明显的俄罗斯情结。众多的诗篇中充斥着对俄罗斯的思念与眷恋。"请替我致敬俄罗斯的黑麦，致敬所有农妇劳作的田地。"②"每个家对我都陌生，每座教堂对我都空旷，我无所谓。但如果路旁有一丛灌木，尤其是花楸树……"③作为俄国白银时代最重要的诗人之一，茨维塔耶娃对伟大的俄罗斯文化传统具有极度的虔诚。侨居国外的生活，普希金就是温暖流亡诗人的不朽的灵魂。诗人创作了《相遇普希金》《致普希金》等诗篇和《我的普希金》《普希金与普加乔夫》等散文，向这位伟大的诗人致敬。茨维塔耶娃的一生是命运多舛、饱经磨难的悲剧人生。诗人域外流亡十七年，颠沛流离，返回祖国后连遭厄运，但诗人始终在流亡中坚守传统和诗歌创作道路，保持对诗歌主题中"俄

---

① 奥兰多·费吉斯. 娜塔莎之舞：俄罗斯文化史［M］. 成都：四川人民出版社，2018：628.

② 茨维塔耶娃. 茨维塔耶娃诗选［M］. 刘文飞，译. 北京：人民文学出版社，2020：428.

③ 茨维塔耶娃. 茨维塔耶娃诗选［M］. 刘文飞，译. 北京：人民文学出版社，2020：452.

罗斯性"的探寻。"她思索苦难以及对于苦难的态度，思索诗人以及诗人的身份认同问题，思索爱以及爱的本质和意义。"① 诗人一生创作诗歌、散文、戏剧和书信，为俄罗斯域外文学共同体书写提供了宝贵的文学遗产。

在俄罗斯文学史中，首位诺贝尔文学奖得主蒲宁在俄罗斯侨民界具有独特的历史地位和影响力。十月革命爆发后，1920年蒲宁离开敖德萨，一路辗转土耳其的君士坦丁堡、保加利亚的索非亚和南斯拉夫的贝尔格莱德，最终定居法国格拉斯。在长达33年的流亡岁月里，作家以精神上的贵族气质和精湛的艺术天赋始终笔耕不辍。流亡生活尽管让蒲宁夫妇域外的生活俭朴，却强化了作家对一去不返的故国家园的怀旧情绪。作家以细腻的笔触和抒情的韵味表达着对俄罗斯的深深眷恋。蒲宁以"音乐家的听觉和画家的视觉"细腻地描绘着俄罗斯广袤的大地、四季的自然风景，"将形状、色彩、光亮、声响、气味、温度和触觉等诸多因素复杂地结合在一起，传达出对外部世界的感受"②。

蒲宁从开始流亡域外就带着一份责任和历史使命，他被誉为"俄国摩西"，带领域外侨民重返应许之地（the Promised Land）。他还被视为俄国古典文化遗产的继承人。高尔基将蒲宁誉为契诃夫和托尔斯泰那已经断裂的传统中最后一位伟大的俄罗斯作家。简言之，蒲宁的成就不仅以俄国文化旅行者的身份把俄罗斯民族文学推向世界，还为建立俄罗斯域外流亡社区的"文化共同体"搭建起桥梁。与茨维塔耶娃的个性不同，蒲宁移居西欧后积极融入俄罗斯侨民界，加入巴黎的知识分子团体，开启流而不亡的域外创作生涯，他在自己的艺术创作中和多体裁文本中重现一个从未存在的旧俄乡村幻象。

俄罗斯侨民文学是在俄罗斯特定的历史背景和政治环境下形成的一种独特的文化现象。这种现象错综复杂，侨民作家学派林立，甚至观点对立、激烈交锋，但是域外流亡的残酷现实让他们搁置分歧，在各个移居国各显身手，

---

① 茨维塔耶娃. 茨维塔耶娃诗选 [M]. 刘文飞, 译. 北京：人民文学出版社，2020：7.

② 弗·阿格诺索夫. 俄罗斯侨民文学史 [M]. 刘文飞, 陈方, 译. 北京：人民文学出版社，2004：277.

创办报刊，开展文学创作，活跃文化生活，在无形中构建起一个跨国书写的文学想象共同体。可以说，俄罗斯域外文学"想象共同体"根植于19世纪下半叶俄国文学的伟大传统与基因。刘文飞在一场题为"文学想象共同体——19世纪下半叶的俄国文学"讲座中对该问题有着深刻的阐释。他指出，在19世纪下半叶，俄国文学和俄国社会思潮之间一直保持着紧密、积极的互动关系，两者相互抱合、互相塑造，构建了俄罗斯民族的想象共同体。这种想象的共同体是文学的，它一方面是俄罗斯民族意识的产物，另一方面也对俄罗斯民族性格具有持续的塑造作用。这种"文学的想象共同体"戴有批判现实主义的面具，充当了俄罗斯化的有力工具，借助对俄罗斯性的阐释和构建，最终导致俄国文化中独特的文学中心主义现象，使俄罗斯人在19世纪下半叶构建了一个关于本民族的审美乌托邦。[①] 俄罗斯域外作家和诗人要么以怀旧的想象和传统的风格去重塑一个想象的俄罗斯世界，要么是从流亡经历中获得艺术灵感，在流亡中创立风格，逐渐融入欧洲主流文化。

总之，世界已经进入一种全球流散时代，流亡不仅仅是移位的不适与异域的磨难，更是在流亡中游牧、再现与拯救民族文化，承袭伟大传统，保护文化遗产，创立文体风格。俄罗斯域外文学第一浪潮中流亡的知识分子都具有一种集体无意识的"共同体冲动"，这种冲动烙上一种特殊的时代印记。尽管俄国流亡知识分子在域外移居国颠沛流离，困境重重，却通过创作描绘理想的共同体愿景，经过20多年的演变历程，逐渐形成了一个共同体语境。尽管俄罗斯域外流亡作家创作风格迥异，但他们共有的创作主题、文化记忆和情感结构逐渐构建起一个具有文化共同体建构意识的审美乌托邦，从而使得俄罗斯域外文学遗产丰富、主题多元、影响深远。

三、思想史意义

任何一个国家和民族的文学史都与其社会史和思想史密切关联。赫尔

---

① 刘文飞. 文学想象共同体——19世纪下半叶的俄国文学［EB/OL］.（2021-01-21）http：//www. ihss. pku. edu. cn/templates/learning/index. aspx? nodeid＝121&page＝ContentPage&contentid－4053.

岑、别林斯基、托尔斯泰等俄罗斯文学大家还是俄罗斯批评家和思想家，是俄罗斯社会思潮的重要先驱。在刘文飞看来，俄国革命思想史和社会思想史，乃至一般的思想史，首先是与文学史挂钩的，两者甚至可以相互"改写"，相互"取代"，换句话说，俄国文学可能是富含思想内涵的，是具有思想史意义的。① 波侨民文学史中涵盖着众多的哲学家、文学家和艺术家，众多的流亡知识分子以厚重的文化传统、独特的流亡立场、深邃的思考方式创立出哲学思想体系和文学创作思想，"把针对现实的批判意识与关于未来的乌托邦理想融为一体，对人的生活进行形而上学的拷问，将人类的存在价值和意义当作终极关怀"②，从而使得众多知识分子在构建域外流亡社区"文化共同体"的集体无意识中折射出深刻的思想史意义、人文主义思想和世界主义倾向。俄罗斯域外流散作家思想体系的确立标志着俄罗斯流亡知识分子人道主义社会改革观和理性精神的成熟，以及俄罗斯民族共同体意识的逐步确立。

1. 蒲宁的文学创作思想

一部 20 世纪《俄罗斯侨民文学史》记载着域外众多侨民作家的流亡经历，他们创作的侨民文学以其独特的思想内涵和审美形式，承载着俄罗斯厚重的传统文化积淀和深邃的民族精神。侨民作家通过诗歌、散文和小说创作在刻画栩栩如生的人物形象的同时，无形中塑造了俄罗斯文化特性、民族性格和民族信仰。各个时期俄罗斯文学史中的文学家、文化史中的历史批评家和思想史中的思想家、哲学家分别以精湛的艺术技巧、百家争鸣的论见和深刻的信仰思想为民族立魂。"在漫长的国家道路探索中，俄罗斯逐渐摆脱西方思维模式的桎梏，最终回归到民族信仰的精神怀抱，建构带有民族信仰元素的俄罗斯国家形象，从效仿者转变成国家捍卫者。"③

---

① 刘文飞. 俄国文学的风格和特质 [J]. 江南大学学报，2023 (6): 109.
② 刘文飞. 弗拉基米尔·索洛维约夫的思想史意义 [J]. 俄罗斯研究，2016 (4): 24-25.
③ 刘怡彤. 信仰与审美的互动：俄罗斯文学思想史的反思 [J]. 俄罗斯文艺，2024 (3): 65.

蒲宁秉持人道主义的基本立场，创作的短篇小说《安东诺夫卡苹果》、中篇小说《乡村》等都明显地反映出他的创作思想和社会改革观。蒲宁"其批判所向也不单单是俄国的农奴制度及其残余，并且对整个资本主义制度也给予猛烈的批判。但作家对于生活的表现并不着力于对抗和冲突，而是和平与和谐"①。

作为俄国批判现实主义文学的最后一位大师，蒲宁的创作不仅仅在作品的美学风格上独树一帜，开拓了现实主义语言实验的新空间，还以犀利的笔锋多层面地描绘了俄国时代与社会的现实状况。任何伟大作家迷人的细节和精巧的布局等形式技巧的背后都隐藏着内容的深刻和主题的丰富。换言之，作品外在的美总是由深刻的内容和崇高的主题来保证的。蒲宁的诗歌、散文和小说创作没有刻意的雕琢和宏大的叙事，而是以清丽本真的语言描绘自然宇宙中的美与崇高，刻画了一幅幅鲜明的小人物形象，他们在面临爱情、死亡、流亡、背叛等悲剧性主题时展现出愤怒和仇恨、孤独与贫困、喜悦与哀愁。

2. 茨维塔耶娃的艺术创作观

茨维塔耶娃的肖像或许难以勾勒，但她的诗歌创作总体上呈现多层面、多主题的艺术特征，其艺术创作思想错综复杂、相互交织、完整统一。诗人的诗歌创作基因源自茨维塔耶娃的母亲的音乐天赋。对此，茨维塔耶娃专门写过《母亲和音乐》《母亲的童话》等散文和《致妈妈》等诗歌，向亲爱的母亲致敬。

> 在陈旧的施特劳斯舞曲中，
> 我们首次听见你轻声呼唤，
> 自那时起我们便疏远世界，
> 爱听钟表匆忙的声响。
>
> 我们像你一样欢迎日落，

---

① 李春林. 热烈希冀与强烈厌恶——蒲宁的社会革命观［J］. 文化学刊，2017（4）：52.

> 陶醉于终结的迫近。
> 我们在美好黄昏的拥有，
> 全被你装入我们的心。
>
> 你不倦地俯向孩子的梦，
> 你领着自己幼小的孩子，
> 绕过危险纷乱的痛苦人生。
> 童年起我们便亲近忧伤的人，
> 感觉笑声无聊，疏远家的庇护……
> 我们的航船没在顺风时启航，
> 它顶着八面来风漂流！
>
> 童年的蓝色岛越来越苍白，
> 我们一直站在甲板。
> 哦，妈妈，你显然把忧愁
> 留给两个女儿作为遗产！
>
> （《致妈妈》）[①]

母亲给孩子讲故事、诵读诗歌，教导她的孩子不为物质所惑，追求精神性与神圣之美。在母亲的影响下，茨维塔耶娃逐渐萌发对诗歌的创作兴趣。她自幼使用俄语、法语和德语写诗，18岁出版第一本诗集《黄昏纪念册》，一鸣惊人，受到当时俄国著名诗人的赞扬。

尽管诗人度过了一个"比童话还美"的童年时光，在艺术和音乐的熏陶下欲罢不能，然而诗人却命运多舛、不合时宜、悲壮凄凉。她与众不同的个性与自由不羁的心灵赋予诗人强烈的文学信念和鲜明的创作思想。总体上来看，茨维塔耶娃的创作分为早期、流亡时期、归国时期三个阶段，每个阶段的创作思想极具个性，又相互关联，和谐统一。

在刘文飞看来，"抒情女主人公的不羁个性及其真诚诉说、躁动感受及

[①] 茨维塔耶娃. 茨维塔耶娃诗选[M]. 刘文飞，译. 北京：人民文学出版社，2020：3-4.

其复杂呈现，构成了茨维塔耶娃早期诗作的主题和基调"①。诗人以孩子天真胆怯的目光、温柔的笑声和诗体的童话感受着周边的小世界。

> 孩子，就是休息，短暂的安宁，
> 就是床边的祷告，嗓音发颤，
> 孩子，就是世界的温情谜语，
> 这些谜语中也藏有答案！
>
> （《小世界》）②

诗人用深邃的心灵去探究和感受世界中的音乐节律与躁动不安。她爱这个世间的一切，又与其保持距离，既以平静的目光捕捉世间的意象与侧影，又有虔诚的心灵在上帝面前祈祷。

> 用手轻轻扶住头巾，
> 在汽笛惊慌鸣响的地方，
> 您站立如密闭的谜语。
> 我会记住您的模样。
>
> （《车站侧影》）③

> ……
> 十字架、丝绸和盔甲我都爱，
> 我的灵魂是瞬间留下的足迹……
> 你赐予我胜过童话的童年，
> 请赐予我死亡，在十七岁年纪！
>
> （《祈祷》）④

---

① 茨维塔耶娃. 茨维塔耶娃诗选 [M]. 刘文飞，译. 北京：人民文学出版社，2020：2.

② 茨维塔耶娃. 茨维塔耶娃诗选 [M]. 刘文飞，译. 北京：人民文学出版社，2020：5-6.

③ 茨维塔耶娃. 茨维塔耶娃诗选 [M]. 刘文飞，译. 北京：人民文学出版社，2020：8.

④ 茨维塔耶娃. 茨维塔耶娃诗选 [M]. 刘文飞，译. 北京：人民文学出版社，2020：10.

茨维塔耶娃的诗歌自始至终坚持抒情性，她将自己也定义为一个纯抒情诗人。"这位纯抒情诗人的一个重要特点，是其自足性，创作上的个人主义，甚至是自我中心主义。"① 诗人自有主见，与庸俗化的世界主动隔离，带着自由奔放、丰富想象和深邃感情去歌颂自然的纯粹、永恒的瞬间。

回声呻吟，河水喧闹，
大雨沉重地敲击，
一道银光刺破云层。
我们久久地欣赏，
直到太阳，太阳升起！

（《一道银光》）②

……
把你们的爱情带给太阳，带给风，
带给大地自由的舒展！
为了不让你们欢乐的目光
把每位路人看成法官。
请你们奔向自由、山谷和田野，
在草地上轻盈舞蹈，
用硕大的杯子喝牛奶，
像淘气的孩子喧闹。
哦，你第一次羞怯的恋爱，
请信赖幻想的无常！
请与她奔向自由、柳树和枫树，奔向白桦的新绿装；
你们去粉红色的山坡放牧，

---

① 符·维·阿格诺索夫. 20世纪俄罗斯文学 [M]. 北京：中国人民大学出版社，2001：246.

② 茨维塔耶娃. 茨维塔耶娃诗选 [M]. 刘文飞，译. 北京：人民文学出版社，2020：19.

第三章 共同体想象

去听溪流淙淙。

(《把你们的爱情带给太阳、带给风》)①

茨维塔耶娃的创作立场是主张诗歌最大限度的真诚，倡导生活与创作的统一和谐，不矫揉造作。诗人早期的创作主题不拘一格，涉及爱情、宗教、自然、梦境等多元主题。

1916年标志着茨维塔耶娃创作的新阶段。第一次世界大战和俄国十月革命爆发。她的丈夫流亡国外，前途未卜，诗人生活没有保障，小女儿因饥饿夭折。诗集《里程碑》标志着诗人的创作走向成熟，却没有得到读者理解，生活的悲剧极大地刺激了诗人，她感到不合时宜与格格不入的阵痛。尽管流亡不可避免地带来了痛苦、孤独与不适，但她始终捍卫诗人的最高权力和崇高信念，绝不背叛自己的原则。侨居国外期间创作的诗歌在充分体现早期诗歌特征的同时，还转向现实题材创作，强化诗歌的"歌唱性和民间性"，同时还"转向隐秘的内心感受以及与之相关联的更为隐晦的诗歌形象和诗歌语言"②。这也反映出诗人尽管侨居时期与侨民社会决裂，但她从未脱离俄罗斯的土壤和俄罗斯人民。流亡国外，诗人与侨民圈子保持疏远，远离政治与社会团体，也为诗人保持创作热诚、探寻"俄罗斯性"，显示出旺盛的文学创造力提供了有利条件。

流亡域外期间，茨维塔耶娃先后创作《致柏林》《致捷克》《致莫斯科》等诗篇。诗人在孤独流亡中歌唱祖国，"歌唱自我，歌唱自己的忧伤、大胆和痛苦，也在歌唱自己的爱情……"③

雨水在哄痛苦入睡。
枕着窗外的暴雨声，

---

① 茨维塔耶娃. 茨维塔耶娃诗选[M]. 刘文飞，译. 北京：人民文学出版社，2020：23.

② 茨维塔耶娃. 茨维塔耶娃诗选[M]. 刘文飞，译. 北京：人民文学出版社，2020：3.

③ 茨维塔耶娃. 茨维塔耶娃诗选[M]. 刘文飞，译. 北京：人民文学出版社，2020：3.

> 我入睡。马蹄沿着颤动的
> 马路,像一阵掌声。
>
> 相互问候,融为一体。
> 在金色霞光的剩余,
> 照耀最神奇的孤儿,
> 楼房啊,你们发了慈悲。

(《致柏林》,1922 年)

诗人如同一名骑士孤独地守望心灵的家园和诗人的无上权力。"一个敢于走自己道路的创造者的孤独,这种孤独构成了她境外诗歌创作的基本主题之一。"①

> "从命定的桥上
> 跳下,别怕!"
> 我身高与你相同,
> 布拉格骑士。
>
> 无论甜蜜还是忧郁,
> 你都看得更清楚,
> 骑士啊,你在守护
> 岁月的河。

(《布拉格骑士》,1923 年)

女诗人 17 年域外流亡生涯,命运的遭际,充满着敌意、背叛、贫穷和恐惧,就连诗人的死亡方式也是孤独的,诗人在孤独绝望中自缢身亡。这位"20 世纪第一诗人"的墓地世人至今不知确切位置。当国内革命爆发,知识分子纷纷流亡域外,在流动的无意识中形成一个域外"微型的俄罗斯",一个想象的文化共同体,域外移居国各种艺术流派和文学团体蜂拥而

---

① 弗·阿格诺索夫. 俄罗斯侨民文学史 [M]. 刘文飞,陈方,译. 北京:人民文学出版社,2004:352.

起，众多流亡知识分子相继加入，寻求创作的平台和精神的家园。茨维塔耶娃却不合时宜地拒绝加入任何流派和团体，诗人绝不随波逐流、唯唯诺诺。

莫斯科！巨大的房屋，
接纳朝圣者的大屋！
每个俄国人都无家可归。
我们全都向你走去。

（1916 年）

……
故乡的思念！这早已
被揭穿的纠缠！
我完全无所谓，
在哪里都是孤单。

（1934 年）

……
旷野一棵大橡树，
突然栽倒在地！
没有妻子的喊声，
没有女人的哭泣——
我道别你，
我道别自己，
我道别命运。

（1918 年）

在刘文飞看来，茨维塔耶娃的孤独有更深层次的体现，首先是地域诗歌文化上的孤独。其次是诗歌美学上的孤独。最后是面向后代的孤独。[①]女诗人的孤独是对莫斯科土地的无限眷恋，是对花椒树的热烈爱恋，是对

---

① 刘文飞. 白银时代的星空［M］. 北京：北京出版社，2021：162-163.

亲爱的故土的永恒记忆，是对俄国伟大传统的深沉敬畏。"茨维塔耶娃孤独得就像旷野中一棵野性的树，大海中一叶飘零的帆。"① 女诗人的孤独恰好成就了她的伟大，她的不可模仿和无法复制。

她的诗歌充满着矛盾和对抗的音符，诗人一生背负着流亡、受苦、死亡的十字架，尽管这个十字架带着脚步轻快、充满音乐的质感。"茨维塔耶娃没有那样的悲伤，她也不喜欢忏悔，她只是像大海的波浪，喧嚣着、一次又一次地冲向岩石的堤岸，在咆哮中把自己撞击成为五彩缤纷的细碎的水珠。"② 徐葆耕先生对茨维塔耶娃富有诗性的评价是恰切的，诗人多舛的一生让读者深刻感受到她背负着蔚蓝色的十字架奔向悲壮的宿命。

3. 纳博科夫的人文主义思想

纳博科夫是一位世界知名的文学家、文学批评家、翻译家和一个语言天才，同时也是20世纪美国族裔作家中颇受争议的一位。可以说，纳博科夫的文学声名在各种尖锐对立的论争中经历了长达一个多世纪的生长期。由于其独特的文体形式、复杂的叙事技巧以及大胆的实验技法，纳博科夫与博尔赫斯、贝克特、巴斯等作家一起被视为最具创作特色的后现代主义文学大师。

纳博科夫是一位多才多产的作家，一生创作颇丰，涉猎各种体裁的创作，如小说、诗歌、剧本、译作及文学讲稿等。但其影响最大、成就最高的是其使用俄语和英语创作的长篇小说。经过长达百年（1916—2024）的研究历程，国内外文学评论界对纳博科夫及其作品的研究逐步从最初对其作品的形式与结构批评，到伦理及形而上学内容的研究，最终转向了跨学科、跨文化的多元批评视域，使得国内外学界对纳博科夫的研究逐步走向理性与成熟。

研究发现，国内外学界在对纳博科夫研究的多部评论著作和文章中，"将纳博科夫视为一位对现实生活中的人性挣扎漠不关心的美学家——一位

---

① 刘文飞. 白银时代的星空［M］. 北京：北京出版社，2021：164.
② 徐葆耕. 叩问生命的神性：俄罗斯文学启示录［M］. 桂林：广西师范大学出版社，2009：261.

不断地从污秽的现实世界逃离,像伊卡洛斯(Icarus)一样飞向那个'审美愉悦'领地的艺术家"①。这种普遍的研究视角只注重纳博科夫创作的艺术形式、语言制造术和文字游戏,却忽视其小说的内容和主题,认为其艺术创作缺乏深刻的道德内涵和心理深度,导致对纳博科夫作为小说艺术家的严重误读。

实际上,纳博科夫所理解的艺术并不真正排斥道德内涵,如果说《洛丽塔》让纳博科夫颇受争议,但《普宁》的出版确定了纳博科夫"严肃作家"的身份。本节尝试从文学伦理学的视角对其英语小说代表作《洛丽塔》《微暗的火》和《阿达》进行分析和探讨,破译出纳博科夫的艺术创作密码:他主张"审美愉悦"取向的背后实际上包含着深刻的人文主义思想和对现实的道德关怀,进而揭示了其创作中的一个重要主题,即"彼岸世界"主题实际上是形而上学、伦理学及美学三者的和谐统一。

(一)《洛丽塔》:艺术与道德完美结合的典范

一部《洛丽塔》使多国读者认识了纳博科夫奇幻瑰丽、严谨缜密的写作风格。与此同时,小说用20世纪最优美动人的抒情文字,讲述了一段中年男子亨伯特与13岁少女洛丽塔的畸恋故事。正是因为这样一个性变态故事,《洛丽塔》的出版屡屡受阻并且自从发行以来长期备受批评界的非议,因而小说也背上了"色情"与不道德的骂名,而其作者纳博科夫亦为此颇受争议。

研究发现,一些评论者似乎偏重于《洛丽塔》的形式批评与艺术技巧,从语词、技法及作品结构等方面着手,揭示了作者独特的写作风格,评价其作品为一部非道德小说。朱莉亚·巴德(Julia Bader)在其著作《水晶地:纳博科夫英语小说技巧》(Crystal Land:Artifice in Nabokov's English Novels,1972)中对纳博科夫的六部英文小说中的语言、结构以及艺术主题进行了详细的阐释。然而这种研究模式无疑具有误导性,仿佛"纳博科夫就只是一个玩弄噱头和花招的魔术师,一个醉心于纯形式的作家"②,

---

① Pifer E. Nabokov and the Novel [M]. Cambridge:Harvard University Press,1980:1-2.

② 刘佳林. 纳博科夫研究及翻译述评 [J]. 外国文学评论,2004(2):74.

| 二十世纪俄罗斯域外流散文学研究

"一个神秘主义者用狂热的卖弄学问为自己建造了一座教堂"①。而一旦作家的写作手段与花招伎俩被揭穿,小说的意义亦不复存在。

有这种想法的不乏其人,艾伦·皮弗(Ellen Pifer)同样对这一种研究思路感到不满:"作为一个文体大师,纳博科夫的声誉无可争议,可是有关他小说内容的一些基本东西却被忽视或丢弃了。"② 通过对其几部作品的解读,艾伦·皮弗在其著作《纳博科夫及其小说》(Nabokov and the Novel,1980)中试图阐明"纳博科夫不仅是一个艺术家和梦想家,而且是一个遵从道德律和约束力的伦理个体,即便是他那些最复杂的技巧构思,也反映了作家对人类的恒久兴趣"③。毕竟,伟大小说家的主要责任是要去刻画人类及其在世界中的挣扎境遇。此外,勒兰·德·拉·杜兰塔耶(Leland de la Durantaye)撰写的《弗拉基米尔·纳博科夫的道德艺术》(Style Is Matter: The Moral Art of Vladimir Nabokov,2010)中对纳博科夫的艺术伦理进行了尖锐而又不失优雅的阐释。学者陆建德也提出我国外国文学评论界存在着一种观点:汉勃特(亨伯特)是厚颜无耻的个人主义者,他毫无道德观念,为达到目的不择手段,只要能欺骗世人、逃避法网就肆无忌惮,结果害人害己;纳博科夫通过描写这位人物对美国现代文明中肉欲横流的现象做了绝妙讽喻。④

在谈及《洛丽塔》时,纳博科夫明确表示:它是一部艺术作品,它是道德的。通过其《文学讲稿》《俄罗斯文学讲稿》《尼古拉·果戈理》及其访谈录《固执己见》等作品,我们不难发现,纳博科夫的文学艺术道德观"既不像奥斯卡·王尔德所倡导的唯美主义那样彻底否定作品的社会道德内容;也不像托尔斯泰那样强调作品的道德意义。他所强调的是艺术的道德力量,而这种道德力量是读者在对作品的艺术审美过程中获得的。《洛丽

---

① Updike J. "The Translucing of Hugn Person." Contemporary Literary Criticism [M]. Ed. Dedria Bryfonski, Vol. 8 Detroit: Gale Research Company, 1978: 416.
② Pifer E. Nabokov and the Novel. Cambridge: Harvard University Press, 1980: 1.
③ Pifer E. Nabokov and the Novel. Cambridge: Harvard University Press, 1980: i.
④ 陆建德. 破碎思想体系的残编——英美文学与思想史论稿 [M]. 北京:北京大学出版社,2001:285-298.

第三章 共同体想象

塔》就是艺术与道德完美结合的典型"①。一言以蔽之,在《洛丽塔》"审美愉悦"的背后隐含着深刻的人性关怀与道德内涵。

在《洛丽塔》中,作者对人性关怀的探讨根源于亨伯特是否经历了一次真正的道德意识上的觉醒。为此纳博科夫的答案是肯定的,尽管他认为主人公的觉醒为时已晚。"我认为亨伯特在他最后的一刻是一个具有道德意义上的人,因为他意识到他爱着洛丽塔如同任何一位女性被爱过一样。但是为时已晚,他摧残了她的童贞,在其中当然有一种道德的含义。"②亨伯特受其创造力量的指使试图将洛丽塔置于其美学创造的种种规则中,亨伯特自己创造的洛丽塔是"另一个,幻想的洛丽塔,或许比洛丽塔更真实;她自己的生命并不存在"③。然而,正是由于拥有深刻的人性化,亨伯特内在的道德上的负疚感让其良心上深受折磨与痛苦。最终,亨伯特对洛丽塔在精神上的剥夺导致了真实并具有毁灭性的后果。当洛丽塔设法摆脱亨伯特的掌控之后,他回想起他们在一起的生活并逐渐意识到在那些年里他侵犯了洛丽塔的私人领地,剥夺了其独立个体的合法存在。"亨伯特即使在全神贯注地捕捉最销魂夺魄的欲望细节时,也不时扯进令他倍感煎熬的道德困惑。"④"正是由于对洛丽塔隐私从身体及心理上的侵犯,亨伯特最终认识到洛丽塔内在的一种东西被其击碎了。他认为其唯我独尊式的狂热给洛丽塔的一生造成了灾难性的影响,就是这种理解使得亨伯特的叙述具有了深度和尖锐的特点。"⑤

所以,当亨伯特看到洛丽塔的丈夫时,高雅而具有美感的他感到了道德上的低下。"他的指甲黑乎乎,参差不齐,而那指骨,整个手腕,以及粗

---

① 曾澜. 道德、不道德还是非道德—解读《洛丽塔》[D]. 江西师范大学,2002:i.

② Alexandrov V E. ed. Nabokov's Otherworld [M]. Princeton:Princeton University Press,1991:160-161.

③ 弗拉迪米尔·纳博科夫. 洛丽塔 [M]. 主万,译. 上海:上海译文出版社,2014:59.

④ 弗拉基米尔·纳博科夫. 洛丽塔 [M]. 于晓丹,廖世奇,译. 长春:时代文艺出版社,2000:4.

⑤ Pifer E. Nabokov and the Novel [M]. Cambridge:Harvard University Press,1980:165.

大的腕关节,却比我的强健得多:我这双可怜的扭曲的手,伤害过太多太多的肉体,我无法为它们感到骄傲。"① 对于读者,亨伯特是个值得同情的人物,然而他必须为其罪恶和残忍付出代价。对于亨伯特这个虚构人物,纳博科夫断然否定任何的道德同情。

在一篇题为《谈谈一本名叫〈洛丽塔〉的书》的后记中,纳博科夫写道:"不管约翰·雷说了什么,《洛丽塔》并不带有道德说教。对我来说,一部小说只有能够给我直截了当地成为审美狂喜的东西时,它才存在,这是以某种方式、在某个地方与其他生存状态相联系的感觉,而艺术(好奇、温柔、仁慈、心醉神迷)就是这个标准状态。"② 这一论述很容易被理解为是纳博科夫非道德、反道德的艺术宣言,而在亚历山大罗夫看来,从与艺术相联系的"其他生存状态""狂喜"以及"温柔""仁慈"透出的伦理共鸣的参照中都隐含着纳博科夫"彼岸世界"的主题。纳博科夫笔下的亨伯特并非一个古怪的奇才,亦非一个卓越的外国作家,而是一个迷恋于性变态的以探讨爱、激情、艺术、命运、道德及其与彼岸世界联系的人物。③

纳博科夫在其《洛丽塔:电影剧本》(Lolita:A Screenplay)中描述了那个充满忏悔之意的亨伯特找到已经结婚并怀孕的洛丽塔时,依然充满柔情地对她痴迷眷恋。最终洛丽塔拒绝了亨伯特的请求,亨伯特悲伤离去,杀死了奎尔蒂。去世前不久,他在狱中写下了最后的几句话:"我现在想到欧洲野牛和天使,想到颜料持久的秘密,想到预言性的十四行诗,想到艺术的庇护所。这就是你和我可以共享的唯一不朽的事物,我的洛丽塔。"④

在作家看来,真正的艺术价值可以成为一部作品的特殊通行证,让其

---

① 弗拉迪米尔·纳博科夫. 洛丽塔[M]. 主万,译. 上海:上海译文出版社,2014:281.

② 弗拉迪米尔·纳博科夫. 洛丽塔[M]. 主万,译. 上海:上海译文出版社,2014:500.

③ Alexandrov V E. ed. Nabokov's Otherworld[M]. Princeton:Princeton University Press,1991:160.

④ 弗拉基米尔·纳博科夫. 洛丽塔:电影剧本[M]. 叶尊,译. 上海:上海译文出版社,2010:199-200.

作者获得免受指责的豁免权。① 由此可见，纳博科夫具有鲜明的道德立场，其理解的艺术并不真正排斥伦理内涵。实际上，纳博科夫从不否认艺术的道德力量，他"反对的是粘贴在艺术作品上的道德标签，反对的是服从于道德训诫的说教文学，他主张的'审美狂喜'实际上包含了深刻的道德伦理内涵"②。而小说《洛丽塔》成为艺术与道德完美结合的文本典范，这部被英国编入二战以来影响世界的 100 部书之列的小说，不仅具有独特的创作风格和叙事技巧，其艺术价值的背后还闪烁着道德的光芒。

(二)《微暗的火》：美学背后的伦理思想与道德力量

1962 年，纳博科夫的《微暗的火》出版后，著名美国女作家玛丽·麦卡锡（Mary McCarthy）当即赞扬这部小说为 20 世纪伟大的艺术作品之一。并以此驳斥了 60 年代初美国一度出现的"文学枯竭论"（The Exhaustion of Literature）。小说不同凡响的写作形式使纳博科夫成为"福克纳以来美国最重要的一位作家，或是乔伊斯以来最有风格、最具独创性的作家"③。

小说《微暗的火》创作技法怪异，结构奇特，是为那些具有创造力和想象力的读者写的。仅仅从该小说的创作形式看就足以赋予纳博科夫后现代主义小说家的称号。对于小说独特的写作模式背后的含义，西方评论界众说纷纭。不同的读者从这部扑朔迷离的小说中可以悟出迥然不同的理解。笔者认为，揭示纳博科夫小说中隐含的道德寓意及形而上的内容是一件颇具挑战但值得尝试的事情。毕竟，一个作家的首要责任不在于其艺术创作的形式及技巧，而在于其作品中对于人类境遇及人性挣扎主题的探讨与关注。对于纳博科夫，我们似乎听到的更多的声音是他对艺术的挑战及对美感的追求，这些声音不无误导性，因为它们忽视了其人文主义思想层面的内容。

以亚历山大罗夫为鉴，纳博科夫有一种美学根植于超验王国的直觉之中，这种美学乃是其艺术的基础，它与作家信奉的彼岸世界相关。④ 亚历

---

① 刘文飞.《洛丽塔》的颜色［J］. 十月. 2022（3）：78.
② 刘佳林. 论纳博科夫的文学观［J］. 国外文学，2006（1）：39.
③ 梅绍武. 浅论纳博科夫［J］. 世界文学，1987（5）：68.
④ Alexandrov V E. ed. Nabokov's Otherworld［M］. Princeton：Princeton University Press，1991：3.

山大罗夫通过对其几部主要作品中的"彼岸世界"的分析，阐明了纳博科夫的创作中的美学与其伦理学、形而上学密不可分。在《微暗的火》这个"疑难的棋局"及"地狱般的布局"的背后隐藏着另一个形而上学、伦理学及美学三者统一的"彼岸世界"。

在《微暗的火》中，谢德这个可与罗伯斯特相媲美的诗人在其诗歌中反映了纳博科夫的道德哲学。纳博科夫亦承认他笔下一些颇负责的人物被赋予了他自己的主张与思想，《微暗的火》中的诗人约翰·谢德便是其中一位。这首诗整体而言是谢德的自传，内容丰富，思想深刻，包含了他对死亡、艺术及来世的思索。诗歌呈现的是谢德对死亡"深渊"及来世的困扰和探求，而评论则是通过艺术创造过程对那个深渊的幻想探索。[1] 简言之，《微暗的火》是一部探索发现心理及形而上学模式的小说。

谢德在诗歌开端运用的一系列意象用意深刻，使形而上的主题贯穿诗歌始终，令人深思。诗人写道：

> 我是那惨遭杀害的连雀的阴影
> 凶手是窗玻璃那片虚假的碧空；
> 我是那污迹一团的灰绒毛——而我
> 曾经活在那映出的苍穹，展翅翱翔。[2]

生命对诗人而言令人吃惊，而死亡更为伟大。于是他穷尽一生致力于"探测那邪恶，那不可接受的深渊，与它相抗争"[3]。诗歌第二章接着写道：

> 在我那狂热的青年时代，有一阵
> 不知怎的我竟怀疑那尽人皆知的
> 死后复生的真理：

---

[1] Bader J. Crystal Land: Artifice in Nabokov's English Novels [M]. Berkeley and Los Angeles: University of California Press, 1972: 31.

[2] 弗拉迪米尔·纳博科夫. 微暗的火 [M]. 梅绍武, 译. 上海：上海译文出版社, 2011: 23.

[3] 弗拉迪米尔·纳博科夫. 微暗的火 [M]. 梅绍武, 译. 上海：上海译文出版社, 2011: 32.

第三章 共同体想象

唯独我一无所知,
这是一项大阴谋,
人们和书本向我隐瞒了这一真理。

随后有一天我开始怀疑人的神志
是否清醒:他怎能活着而不确知
等待他觉察的是什么样的开端,
什么样的劫数,什么样的死亡?"①

  诗人一次偶然,经历了"死后的境界",那一白色喷泉,并"发现一桩好似孪生表演的奇迹"②。诗人欣喜前往,却发现是一处误印,"是山峦而不是喷泉"③,诗人得到启迪,顿时感悟,"真正的要点,对位的论题不在于文本,而在于结构;不在于梦幻,而在于颠倒混乱的巧合,不在于肤浅的胡扯,而在于整套感性"④。而诗人的感受正是纳博科夫思想的体现,他所强调的是艺术的道德力量,即艺术狂喜的背后有一块严肃情感的制高地,一个形而上的超验的"彼岸世界"。"纳博科夫的小说使人在无意义的世俗生活中,感受到某种真正的、崇高的东西。"⑤

  另外,《微暗的火》尽管手法怪异独特,作者在其中既卖弄学问,也对卖弄学问予以讽刺。作者以诗人谢德之名辛辣地嘲讽了西方流行的弗洛伊德学说和精神分析学,对美国学府、出版界、文学评论和社会风尚也极尽讽刺之能事。诗中写道:"现在我要说没人说过的罪愆。我不喜爱这类事

---

① 弗拉迪米尔·纳博科夫. 微暗的火 [M]. 梅绍武,译. 上海:上海译文出版社,2011:32.

② 弗拉迪米尔·纳博科夫. 微暗的火 [M]. 梅绍武,译. 上海:上海译文出版社,2011:63.

③ 弗拉迪米尔·纳博科夫. 微暗的火 [M]. 梅绍武,译. 上海:上海译文出版社,2011:64.

④ 弗拉迪米尔·纳博科夫. 微暗的火 [M]. 梅绍武,译. 上海:上海译文出版社,2011:64.

⑤ 符·阿格诺索夫. 20世纪俄罗斯文学 [M]. 北京:中国人民大学出版社,2001:389.

物：爵士乐；把黑壮汉抽打得条条血痕的、身穿白色紧身裤的蠢家伙；抽象派摆设；原始派民间面具；激进学校；超级音乐；游泳池；畜生，讨厌的人，阶级意识强烈的庸人，弗洛伊德，……冒牌思想家，捧起来的诗人，财迷和骗子。"①

长诗具有蒲柏和华兹华斯的诗歌写作风格，是对纳博科夫作品中重要主题的戏拟模仿。"诗人谢德体现了纳博科夫关于回忆、写作、生活及艺术的决定模式、超验的彼岸世界、自然与技巧、感知的敏锐及其与好恶关系等主题的见解。"② 因此，作者在《微暗的火》中力图表达深沉的道德内涵，作品中的死亡主题及"彼岸世界"主题都表明了作者鲜明的道德立场，但这种道德却与廉价的政治宣传根本扯不上边，纳博科夫"所要否定并准备罄竹书之的是那种处心积虑的道德化倾向"，因为在其看来，"这种写法无论技巧多高超，都在抹杀每一缕艺术气息"③。在博伊德看来，《微暗的火》的神奇之处"在这部作品的核心，每个事实似乎都闪烁着多重意义，其中却蕴涵了纳博科夫生命中最荒谬、最悲剧性的时刻。他从无耻、混乱的猝发之中创造了光辉灿烂的秩序"④。因此，这部形式独特的小说背后隐藏着深刻的伦理思想和道德力量。

（三）《爱达》：艺术王国里的黑暗天堂

1969 年出版的长篇小说《爱达》（*Ada, or Ardor: A Family Chronicle*）是纳博科夫最为喜欢、倾注心血最多的一部。他对这部作品的自我评价是："最具世界性和诗意的小说。"作品中语言结构、典故引用、人物塑造的复杂性和杂糅性堪与《微暗的火》相媲美。这部小说具有各种文学母题的百科全书，其晦涩难懂让许多读者和评论者望而却步。博伊德教授认

---

① 弗拉迪米尔·纳博科夫. 微暗的火 [M]. 梅绍武，译. 上海：上海译文出版社，2011：71.

② Bader J. Crystal Land: Artifice in Nabokov's English Novels. Berkeley and Los Angeles: University of California Press，1972：187.

③ 布赖恩·博伊德. 纳博科夫传：美国时期（下）[M]. 刘佳林，译. 桂林：广西师范大学出版社，2011：56.

④ 布赖恩·博伊德. 纳博科夫传：美国时期（下）[M]. 刘佳林，译. 桂林：广西师范大学出版社，2011：503.

为:"《爱达》总归是个爱情故事,而倏忽间它也能化作神话、童话、乌托邦田园诗、家族年记、个人回忆录、历史传奇、现实主义小说、科幻故事、色情图书、自然史载、心理学讲稿、哲学手记、建筑学诙谐曲、画廊以及银幕讽刺剧。"[1] 这部耗费巨大想象力的小说让纳博科夫想要表达真挚的感受和更多的艺术思考。

可以说,《爱达》同《洛丽塔》一样离经叛道、叙事宏大,在形式与风格的背后充斥着道德的主题和伦理的意义。在这部最富野心的作品中,纳博科夫通过大量的双关语、互文式的联想、语言游戏和对记忆中细节着迷式的打磨,给读者阅读制造重重障碍和陷阱。尽管如此,国内外学者依然对这部作品有着深入的阐释和评析。其中,新西兰奥克兰大学教授布莱恩·博伊德撰写的《纳博科夫传》(俄罗斯时期和美国时期)及其多部纳博科夫研究著作已经成为国内外学界研究的重要文献资料。在其著作《纳博科夫的〈爱达〉:意识之地》(*Nabokov's Ada*:*The Place of Consciousness*,2001)中,博伊德探究了纳博科夫眩惑的艺术风格与其思想深度的关系。他为这部宏大的作品提供了最深刻的评论,同时对纳博科夫艺术创作中的形而上学给予了评析和解读。达娜(Dana Dragunoiu)撰写的论文《纳博科夫的〈阿达〉:艺术、欺骗与伦理》(*Vladimir Nabokov's Ada*:*Art,Deception,Ethics*,2005)对博伊德的开创性著作中的观点进行了延展和修正。作者提出了这部作品中的伦理学思想与美学思想的有机联系。艾伦·皮弗在其著作《纳博科夫及其小说》中专辟一章"天堂、地狱和艺术王国:阿达的黑暗天堂",明晰了纳博科夫艺术策略背后隐藏的对现实的道德认知,皮弗对小说《爱达》及纳博科夫对小说传统的贡献进行了较为新颖的解读和评价。那么,纳博科夫究竟如何在《爱达》中刻画小说细节来探究人类心理和阐释小说的人文主义思想呢?

同《洛丽塔》中亨伯特陷入痛苦的忏悔和回忆相似,小说《爱达》是范在近90岁高龄时撰写的回忆录。两部代表作都具有明显的乱伦和道德主题。《洛丽塔》借用情色小说的外壳,成功地抵达了人类心灵的核心地段,

---

[1] 弗拉迪米尔·纳博科夫. 爱达或爱欲:一部家族纪事 [M]. 韦清琦,译. 上海:上海文艺出版社,2013:553-554.

描画着人与世界相遇时的投入、冲突和失败，其中蕴含的悲剧感，正反映了一个严肃作家的良心。① 而《爱达》中纳博科夫通过描绘范·韦恩与爱达兄妹间长达一个世纪的不伦之恋，深刻地揭示了其创作中的道德与艺术、时间与记忆、自由与残酷等文学主题。

故事的情节发生在一个叫安提特拉（Antiterra）的星球上，在这个虚构的、乌托邦式的星球上主人公范和爱达的不伦之恋如此炽热、自由和永恒。他们之间无拘无束的爱恋却让小露赛蒂陷入了情感困惑，最终她悲剧性地结束了自己的生命。对此，如亨伯特对洛丽塔虔诚的忏悔一样，"露赛蒂的死对阿达的触动非常大，使他认识到了自己的自私和无知，使他开始认识到了在他的世界里不仅仅只有他自己，还有别人的存在。当阿达终于和凡·维因生活在一起，安享晚年的时候，每每提起露赛蒂，阿达还是会充满后悔和自责"②。同样，范对于卢塞特的伤害悔恨了60年，并将这种悔恨整合到了《阿达》中。对于范而言，后来他发现的"生活终是辉光与悔恨杂陈"③。

对于纳博科夫，小说《爱达》跟其自传体回忆录《说吧，记忆》都是向艺术和回忆的至高成就表达敬意。艺术与时间，尤其与回忆的关系成为纳博科夫作品最为重要的主题之一。在阿卡狄亚式的阿迪斯庄园，范和阿达的热恋与自负伤及了露赛蒂，"他们那令人困惑的秘密激情却将更为寻常的卢塞特变成了一个歇斯底里的、脆弱的、固执于性的女子，走向灾难"④。对此，如同断然拒绝对亨伯特的道德同情一样，纳博科夫也不会无视乱伦的主题。"范和阿达尽情讴歌他们爱情的快乐。他们身后的纳博科夫则坚持认为，我们在与他人的亲密联系中获得的所有快乐的代价就是我们

---

① 蔡莉莉.《洛丽塔》：迷失在欲望与时间中的永恒悲剧 [J]. 外国文学研究，2006（2）：134.

② 马红旗. 纳博科夫的立场：捍卫个性自由——论作为标签的"洛丽塔"和作为自由化身的阿达 [J]. 解放军外国语学院学报，2012（5）：109.

③ 弗拉迪米尔·纳博科夫. 爱达或爱欲：一部家族纪事 [J]. 韦清琦，译. 上海：上海文艺出版社，2013：555.

④ 布赖恩·博伊德. 纳博科夫传：美国时期（下）[M]. 刘佳林，译. 桂林：广西师范大学出版社，2011：608.

对他人的责任，我们跟他人命运关系越紧密，这种责任就越大。"[1]

（四）结　语

纳博科夫是一位卓越的文体家，一个文字游戏者，一个实验主义者，同时他更是一位严肃的艺术创作者。1962 年，纳博科夫在接受英国广播公司（BBC）记者采访时回答"为什么要创作《洛丽塔》"的问题时，他回答道："我的写作没有什么社会目的，也不传递道德信息。我没有一般观念需要阐述，我就是喜欢编造带有优雅谜底的谜语。"[2] 但纳博科夫从不否认艺术的道德力量，因为在他看来它是每一部真正艺术品的固有特性和艺术品格。博伊德对其作品有着较为精深的理解，他坚持认为，纳博科夫的创作绝不仅仅具有文体意义，"作为一个思想家，他实际上是非常严肃认真的，他是一个认识论者，一个形而上学家，一个道德哲学家，一个美学家"[3]。

纳博科夫曾在一次访谈中说道："我相信总有一天会出现一位对我做出新评价的人，宣称我原来不是轻浮之徒，而是一位严肃的道德家，旨在驱逐罪恶，铐住愚昧，嘲弄庸俗和残酷——而且施无上的权力于温厚、天资和自尊。"[4] 因此，国内外学界对纳博科夫的研究已经超越文体美学的范畴，进而转向伦理的、哲学的、流散的和形而上的多元视角。"小说伦理不在于作家给出道德律令或规范，惩恶扬善，而在于作家以艺术的、自然又自由的方式探讨人生的意义、价值、真相、难题、种种可能的困境等，这需要作家的天赋来达成。"[5] 纳博科夫拥有这种艺术天赋，在其复杂的文字

---

[1] 布赖恩·博伊德. 纳博科夫传：美国时期（下）[M]. 刘佳林，译. 桂林：广西师范大学出版社，2011：608.

[2] 弗拉基米尔·纳博科夫. 独抒己见[M]. 唐建清译. 杭州：浙江文艺出版社，2012：6.

[3] Boyd B. Vladimir Nabokov：The Russian Years [M]. Princeton：Princeton University Press，1990：5.

[4] 弗拉基米尔·纳博科夫. 独抒己见[M]. 唐建清，译. 杭州：浙江文艺出版社，2012：193.

[5] 喻妹平. 论纳博科夫的小说伦理观——以其俄罗斯文学批评为中心[J]. 俄罗斯文艺，2023（1）：109.

游戏、语言戏拟、文体互文性、后现代实验写作等美学策略的背后隐藏着纳博科夫对捍卫自由与个性、追求彼岸世界、反思时间哲学等形而上主题的深刻拷问。纳博科夫用高超的文字技巧、游戏精神和叙事策略构筑起文本迷宫，读者在感受审美愉悦及发现狂喜的同时，在其迷宫叙述的深处还闪烁着一股人文主义的思想光芒和伟大的伦理精神！

第四章　跨国的书写

从1917年十月革命开始，20世纪的俄罗斯侨民文学经历了三次主要浪潮，形成了一部丰富多元的俄罗斯侨民文化史。流亡者们面临扭曲的生活境遇，不得不漂泊流转，在异国他乡建立起独特的"移民社区"，进行跨国的书写。其中，布拉格、柏林、巴黎、美国以及中国的哈尔滨、上海都曾是俄罗斯侨民文学的重镇。这些流亡国外的文化精英们创立的"移民社区"，一方面为大批俄罗斯政治流亡者、作家、诗人、哲学家等提供了避难所；另一方面他们面对遥远的祖国时，又加剧了流放者的身份危机。这些俄罗斯文化界精英的流亡"不仅是他们个人生活和艺术生涯的悲剧，也是20世纪俄罗斯文化艺术的一个巨大的损失"[①]。然而他们没有蹉跎岁月，而是积极创作、成立社团、创立刊物、发表言论，探讨俄罗斯流亡者的精神状态，渴望走出移民社区的压抑空间和生存困境。最终，他们有的回归到故国家园，有的则永未返乡，将流亡视为一种生活状态，不断周转于异国他乡，并从中积极汲取养料和素材，重塑俄罗斯流亡知识分子在多元文化下的生存境遇和身份差异。

在俄罗斯侨民文学经历的三次浪潮中，"第一浪潮"的代表人物大多是"白银时代"的文化守卫者。从蒲宁、茨维塔耶娃、纳博科夫到苔菲，"第三浪潮"中从索尔仁尼琴到布罗茨基，他们的艺术创作构成了20世纪俄罗斯侨民文学最丰富、复杂、迷人的文化景观。他们创作出诗歌、长短篇小说、自传体散文、回忆录等文学样式，"表现了背井离乡的人们对祖国的依

[①] 任光宣. 俄罗斯文化十五讲[M]. 北京：北京大学出版社，2007：189.

恋和忧思，特别是对俄罗斯文化的眷恋，唱出了天涯游子的愁苦和隐痛"[①]。

一、流散的叙事

　　流亡意味着在路上旅行、流浪、放逐与探险。为此，国内学者田俊武、张德明、刘英、陈晓兰等多次撰文阐释英美文学旅行写作现象，从旅行小说理论建构、叙事模式、空间表征、性别空间、流动性等视角进行了深入探究，为英美旅行小说在国内的深入研究建构起理论话语和实践基础。火车，在现代生活中是一个非常普通的意象，却颇受电影导演、作家、艺术家的青睐，被其赋予了在路上、旅行、流亡、流浪、追寻、怀旧等多重象征含义。"火车以它富于动感的形态，在大地上呼啸着前行，连接起一个个空间上的点，让人感知着空间的变化与时间的前行。火车从远方而来，又向远方而去，远方总是带有某种神秘之感，而通过远距离的观望，存留在心中的总是一种关于远方的想象。"[②] 尤其是英国维多利亚时期，火车和铁路成为工业发展的标志性产物，"极大地改变了人们的生活方式，也作为一种符号产生了深刻的文化意义"[③]。为此，许多小说家越来越青睐"火车"意象，将故事背景设置在火车上、车站里，或是将主人公的活动场景与铁路和火车联系起来，"火车"这一独特意象被赋予了历史、空间、旅行、记忆等多重叙事策略意义。在刘英看来，"火车意象贯穿于19世纪后期到20世纪初期的美国小说，这一时期的美国小说全面考察了火车流动性的多个维度，展现了现代性的多重影响。一方面，火车引起时间的标准化、空间的秩序化、地域的全球化等一系列现代性特点。另一方面，火车也显现出现代性的悖论——火车既是自由和进步的象征，也是束缚和压迫的途径；既是各个

[①] 汪介之. 20世纪俄罗斯侨民文学的文化观照 [J]. 南京师范大学文学院学报，2004（1）：39.

[②] 周雪花. 铁凝小说中的"火车"意象与时间叙事 [J]. 文艺争鸣，2016（9）：160.

[③] 罗灿. 乔治·爱略特小说中的铁路意象 [J]. 外国文学，2016（1）：37.

阶级和种族相互争夺的空间，也是不同阶级展开对话的平台"①。

　　研究发现，纳博科夫在其长篇及短篇小说中也多次使用了"火车"这一意象，引起了国内学者的关注。郑燕在其论文《纳博科夫的"火车"：通往"另一世界"之旅》中，以纳博科夫短篇小说为例，从"火车"这一隐喻出发，通过探究"另一世界"（The Otherworld）的心理、历史叙事、自我以及文化建构等不同层面的意义，来阐释纳博科夫的"另一世界"之旅。②

　　史思谦在论文《论俄罗斯作家笔下的"火车"书写图景》提出，俄罗斯作家对火车及其衍生意象（铁路、车厢、站台等）进行了独到的演绎与诠释，在俄罗斯作家笔下，俄罗斯国家形象由一辆飞奔的三驾马车悄然变换为一列疾驰的火车。"俄罗斯，你将奔向何方"的火车书写图景的构建暗示出俄罗斯社会的时代变迁和国家的未来走向。"俄罗斯，你将奔向何方"的世纪问询也暗示出 20 世纪俄罗斯域外流亡知识分子在自我放逐中寻求终极意义、追求自由世界的迷惘与渴望。侨居时期作家和诗人创作的无论是诗歌、散文、游记，还是小说，都深深地印刻着俄罗斯和俄罗斯性的主题。流亡作家们通过对"火车"意象的多重意蕴描绘，生动地刻画出域外流亡知识分子的行旅叙事和浓浓的乡愁情结。

（一）俄罗斯，你将奔向何方？

　　蒲宁、纳博科夫和茨维塔耶娃都是诗人，骨子里都浸透着俄罗斯的骨血。"俄罗斯，你将奔向何方"的火车意象和行旅叙事鲜明地呈现在三位流亡诗人的诗作之中。蒲宁 1893 年创作的一首诗作命名为《在火车上》：

　　　　旷野越来越开阔，
　　　　旋转着在我们身旁掠过，
　　　　农舍和白杨像在空中浮游，

---

　　① 刘英. 流动性与现代性——美国小说中的火车与时空重构 [J]. 南开学报，2017（3）：137.
　　② 郑燕. 纳博科夫的"火车"：通往"另一世界"之旅 [J]. 外国文学，2013（5）：74.

转眼间就在田野尽头沉没。

瞧，山麓下牧场后边，
松林中露出洁白的隐修院……
瞧，架在河上的铁桥，
在我们脚下轰的一声飞到了后面……

啊，森林来了！伴着隆隆的车轮声
绿林中发出轰轰的回音，
和睦相处的白桦成群结队
鞠着躬欢迎我们……

火车头喷出的白烟
像一团团棉絮向四处弥漫，
或者随风飘舞，或者抓住车头，
最后都无可奈何地落向地面。

然而树林越来越稀疏，
出现了一丛丛灌木，
随即无涯无际的草原
蓝盈盈地展现在远处。

又进入了旷野，那么开阔，
只见它旋转着从我们身旁掠过，
农舍和白杨像在空中浮游，
转眼间就在田野尽头沉没。[①]

(《在火车上》，1893)

高尔基盛赞《在火车上》一诗，说道："天呀，多么好的诗呀！新颖、

[①] 戴骢主编. 蒲宁文集. 诗歌、散文、游记卷 [M]. 合肥：安徽文艺出版社，2016：17-18.

响亮，有一种对大自然的敏锐的嗅觉。"① 诗歌中，"喷出白烟的火车头"形象具体真实，轰隆隆向前奔驰，大自然在火车的映衬下，农舍、白杨、山麓、松林、森林、草原和旷野等众多意象都鲜活生动起来，一切那么清新自然、和谐有序。诗人在语言运用上既有开阔的旷野、洁白的隐修院、无涯无际的草原的宁静和谐画面，又有空中浮游、轰轰的回音、喷出的白烟、旋转着从身旁掠过的动态画卷，含蓄地表达出诗人对自由和美好的强烈向往。

1910 年，茨维塔耶娃出版的第一部诗集《黄昏纪念册》共收入 111 首诗歌，其中排在首位的是一首题为《相遇》的十四行诗。

> 傍晚的雾飘在城市上空，
> 列车温顺地驶向远方，
> 突然闪现，比银莲花更透明，
> 车窗里一张少女脸庞。
>
> 涂着眼影。浓密的鬓发
> 像王冠……我忍住尖叫：
> 我们的呻吟能唤醒逝者，
> 在这短暂时刻我分明知道。
>
> 黑暗车窗旁的那位姑娘，
> 多次在梦的峡谷与我相遇，
> 在车站的拥挤中梦见天堂。
>
> 可是她为何如此忧伤？
> 她透明的侧影把什么寻觅？
> 她或许在天上也找不到福气？……②

---

① 戴骢主编. 蒲宁文集. 诗歌、散文、游记卷 [M]. 合肥：安徽文艺出版社，2016：4.

② 茨维塔耶娃. 茨维塔耶娃诗选 [M]. 刘文飞，译. 北京：人民文学出版社，2020：13.

诗歌中的列车缓慢地驶向远方，突然车窗里闪现出一张少女的脸庞。这样一位少女多次在梦中与我相遇，一位对青春、爱情有无限憧憬的少女形象跃然纸上。爱情的幻想、少女的忧伤总是与流动的列车、拥挤的车站有着微妙的联系。

此外，蒲宁的短篇小说《新路》同样充斥着火车的意象。小说描写了主人公"我"乘坐一列从彼得堡奔向偏远地区的火车的景象。火车上承载着军官、股东、工人、商人、神父等人间百态。"火车上的氛围，纷乱而喧嚣，从各种人物身上折射出当时社会的光彩，即一种新的生活（资本经济）向正崩溃的旧的生活（封建庄园经济）挑战时的人生百态。"[①] 标题"新路"既象征着一条通往未开垦的土地的铁路，又象征着人类对自然的掌控与砍伐。"城市四周的松林遭到了无情的砍伐，新的铁路像一个征服者那样勇往直前，把那些保持了千百年寂静的密林荡涤干净。"小说反映出主人公的矛盾心理，一方面试图要逃离圣彼得堡，去融入俄罗斯的大自然；另一方面火车又是科技文明的象征，新的生产力时刻冲击着大自然的宁静。小说主题隐含着对资本主义侵蚀的反思，因此这列代表着新的生产力的火车具有了资本主义批判的现代意识。

那么，纳博科夫的长篇小说中是否也同样使用"火车"这一独特意象来隐喻小说写作呢？这一意象的反复使用除了通往"另一世界"之旅，是否还具有其他深刻的内涵？一言以蔽之，"火车"这一意象被纳博科夫反复使用反映出作家对故国家园的怀旧情怀和诗性想象、道路小说的行旅叙事模式和大流散叙事策略。

纳博科夫的流亡体验和代表作《洛丽塔》《普宁》和《微暗的火》等都具备了旅行小说和道路叙事的基本特征。其艺术创作中有一个显著的特征，那就是在小说创作中运用镜子、象棋、火焰、迷宫、蝴蝶、松鼠、影子等多重意象来隐喻小说写作。对此，国内外研究者多次撰文对其小说、诗歌和自传体散文中的多重意象进行深入解读，揭示出纳博科夫别具匠心地运用这些意象的深刻含义，反映出纳博科夫在其艺术创作中的元小说写作策

---

① 聂鑫森. 我读蒲宁 [J]. 世界文学. 1999 (3): 287.

略，即对小说自身创作机制及小说写作理论的关注。

(二)《玛丽》：对往昔的诗性想象

尽管火车意象不是纳博科夫小说的核心叙事元素，但车站或是火车在其小说中的若隐若现折射出纳博科夫的流亡意识、文化策略和创作机制。"通过创造性地将个人欲望和家园文化糅合，将其生成物放置在文化之旅中，纳博科夫的另一世界，成为纳博科夫获知自我与家园文化的重要的文化策略。"[①]

在纳博科夫笔下，火车不再是"一个给人带来异化可能的、物理意义上的机车，而是成为承载故乡温情记忆的时空隧道"[②]。纳博科夫的第一部俄语长篇小说《玛丽》，被称为一部流亡小说。故事发生在俄国十月革命之后，场景是柏林一家脏乱不堪的膳宿公寓里，故事的主角是因种种原因流亡到柏林的六位房客。纳博科夫在这样一篇故事中，自始至终多次运用了火车和车站的意象。他将膳宿公寓设在了铁路旁边，这个带有俄国特点的公寓并未受到房客的青睐，"主要讨厌之处是整个白天和大半个夜晚都听到市郊地铁线上隆隆的火车声，有一种整座建筑物都在缓慢移动的感觉"[③]。在布莱恩·博伊德看来，"流亡仿佛成了铁路，只不过是运动的轨迹，或者充其量是个车站，人们在他们记得的来路和弄不清的去向之间耗着光阴"[④]。

列车从早到晚不停地驶过，发出的隆隆声加剧了这一群流亡者的躁动不安。同时，火车的移动让主人公加宁陷入初恋的回忆之中，无法自拔。"柏林那灰色的现实和对在俄国的初恋的玫瑰色的回忆交织，构成了《玛

---

① 郑燕. 纳博科夫的"火车"：通往"另一世界"之旅 [J]. 外国文学，2013 (5)：76.

② 史思谦. 论俄罗斯作家笔下的"火车"书写图景 [J]. 解放军外国语学院学报，2017 (6)：152.

③ 弗拉基米尔·纳博科夫. 玛丽 [M]. 王家湘，译. 上海：上海译文出版社，2013：5.

④ 布莱恩·博伊德. 纳博科夫传：俄罗斯时期 [M]. 刘佳林，译. 桂林：广西师范大学出版社，2009：325.

丽》的故事和语言的难忘的、动人的美。"①

主人公加宁是流亡柏林的俄罗斯侨民，整日漫无目的地生活在俄罗斯移民中间，百无聊赖、恍惚迷茫。"他因为乏味无聊而东闯西撞；因为漫无目的而玩世不恭。在他的灵魂深处，有的只是空洞虚无。"② 过往火车日夜不停地来回移动更是加剧了加宁漂泊不定的移民身份的伤痛。从故事开头作者就交代了加宁决定星期六离开柏林，渴望去一个陌生的地方。"他的窗外是火车铁轨，因此离去的可能从未停止过对他的诱惑。每隔五分钟，一阵隐隐的轰隆声就开始传遍全楼，跟着是一团巨大的烟云在窗外翻滚，遮蔽了柏林白色的天光。"③ 铁轨的无限延伸带给加宁的是远方的诱人风景和内心深处想要逃离的渴望和诉求。

前女友玛丽的到来让加宁陷入无尽的往事回忆之中。玛丽，这个自始至终从未出现的人物形象被赋予了诗性的精神象征。"作为实体的玛丽成为了虚化的背景，俄罗斯的身影才是真正的焦点。加宁是借由回忆玛丽来重温他所失去的祖国。正是在这种虚实互化之中，初恋情人玛丽成为思乡之情的具象化体现，而对俄罗斯大地和俄罗斯文化的眷恋也成为对玛丽的追忆之爱的精神实质。"④ 得知玛丽到来后，加宁立刻与情人柳德米拉提出分手，他感到了自由。"每当看见迅速飘动的白云他总会想到俄国，但是此刻他需要白云来提醒他，因为从昨晚以来他想到的只有俄国。"⑤ 于是，在公园的一条长凳上加宁陷入往昔的回忆之中。

纳博科夫将加宁与玛丽的最后一次见面场景设在了华沙的火车站。加

---

① 弗拉基米尔·纳博科夫. 玛丽 [M]. 王家湘，译. 上海：上海译文出版社，2013：129.

② Roth P A. ed. Critical Essays on Vladimir Nabokov [M]. Boston, Massachusetts：G. K. Hall & Co. , 1984：44.

③ 弗拉基米尔·纳博科夫. 玛丽 [M]. 王家湘，译. 上海：上海译文出版社，2013：9.

④ 王公纬. 纳博科夫《玛丽》中的流亡意识 [J]. 黑龙江教育学院学报，2013 (10)：112.

⑤ 弗拉基米尔·纳博科夫. 玛丽 [M]. 王家湘，译. 上海：上海译文出版社，2013：32.

宁"走向这列火车中唯一的一节蓝色车厢,开始走上车厢末端的通廊——就在那儿站着玛丽,正从上往下看着他"①。可以说,纳博科夫笔下的火车意象是动态的。车站的铃声、火车的轰鸣声、咯咯作响的车厢和驶离车站的火车都加剧了男女主人公最后别离的愁绪与不安。即使如此,纳博科夫将火车的景象描绘得非常具有诗性和画面感。"火车轰隆隆地行驶在落日黄褐色的光流中燃烧的泥炭沼泽之间;灰白色的泥炭烟轻轻在地面上飘动,形成仿佛是两道雾的波浪,火车就在其间劈浪而行。"②纳博科夫在刻画风景的同时,融入了声音和空间的想象。"声音越来越响,涌进了房间,一片灰白的云雾包围着窗子,脸盆架上一面镜子咯咯作响,一列火车刚刚驶过,从窗子里又可以看见铁路轨道扇形展开的广阔空间,将近黄昏,柔和,薄雾迷蒙。"③

随着时间的推移,火车意象反复出现加剧了加宁离开柏林的渴望,他厌倦了膳宿公寓里的房间、市郊的火车和"埃莉卡的烹调"。而玛丽的到来,让加宁在心中酝酿出"一个奇特的、难以置信的计划"。他欣喜而又心情激荡地想象着要带着玛丽一起乘火车离开柏林,奔向未来的生活。于是,他开始收拾行李,之后读起了他在克里米亚期间收到的五封信,刹那间加宁又陷入过去的时光回忆中。在这五封信中,纳博科夫运用诗性的语言让加宁沉浸在充满柔情和梦幻般的回忆里。加宁记得那个遥远的1月的黄昏,"记得他如何坐在一条许多细流湍急地流过平滑的白石头的小溪旁,透过一棵苹果树那无数纤细却惊人清晰的秃枝凝视着柔和的粉红色天空,那儿一弯新月像剪下的半透明的指甲闪闪发光,在月亮的下面一个尖角处颤动着晶莹的一滴——第一颗星星"④。加宁记得秋雨中园林散步的美妙情景、记

---

① 弗拉基米尔·纳博科夫. 玛丽[M]. 王家湘,译. 上海:上海译文出版社,2013:76.

② 弗拉基米尔·纳博科夫. 玛丽[M]. 王家湘,译. 上海:上海译文出版社,2013:79.

③ 弗拉基米尔·纳博科夫. 玛丽[M]. 王家湘,译. 上海:上海译文出版社,2013:81.

④ 弗拉基米尔·纳博科夫. 玛丽[M]. 王家湘,译. 上海:上海译文出版社,2013:96.

得玛丽令人愉快的习性，记得"那缱绻的夜色，晚上海面那惯有的光泽，柏林夹道的狭窄林荫路上天鹅绒般柔和的静寂，玉兰树阔叶上闪烁的月光"①。这些无尽的回忆让加宁充满着颤抖的幸福感，如今两人即将重逢，他依然自信地认为玛丽对他的爱恒久不变。

故事最后几章的叙述及出乎意料的结局表现了纳博科夫的非凡创造力和想象力。加宁没有去迎接玛丽，而是独自乘坐驶往德国西南部的火车，去创造未来的生活。故事最后还是以火车的意象作为结束。"火车开动时他睡着了，脸埋进挂在木头座位上方的衣钩上的雨衣褶子里。"② 这一开放式的结尾耐人寻味，伴随着与玛丽恋情的终结，加宁乘坐着另一列火车行驶在路上，奔向他未知的未来。"加宁的离开表达了作家于域外视野下对十月革命后的俄罗斯虽眷恋不舍却难以理解，只好怀着永恒思念再度离去的微妙心境。"③

总之，《玛丽》作为一部流亡小说，字里行间充斥着一群流亡柏林的租客对故国家园的怀念与想象。对纳博科夫而言，《玛丽》是挥之不去的怀乡梦。"加宁对玛丽的渴望是流亡者之梦的形象化，是对重新回归记忆中之幸福的俄罗斯的向往。"④ 而火车意象贯穿于小说的始终，加剧了作者对故国俄罗斯的怀旧情怀、对童年时光的诗性想象。这种怀旧情结和诗性想象始终贯穿于纳博科夫的流亡生涯和艺术创作中。

（三）《普宁》：时间的错位与行旅叙事

小说《普宁》成功地塑造了一个"性格温厚而怪癖，与周围环境格格不入，常受同事的嘲弄"的流亡美国的俄国老教授形象。通过刻画一位孤独自恋、孑然一身、沉浸回忆的老古董形象，纳博科夫流露出一股浓重的

---

① 弗拉基米尔·纳博科夫. 玛丽 [M]. 王家湘, 译. 上海：上海译文出版社，2013：97.

② 弗拉基米尔·纳博科夫. 玛丽 [M]. 王家湘, 译. 上海：上海译文出版社，2013：125.

③ 史思谦. 论俄罗斯作家笔下的"火车"书写图景 [J]. 解放军外国语学院学报，2017 (6)：154.

④ 布莱恩·博伊德. 纳博科夫传：俄罗斯时期 [M]. 刘佳林, 译. 桂林：广西师范大学出版社，2009：325.

乡愁与怀旧情结。他"把俄罗斯文化和现代美国文明巧妙地融合在一起,诙谐而机智地刻画了一个失去了祖国、隔断了和祖国文化的联系、又失去了爱情的背井离乡的苦恼人"①。可以说,普宁是纳博科夫艺术创作中最为成功的人物形象之一。

在文学意象方面,《普宁》中最有意思的是"松鼠"意象贯穿着整部小说。除此之外,纳博科夫同样多次使用"火车""客车"等意象,并巧妙地将主人公普宁置于其中,造成了时间上的错位,并形成了一种行旅叙事策略。

故事一开始,普宁教授就"坐在风驰电掣的列车靠北窗户的位子上"②,受邀到克莱蒙纳做学术报告。然而,具有讽刺意味的是,普宁教授坐错了车,自己却全然不知"那份火车时间表是五年前印的,其中有一部分早已不管用了"③。纳博科夫运用一种旅行叙事策略融入普宁坐错班车这一事实中。在列车上20分钟的时间里,普宁面临着讲稿遗失、车站撤销等种种窘境。这让"普宁陷入一种普宁式的特殊不安的心情"④。因为,错过班车意味着错过一次重要的演讲。为此,普宁必须在三点零八分于惠特彻奇下车,以便去赶四点钟的公共汽车,一切顺利的话,他可以在六点钟到达克莱蒙纳。

本想节省时间的普宁却因为换乘班车差不多损失了两个钟头,他不得不取下旅行包,痛苦地"等待车外那叫人无法分辨的葱翠景致匆匆掠过"⑤。在惠特彻奇车站,普宁依然与周遭环境格格不入。"阳光普照着一

---

① 弗拉基米尔·纳博科夫. 普宁 [M]. 梅绍武, 译. 上海: 上海译文出版社, 2013: 5.

② 弗拉基米尔·纳博科夫. 普宁 [M]. 梅绍武, 译. 上海: 上海译文出版社, 2013: 3.

③ 弗拉基米尔·纳博科夫. 普宁 [M]. 梅绍武, 译. 上海: 上海译文出版社, 2013: 5.

④ 弗拉基米尔·纳博科夫. 普宁 [M]. 梅绍武, 译. 上海: 上海译文出版社, 2013: 11.

⑤ 弗拉基米尔·纳博科夫. 普宁 [M]. 梅绍武, 译. 上海: 上海译文出版社, 2013: 12.

片又热又呆板的水泥地,火车在这月台上映出轮廓鲜明的几何图形的黑影。"① 炎炎的夏日、陌生的车站、孤寂的身影,普宁存包时还面临着语言上的障碍。三点五十五分吃完饭、结完账回去取包时却换了替班,无法取出旅行包。倒霉的普宁、糟糕的处境,让普宁索性不穿包裹里的黑礼服,直接登上那辆公共汽车。

踏上新旅程后,本该松口气的普宁却焦虑地发现演讲稿遗落在旅行包里的衣兜里。惊慌失措的普宁摇晃地走到车门口,司机把车票钱还给他,刹住车。"可怜的普宁落脚在一个陌生的城镇中心。"② 此时此刻,普宁教授失望而又疲劳,他自始至终感觉到了空间上的疏离,"像一股浪潮那样把他头重脚轻的身体淹没了,把他同现实隔离了,这种感觉在他并不新鲜"③。可是,为了能够按时赴约演讲,普宁还得要回到火车站去。此时,旅行叙事的断裂使得普宁陷入残酷的现实中,"那种同现实隔离的激动,突然把他彻底整垮了"④。普宁教授的思绪滑入无尽的童年回忆之中。四点二十分他重新走回车站,取回旅行包,搭上了一辆通往克莱蒙纳的装卡车便车。然而,最终到达目的地之后,普宁发现约定演讲的日期是下周五,他提前一周达到,时间再次错位。

虽然小说之后对"火车"的意象描述没有对"松鼠"的多,但第五章描写了普宁刚刚学会开车之后遭遇的种种辛酸经历。在从温代尔到昂克维朋友避暑别墅的路上,普宁在树林里迷了路。挫折、痛苦与尴尬接二连三地跟随着普宁。"他在两边有沟渠甚至深谷的、车辙甚多的窄道上驾驶经验不多,因此踌躇不决,摸索前进,瞭望塔上的观望者也许会用怜悯的目光

---

① 弗拉基米尔·纳博科夫. 普宁 [M]. 梅绍武,译. 上海:上海译文出版社,2013:13.

② 弗拉基米尔·纳博科夫. 普宁 [M]. 梅绍武,译. 上海:上海译文出版社,2013:15.

③ 弗拉基米尔·纳博科夫. 普宁 [M]. 梅绍武,译. 上海:上海译文出版社,2013:15.

④ 弗拉基米尔·纳博科夫. 普宁 [M]. 梅绍武,译. 上海:上海译文出版社,2013:15.

第四章　跨国的书写

追随这种奇特的景象；可是在那凄凉而冷落的高处连一个人影儿也没有。"[①] 进退两难的普宁如同一只蚂蚁一样依靠愚蠢而坚韧不拔的努力和热情走出困境、顽强生活。因此，普宁与火车、汽车等意象相关联的系列遭遇与"纳博科夫早期的流亡和中晚期在美国的旅行生活相契合，导致他心头产生了挥之不去的旅行情结，他的某些作品的素材视角和感受因此蒙上了一种道路叙事和旅行的特征"[②]。

故事结尾时，被学院解聘的普宁教授驾着一辆堆满箱笼的寒碜小轿车，与那条小白狗一起行驶在茫茫未知的公路上。"小轿车大胆地超越前面那辆卡车，终于自由自在，加足马力冲上那条闪闪发亮的公路，能看得很清楚那条公路在模糊的晨霭下渐渐窄得像一条金线，远方山峦起伏，景色秀丽，根本说不出那边会出现什么奇迹。"[③] 世界文学中，这种主人公携犬驾车行驶在路上去追梦、求索、成长的"行旅母题是最持久的经典比喻，利用这个比喻，后古典时代的西方赋予这个人生历程以结构、目的、意义和价值"[④]。

除了《普宁》之外，纳博科夫的小说《玛丽》《洛丽塔》《微暗的火》等都具有道路小说的旅行叙事特征。小说通过主人公的路上旅行和道路叙事来展示美国的地理景观，揭示主人公对某种困厄的逃避、对理想的追求以及精神的升华等。纳博科夫颠沛流离的流亡生涯和作品中塑造的流亡知识分子形象契合了美国文学中的旅行主题。

(四)《说吧，记忆》：流亡者的流散叙事

在纳博科夫颠沛流离的流亡生涯中，其早期的诗歌和小说创作都明显地"映射出流亡文学的类本质"，"这从逻辑上为阅读纳博科夫提供了一种

---

① 弗拉基米尔·纳博科夫. 普宁[M]. 梅绍武，译. 上海：上海译文出版社，2013：138.

② 田俊武. 纳博科夫的旅行生涯与《洛丽塔》中的旅行叙事[J]. 解放军外国语学院学报，2013 (1)：108.

③ 弗拉基米尔·纳博科夫. 普宁[M]. 梅绍武，译. 上海：上海译文出版社，2013：246.

④ Abrams M H. "Spiritual Travelers in Western Literature." The Motif of the Journey in Nineteenth-Century Italian Literature [M]. The Epic of America. Boston：Little, Brown and Company, 1931：1.

有效的路径"①。因此，从流散的视角去解读纳博科夫艺术创作中的流亡书写只是分析其艺术世界的多层次和多色彩特征的一种较为有效的途径。这种解读方式在当今流散文学盛行的族裔文学研究热点中对纳博科夫的流散书写研究具有重要的启示意义。

在 20 世纪的俄罗斯文学中，纳博科夫占据着一个较为特殊的地位，他的流亡与同时代的作家和诗人相比具有特殊性。自从 1919 年离开故国后，纳博科夫从未返乡。1977 年，纳博科夫病故于瑞士洛桑。至此，其想象中的家园成为他永远的乡愁和记忆。在博伊姆看来，"怀旧"已经超越了对已经逝去的时光的回忆和对消失的家园的思念。那么，在这部充满诗性、温情和回忆的自传体作品《说吧，记忆》中，火车的意象是与纳博科夫的怀旧情结、流散写作以及童年记忆紧密联系的。一个给人带来异化可能的、物理意义上的机车，在纳博科夫的笔下被结构、被重建，从而产生意义上的扭转，一跃而成承载温暖记忆的现代性隐喻。②

在《说吧，记忆》中，读者们可以看到纳博科夫对火车意象的青睐。小时候他给小狗起的"火车"（Trainy）的名字，而"火车"的歇斯底里的声音成为他童年时代的音乐主调之一。曾经纳博科夫让卡明斯先生画出的一列快车，结果让作家失望至极。在纳博科夫看来，火车头的排障器、前灯、车厢、烟囱、煤水车等细节画面深深地印在他的脑海里，如此清晰、如此详细、如此深刻。火车成为一种艺术介质，承载着作家流亡岁月中的还乡渴望和时代符号。

从法兰克福出发，我们在一场暴风雪中到达柏林，第二天早晨乘上了从巴黎开来的北欧快车。在冬天的环境下，调换车厢和火车头的仪式带有奇特的新意义。激动的"rodina"，即"祖国"感第一次有机地和令人感到慰藉的脚下嘎吱作响的雪、穿过雪地的深深的脚印、火车头烟囱的红色光泽以及红色煤水车上一层随车而行的雪的覆盖下高高的白桦圆木交织在

---

① 刘佳林. 纳博科夫的诗性世界 [M]. 上海：上海人民出版社，2012：47.
② 郑燕. 纳博科夫的"火车"：通往"另一世界"之旅 [J]. 外国文学，2013（5）：76.

了一起。①

  这段乘坐火车的经历对当时未满六岁的纳博科夫而言成为一场还乡的预演,"不是永远不会实现的衣锦还乡的预演,而是在我漫长的流亡生涯中的不断出现的还乡梦的预演"②。因此,这部回忆录中浓浓的怀旧情绪与文化乡愁并没有渲染出作者流亡的悲苦经历,"而是用美妙、快乐、神奇、完美、爱等字眼写下另类的流亡诗篇"③。回忆录中的火车意象更多承载的是文化情结和精神命题。

  总之,纳博科夫的流亡生涯与流亡立场赋予其艺术作品中以怀旧情结、流散叙事和飞散意识等特征。火车是在路上的隐喻机制,旅途就是尝试离开出发地,寻求真实自我的目的地,寻求"彼岸世界"的过程。火车意象不断地游离于其文学创作之中,承载着主人公与往昔记忆的对话、对故国家园的怀旧想象以及作家"彼岸世界"的向往与超越等叙事策略和文化命题。

  "流亡"和"流散"一直以来就是世界各国侨民文学史中的重要主题。"两者都表示远离祖国、流落他乡的生存状态,但是流亡的贬义是明显的,而且带有浓烈的政治色彩,表现出一种被动、无奈。而流散则更呈现一种中性,有时带有自觉意识上的自我放逐,它可以是主动也可以是被动的。"④ 由于经济贫困、社会动荡、政治压迫和宗教禁令等各种因素交织的原因,流亡与放逐、流散与追寻、怀旧与想象已成为俄罗斯域外作家们稳定的生存境遇和写作状态。

  蒲宁作品中的火车意象折射出情系俄国文化、承继古典传统的象征含

---

  ① 弗拉基米尔·纳博科夫. 说吧,记忆 [M]. 王家湘,译. 上海:上海译文出版社,2009:100.

  ② 弗拉基米尔·纳博科夫. 说吧,记忆 [M]. 王家湘,译. 上海:上海译文出版社,2009:101.

  ③ 张晓红. 怀旧之笔 艺术之镜—以《说吧,记忆》和《上海的风花雪月》为例 [J]. 中国比较文学,2012 (2):128.

  ④ 陈爱敏. 流散书写与民族认同—兼谈美国华裔流散文学中的民族认同 [J]. 四川外语学院学报,2008 (2):78.

义。"在火车上"彰显了自然意象与田园牧歌的景观。滚滚向前奔驰的火车隐喻着作家在俄罗斯域外多年流亡的生存境遇。对于女诗人茨维塔耶娃来说,"从车厢发出的问候"① 预示着别离、忧伤和冬天的梦,如梦如幻,飘向朦胧的未来。简言之,蒲宁和茨维塔耶娃诗作中塑造的火车意象是赞美自然、崇尚自由、抒发思绪的隐喻机制,隐秘地镶嵌于诗人的抒情诗篇中。

对于纳博科夫笔下的流亡知识分子而言,道路或铁路成为一种隐喻范式,"代表一种漫无目标的逃亡,一种伴言的远行感,一种虚幻的进步"②。从小说创作人物亨伯特、加宁、普宁到纳博科夫本人,他们的旅行生涯和流亡经历都代表了一种失落、寻找、逃避和回归的旅行叙事模式,"这种追求梦想、上路旅行、逃避环境的束缚、获得人生启悟的叙事模式,是美国旅行文学中永不消逝的主题"③。虽然纳博科夫是流亡作家还是流散作家的称谓值得商榷,但他典型的流亡生涯和作品中的火车意象、行旅叙事和流散特征为读者认识纳博科夫及其艺术创作提供了一条重要的路径。火车与车站既代表着流动的漂泊感与疏离感,还具有地理空间上的书写特征。纳博科夫将独特的火车意象嵌入其多层次、多色彩的艺术创作中,以揭示其作品中的怀旧情结、行旅叙事和大流散叙事美学策略。

综上,俄罗斯域外文学第一浪潮中的蒲宁、茨维塔耶娃和纳博科夫在域外各个"微型的俄罗斯"坚持流亡社区书写,保全了域外俄罗斯社会文化的所有基本特性,其艺术作品的抒情性特征蕴含着风景叙事的隐喻策略,而诗歌和小说中的火车、铁路、车厢、车站等意象构建出"俄罗斯,你将奔向何方"的火车书写图景,承载着十月革命背景下俄罗斯社会的时代变迁和域外流散文学的行旅叙事。本节通过对俄罗斯侨民跨国流动的观照,揭示了侨民通过改变既定身份与重新定义自我而摆脱民族传统观念的束缚

---

① 茨维塔耶娃. 茨维塔耶娃诗选 [M]. 刘文飞,译. 北京:人民文学出版社,2020:27-28.

② 萨克文•伯科维奇主编. 剑桥美国文学史(第七卷)[M]. 孙宏,主译. 北京:中央编译出版社,2008:234.

③ 田俊武. 纳博科夫的旅行生涯与《洛丽塔》中的旅行叙事 [J]. 解放军外国语学院学报,2013 (1):111.

和身份认同的困惑,从而参与到域外流亡社区的生活空间中。虽然流亡或放逐后引发的身份变化、文化错位和流散焦虑是他们身处移居国面临的主要困境,然而,俄罗斯流亡知识分子却以对历史记忆、跨国身份、多元文化等方式寻求突围,走出侨民身份危机和推进跨国流散书写的有效路径。

二、伟大的遗产

尽管20世纪俄罗斯域外文学三次浪潮"流动的盛宴"已经散去,而盛宴的背后折射出的独特流散文化现象、流亡知识分子的文化立场与丰富的文学遗产对构建人类命运共同体视域下的流散研究依然具有重要的借鉴和启示意义。21世纪的世界政治动荡、战争动乱、自然灾难与全球瘟疫掀起了流亡者、难民与知识分子的大规模流动,全球视野下的跨种族与跨民族流散成为一个世界性议题和重要文化现象,而流亡知识分子在边缘化写作中承担起的家国情怀、独立思考能力与艺术创作责任,共同形塑国家域外文化现象,在集体无意识中建构起既具有民族认同与世界意识,还具有作家个性风格与艺术思想的文化共同体。

任何民族都具有精神传统,任何民族文学都具有独特的精神气质和品格。在世界文学史中,俄罗斯文学的精神传统具有厚重的根基。历史上那些熠熠生辉的文学大师是了解俄罗斯社会、文化和生活的心灵窗户,是俄罗斯民族之魂。"深沉的苦难意识、强烈的宗教意识、强大的自由意识和热情的人道主义精神,影响着俄罗斯文学的精神气质,构成了俄罗斯文学的精神基础和精神传统,使它成为一种充满道德诗意和批判激情的高贵的文学。"[①] 20世纪俄罗斯域外文学的三次浪潮之所以能够成为俄罗斯文学史上独特的文学景观,主要原因是建立在俄罗斯文学的"黄金时代"和"白银时代"的根基之上,从未剥离俄罗斯文学的特质及其精神表征。

首先,深沉的苦难意识。陀思妥耶夫斯基说过,"我们只能带着痛苦的心情去爱,只能在苦难中去爱!我们不能用别的方式去爱,为了爱甘愿忍

[①] 李建军. 重估俄苏文学(上)[M]. 南昌:二十一世纪出版集团,2018:21.

受苦难"。这句话成为俄罗斯域外流亡知识分子忍受苦难、自我放逐的注脚。

其次，强烈的宗教意识。在别尔嘉耶夫看来，"为了理解俄罗斯，需要运用神学的信仰、希望和爱的美德"。斯拉夫精神、东正教精神和西方启蒙精神共同构成了深沉的俄罗斯精神。理解俄罗斯宏阔的文学不可忽视伟大作家和作品中的宗教意识。

最后，强大的自由意识。俄罗斯伟大的文学作品中都渗透着强烈的自由主义思潮。《复活》中对自由的渴望、《罪与罚》中对理想的追求、《安娜·卡列尼娜》中对自由和爱情的深刻思考与内心挣扎。通过文学经典的表达和人物的细腻刻画，作家传达了对个人自由、平等和人权的不懈追求。

对于世界伟大作家研究之所以能够恒久不衰，不断地除旧布新，其根本原因在于其文学创作思想和作品文本中的民族性、世界性和经典性遗产与价值。国内外对纳博科夫文学批评研究经历了长达一个世纪的漫长历程（1916—2024），经过国内外一个多世纪的解读与正名，纳博科夫作为世界文学家的地位已经确立。作家的民族主义立场和世界主义文学创作思想直至今日依然在国内外得以广泛地研究、译介与传播。

首先，А. В. 列捷尼奥夫认为，纳博科夫与俄罗斯文化的联系不仅表现在其文学创作方面，还表现在他论述俄罗斯文学史的著作上，将俄罗斯诗人普希金、莱蒙托夫等诗作译成英文。在向英语读者介绍俄罗斯经典作品这一方面，俄罗斯侨民中没有谁能与纳博科夫相媲美。纳博科夫在20世纪俄罗斯文学中占有特殊的地位和独特的创作特色。"纳博科夫的创作具有非正统的题材和极其高超的修辞特色，正是他的创作基本保证了当代俄罗斯文学对20世纪文学的继承。'纳博科夫现象'的独特性更大程度上缘于他对两个民族文学史的参与——俄罗斯文学和美国文学。"[①]

再者，细心的读者从纳博科夫的早期诗歌和小说文本中可以处处发现纳博科夫的创作对"白银时代"的继承与发展。"作家主要的秘诀、他与众不同的修辞手法的奥秘就在于将抒情原则娴熟地用于组织文本叙事形式。

[①] 谢·伊·科尔米洛夫. 二十世纪俄罗斯文学史：20—90年代主要作家[M]. 赵丹，段丽君，胡学星，译. 南京：南京大学出版社，2017：425.

第四章　跨国的书写

纳博科夫修辞风格的演变是对俄罗斯白银时代诗学的接受和加工。"[1]

从 20 世纪 20—30 年代，纳博科夫用俄语创作了《玛丽》《卢仁的防守》《绝望》《死刑邀请》《天资》等小说佳作，青年作家西林在俄罗斯境外侨民圈子崭露头角。"事实上，同时代的俄罗斯作家中没有一位像纳博科夫一样如此多地关注俄罗斯古典和当代作家。他以多样的方式对许多传统的文本和作家给予了回应与映射。纳博科夫的每一部俄语小说都包含着对普希金诗篇的回音。"[2]

纳博科夫在其多重文本中不仅向俄罗斯文学之父普希金致敬，更是向由陀思妥耶夫斯基、果戈理、托尔斯泰、契诃夫等文学巨匠构成的俄罗斯古典文学传统表达敬意。纳博科夫创作的独特性在于作家艺术创作中并非粗糙的效仿，而是以驳斥、对话和再阐释的方式延续着古典俄罗斯传统。"纳博科夫认为现代俄罗斯作家应该不断地质疑和检验经典，揭露陈腐的观念，发展一直被忽视或者未被尝试的潜力。否则，俄罗斯古典作家的遗产将会陷入僵化，最终成为女孩子手中的碎布娃娃。"[3] 由此可见，纳博科夫对待俄罗斯文学传统不是僵化的接受，而是运用高超的想象力透过互文指涉、不可靠叙事、典故引用、文字游戏、戏拟模仿等多重棱镜将俄罗斯文学传统发扬光大。

最后，纳博科夫对俄罗斯民族文学传统的忠贞与坚守在于他不仅具有丰富的艺术创作思想，还具有独特的文学批评观。纳博科夫既是一位优秀的作家，还是一名一流的读者和批评家。他说："批评的权利仅次于创作的权利，也是思想和言论自由所能赐予我们的最宝贵的礼物。"[4] 他撰写的三

---

[1] 谢·伊·科尔米洛夫. 二十世纪俄罗斯文学史：20—90 年代主要作家 [M]. 赵丹，段丽君，胡学星，译. 南京：南京大学出版社，2017：429.

[2] Bethea M.，Siggy F. ed. Vladimir Nabokov in Context [M]. London：Cambridge University Press，2018：123.

[3] Bethea M.，Siggy F. ed. Vladimir Nabokov in Context [M]. London：Cambridge University Press，2018：125.

[4] 弗拉基米尔·纳博科夫. 俄罗斯文学讲稿 [M]. 丁骏，王建开，译. 上海：上海译文出版社，2018：1.

二十世纪俄罗斯域外流散文学研究

部文学讲稿《文学讲稿》《俄罗斯文学讲稿》及《〈堂吉诃德〉讲稿》较为全面地反映出作家的文学观和批评观，带领读者通过独特的文学分析方法和文本细节解读去探究伟大作品背后复杂微妙的创作轨迹和神秘的文学结构。在《文学讲稿》中他专注于解读七位欧美作家，而在《俄罗斯文学讲稿》中聚焦俄罗斯的果戈理、屠格涅夫、陀思妥耶夫斯基、托尔斯泰、契诃夫和高尔基等六位重要作家，以此描绘出19世纪俄罗斯文学的辉煌光谱。纳博科夫的批评观是将俄罗斯伟大作家作品的解读融入世界优秀艺术传统的洪流之中，用心灵、脑筋和敏感的脊椎骨去领略欣赏天才之作时带来的审美愉悦和心灵震颤。

总之，作为俄罗斯作家的品质或特性，"俄罗斯性"是俄罗斯古典和现代作家生存的根基所在，维护传统是艺术家们的共同价值观。"俄国文化中源远流长的'文学中心主义'，是俄罗斯民族精神和国家意识养成过程中一个不可或缺的重要因素。俄罗斯民族借助文学获得的身份认同，就是俄罗斯人民族意识中根深蒂固的'文学的想象共同体'。"[①] 纳博科夫作为"想象共同体"中的一份子，似乎想象得更丰富、走得更远。他将俄罗斯文学传统透过境外俄罗斯侨民文学的透镜融入世界文学的洪流之中，无疑也让自己的创作具备了世界主义的倾向。

域外流亡不仅仅代表着怀旧的记忆与故国的想象，还意味着风格的确立和艺术的创造。2004年，迈克尔·汉妮（Michael Hanne）主编的《流亡中的创造》（Creativity in Exile）前言中指出，流亡作家总是怀旧，转向过去，而拒绝面对当前的现实，对此他们总是受到责难和质疑。对他们而言，除了强烈的乡愁和思乡情结，流亡者还能是什么呢？[②] 该著作对上面的质疑声进行了回击，审视了因种种原因经历过"位移"（displacement）的众多流亡者在世界各地展现出了卓越的创造能力。著作从人性、美学和心智的层面阐释了流亡中的艺术家们的多产性和创造性特征。

作者在第二章《流亡者的肖像》中分别描绘和勾勒了蒲宁、茨维塔耶

[①] 刘文飞. 俄国文学和俄罗斯民族意识 [J]. 外国文学，2018（5）：11.

[②] Hanne M. ed. Creativity in Exile [M]. New York：Rodopi, P. V., Amsterdam, 2004：2.

娃和纳博科夫三位流亡作家和诗人的流亡肖像与文学形象。三位流亡作家的创作风格都具有明显的抒情性和崇高性特征,在继承俄罗斯文化传统的同时,在流亡中坚持创造,在审美风格、人物塑造和形而上主题等方面均具有实验性和创造性。"他们没有被禁锢在时代语境的'民族主义'里,而从世界文学中汲取养分。他们带着来自原生文化的冲击力和反叛精神,汲取着异域文学的成果,呼应着文学求新求变的整体态势,成就了其不属于任何一种流派却令人瞩目的辉煌。"①

三位流亡者的共同角色是诗人,尽管纳博科夫在诗歌方面没有蒲宁和茨维塔耶娃那么突出。但是他重视诗人抒情性的艺术品格。在作家看来,诗人——意味着善于感觉和表达作品文字以外的意义,善于转达这世界上既无和音,又无回声的事物。纳博科夫在《俄罗斯作家、审查官及读者》一文中向优秀的读者提出"直奔实质而去,直奔本文、源头、精华而去"②。

尽管三位流亡作家和诗人秉持俄罗斯民族文学传统,但力求语言朴实无华、绘声绘色,在域外创作中创立出独特的文体风格。蒲宁诗歌散文的抒情性,语言简练生动,作家观察犀利精确,为其赢得了出色的修辞学家的美誉。高尔基曾经盛赞他说,俄罗斯文学中如果没有蒲宁,它将黯然失色,它将失去彩虹般耀眼的光辉,失去一个孤独漂泊的灵魂的光辉。他的诗作总是能够让读者抬望眼随处可见自然的万种风情。诗人的创造力在于他巧妙地避开华丽的辞藻,而是运用民谣的朴实和自然的意象去刻画人物的喜怒哀乐。作家流亡法国,坚持用俄文创作,始终秉持作家的信条和公理:思想的自由和良心的自由。蒲宁认为这是文明的恩赐,需要作家用生命和创作去捍卫不可动摇的自由和真理。

俄罗斯域外部分流亡作家认为20世纪存在着两种俄罗斯文学,"即在苏联有一个苏维埃的俄罗斯文学,在国外有着流亡作家自己的俄罗斯文

---

① 淼华,赵刚. 试论当代斯拉夫文学的文化共性[J]. 欧亚人文研究(中俄文),2023(4):7.

② 弗拉基米尔·纳博科夫. 俄罗斯文学讲稿[M]. 丁骏,王建开,译. 上海:上海译文出版社,2018:16.

学"①。他们声称自己身居国外，有着独立活跃的文学团体与生活，形成了独特的创作观念、风格和主题，同时俄罗斯域外文学并没有被欧美文学所兼容和同化，"不失为自成一系的严肃文学，不失为一部分知识分子心灵对政治历史事件的另类记录"②。这一观点颇受争议，但引发了学界对俄罗斯域外文学的民族性与世界性意义的广泛探讨。

首先，域外侨民文学是俄罗斯文学中一个不可分割的有机组成部分，这在学界已经得到广泛的认同，主要原因在于域外文学体现的深刻的"俄罗斯性"和民族性特征。庞大的侨民读者群、知识分子代表创立的文学社团和文学期刊为俄罗斯域外流亡作家提供了坚实的创作基础，而俄罗斯文学黄金世纪从普希金到契诃夫等艺术大师的创作手法和厚重的俄罗斯文化土壤为域外文学的形成、发展与繁荣提供了丰富的养料。因此，俄罗斯域外文学"没有脱离俄罗斯文学的传统，没有离开俄罗斯文化的土壤，更没有摆脱俄罗斯人的传统思维和意识"③，必然带有民族性的印记，这也是域外文学形成"文学想象共同体"的基因与养料，在俄罗斯伟大文学传统和肥沃文化土壤的滋养和培育下，俄罗斯域外文学才在各个移居国中博采众长，发扬光大。

再者，从俄罗斯域外文学第一浪潮的纳博科夫和第三浪潮的布罗茨基可以看出，域外文学流亡作家的艺术创作又具有世界性意义，两位作家先后使用俄语和英语创作，不断开拓艺术疆域，两人都是被迫流亡境外，此生从未返乡，在域外却创立风格，以"广阔的思想和浓郁的诗意"影响了世界。

第三，认识和把握 20 世纪俄罗斯域外流散文学"文化共同体"的文化成因和创作表征，对揭示这一文学现象的源流嬗变和深层的世界文化意义具有重要借鉴意义和启示作用。俄罗斯域外文学的第一浪潮时间与"白银时代"有着较为紧密的联系。纵观俄罗斯文学的历史，"黄金时代"和"白

---

① 赵秋长. 俄国侨民文学概览 [J]. 俄罗斯文学，2001 (6)：41.

② 赵秋长. 俄国侨民文学概览 [J]. 俄罗斯文学，2001 (6)：42.

③ 祖淑珍. 廿世纪俄罗斯侨民文学：回顾与展望 [J]. 北京第二外国语学院学报，1999 (5)：112.

银时代"两个涌现出璀璨群星的巅峰时期成就了不朽的伟大的俄罗斯民族文学。从"黄金时代"推崇唯美主义的艺术性,追求艺术的哲理性到"白银时代"的抒情性、象征主义、阿克梅派、未来主义等流派相继涌现,百家争鸣,交相辉映。

总之,20世纪俄罗斯文学之所以伟大在于其域外流亡作家坚持对传统的坚守、对文学的忠诚和对文化的创造。20世纪俄罗斯文学的主要特质充斥着道德精神和伦理思想。域外流亡知识分子循着俄罗斯伟大的古典传统肩负起继承传统、守卫文化的使命以严谨的艺术才能表现出拯救文化遗产的道德力量。

三、世界性意义

俄罗斯侨民文学是世界文学中的宝贵文化遗产,"俄罗斯文学中主要的好作品都是流亡者所著"[①]。它们既属于俄罗斯,也属于各移居国,更属于整个世界。20世纪俄罗斯域外文学从产生、孕育、发展、辉煌经历了漫长的周期。在庞大的俄罗斯域外侨民群体中,有一大批作家、诗人和艺术家等流亡知识分子在坚持俄罗斯传统和文学创作的同时,还创造风格,超越俄罗斯性,将伟大的俄罗斯文学赋予了世界性意义。纳博科夫作为诗人、作家、翻译家、评论家等多重身份,先后在俄国、德国、法国、美国流亡让纳博科夫的创作带有跨民族、跨文化的世界主义倾向。"纳博科夫的创作天然带有两种并置的话语体系:民族性的和世界性的。一方面作家试图从多元文化碰撞中寻求一种延续自身文化的民族属性,另一方面又希望在新的环境中建构独树一帜的个体意志,二者在纳博科夫身上达成了互补的一致。这种文化同存思维使纳博科夫富有预见性地意识到文学的世界性场域——一种消解中心意识、主张多元认同的世界主义。"[②] 可以说,极其娴

---

① 弗拉基米尔·纳博科夫.俄罗斯文学讲稿[M].丁骏,王建开,译.上海:上海译文出版社,2018:375.

② 王丹.论纳博科夫文学创作中的世界主义倾向与文化立场[J].西南大学学报,2017(3):126.

熟的叙事技巧、独具一格的文体风格和极具实验性的美学思想让纳博科夫成为俄罗斯文学史上成功完成跨国写作的典范，被誉为"最现代、最具美学影响力的艺术家之一"[①]。

20世纪俄罗斯文学的总体面貌具有一定的特殊性，"只能在本土文学和境外文学的整合中才能显现出来"[②]。换言之，俄罗斯侨民文学是其民族文化的重要组成部分，尽管这在国内外学界存在冲突与对峙。20世纪无论是存在一种还是两种俄罗斯文学，不可否认的是俄罗斯侨民作家的艺术创作和文化遗产不仅具有民族文学的基因，还具有世界主义倾向。

20世纪现代性视域下的俄罗斯文学基本上分为民族主义和世界主义两大阵营。世界现代主义思潮始于19世纪末到20世纪初（1890—1917），并迅速在文学、艺术、建筑等领域产生重要影响。1920—1940年间，俄罗斯侨民文学的第一浪潮先后在土耳其、捷克、德国、法国、中国、美国等移居国形成并掀起波澜。包括蒲宁、茨维塔耶娃、纳博科夫、苔菲等在内的众多域外流亡作家和诗人先后在君士坦丁堡、布拉格、柏林、巴黎、哈尔滨和上海等城市侨居多年，继承"白银时代"俄罗斯文学的创作传统与风格，逐渐形成了个性鲜明、风格迥异的侨民文学特征。与此同时，这些域外自我放逐者和流亡知识分子尽管在域外建立起"文学想象的共同体"，同时与各国文学建立联系，兼容并蓄，"与国际文学拉近了距离，成为国际文学的一部分而产生世界范围的影响"[③]。俄罗斯侨民作家的创作不可避免地带有民族性的和世界性的话语体系。一种是延续俄罗斯"黄金时代"和"白银时代"的民族精神和文化基因，另一种是"消解中心意识、主张多元认同的世界主义"[④]。

[①] 符·阿格诺索夫. 20世纪俄罗斯文学 [M]. 北京：中国人民大学出版社，2001：370.

[②] 弗·阿格诺索夫. 俄罗斯侨民文学史 [M]. 刘文飞，陈方，译. 北京：人民文学出版社，2004：102.

[③] 虞建华. 美国文学的第二次繁荣 [M]. 上海：上海外语教育出版社，2004：77.

[④] 王丹. 论纳博科夫文学创作中的世界主义倾向与文化立场 [J]. 西南大学学报，2017（3）：126.

第四章　跨国的书写

　　在世界多元文明并存与互鉴背景下，全面深入、多元阐释和立体呈现俄罗斯域外文学需要一种跨文化的维度和世界主义的视角去拓展研究思路。2012年，党的十八大明确提出，"要倡导人类命运共同体意识，在追求本国利益时兼顾他国合理关切"。2013年3月23日，中国元首在莫斯科国际关系学院发表演讲，面向世界阐释人类命运共同体理念。"这个世界，各国相互联系、相互依存的程度空前加深，人类生活在同一个地球村里，生活在历史和现实交汇的同一个时空里，越来越成为你中有我、我中有你的命运共同体。"人类命运共同体理念的提出有力回答了"世界向何处去、人类怎么办"的世界之问，是中国就人类未来发展提出的"中国方略"和"中国智慧"。

　　人类命运共同体理念的核心内涵是在种族冲突和国家战争中寻求人类的共同利益和共同价值，这与俄罗斯域外文学第一浪潮中流亡知识分子在各个移居国构建"文化共同体"，继承和发展俄罗斯伟大传统、弘扬民族精神的做法不谋而合。"文学世界主义的视角可以让我们更加深入地检视文学文本内部包含的文化包容思想与跨文化交往诉求，揭示民族文学面具背后的世界文学真实面目和世界主义情怀，为我们更加深刻地认识全球化时代跨文化交流的必要性奠定基础，也为我们在世界范围内建构一种文化上的共同体提供思路和依据，从而为促进人类命运共同体理念在世界范围内的接受奠定文化基础。"① 因此，发生在一百多年前规模浩大的"流动的盛宴"将俄罗斯的民族文化遗产带入各个域外移居国。

　　俄罗斯民族文化如同一粒粒种子相继在欧洲、美洲和亚洲等国孕育、开花、结果，民族文化与移居国异质碰撞、对话与融合。"这是因为流散生存与创作不可避免地关联到故土文化与宿国文化、母语与宿国语、自我与他者等关系的思考，涉及宗教、习俗、政治、信仰、民族审美价值观念等问题的处置态度，在他们的经历与创作中自觉不自觉地进行着故国文化与宿国文化间的跨文化对话。"② 域外流亡知识分子在移居国建立出版社，创

---

①　生安锋. 外国文学中的世界主义思想研究 [J]. 江西社会科学, 2023 (8)：76.
②　杨中举. 跨界流散写作—比较文学研究的"重镇" [J]. 东方丛刊, 2007 (2)：165.

立俄语学刊，开展文化沙龙等方式想方设法突破欧洲文化霸权，重塑俄罗斯国家和民族意识，以创作来维持俄罗斯文化的文学中心主义特性，在域外逐渐形成了无形而又完整的俄罗斯文化共同体。

在费孝通先生看来，世界各地民族形成的过程都是经过接触、混杂、联结和融合，经过分裂和消亡，形成一个你来我去、我来你去，我中有你，你中有我，而又各具个性的多元统一体。① 这为构建文化共同体为表征的人类命运共同体提供了坚实的实践基础。早在21世纪初期，世界大规模移民浪潮推动下出现民族疆界的模糊、民族文化的裂变、语言的跨国书写等问题促成了全球化视野下的流散现象及流散写作现象日益突出。作为亚裔流散族群分支的华裔文学为推动中华文化的全球化和海外传播与影响发挥了不可忽视的作用。近些年来，国内外学者针对华裔文学的研究可谓方兴未艾，成就令人瞩目。同样，20世纪俄罗斯域外文学与中国有着不解之缘，经过中俄学者的共同挖掘、梳理和阐释，中国视野下的俄罗斯域外文学与流散写作成为一种独特的文化现象和文学景观。20世纪俄罗斯域外文学的流散写作与共同体研究已经明显具备世界主义倾向。

人类命运共同体与世界主义具有共同的文化逻辑和价值取向。顾名思义，"共同体"（Community）与"世界主义"（Cosmopolitanism）的表征具有跨文化、跨民族和跨疆域性。世界主义的概念最早可以追溯到古希腊时期，是一个政治哲学和社会学概念。在西方文论关键词"世界主义"一文中，王宁给出了基本的概念界定。"所有的人类种族群体，不管其政治隶属关系如何，都属于某个大的单一社群，他们彼此之间分享一种基本的跨越了民族和国家界限的共同伦理道德和权利义务，这种单一的社群应该得到培育以便被推广为全人类所认可的具有普世意义的伦理道德和价值观念。"② 从中可以看出世界主义与共同体概念的共性表征及其普世价值。

经过百年漫长的文学批评历程，俄罗斯文学研究也步入了后现代主义研究时代。站在前人的学术成果基础上，当代的研究学者在具备厚实的研究基础的同时，还面临着如何发现并阐释俄侨文学新史料、新视角、新观

---

① 费孝通. 文化与文化自觉[M]. 北京：群言出版社，2016：52.
② 王宁. 西方文论关键词：世界主义[J]. 外国文学，2014（1）：97.

点等诸多瓶颈。因此，中外学者需要极大的学术创新、智慧与勇气，不断突破前人的研究局限，开拓疆域。俄罗斯域外流散文学是基于俄罗斯厚实的古典文学传统基因之上得以厚植和沉淀。俄侨作家和诗人在传统的根基中创作和实验，在诗歌、小说和文学批评方面成就了文学大师的声誉，丰富了俄罗斯文学的民族遗产和世界文化宝库。

结　语
现代性视镜下的批判性考察
——俄罗斯域外文学的经验、问题与启示

20世纪俄罗斯域外文学是伴随着全球大规模的移民浪潮和现代主义的思潮而产生、孕育和发展起来的。如今，尽管俄罗斯域外文学三次浪潮"流动的盛宴"已经散去，然而在构建人类命运共同体的视域下，俄罗斯侨民文学的民族性与世界性意义已经在本书第五章予以阐释。那么，俄罗斯域外文学景观在现代性视镜下又存在哪些值得肯定的成就与经验呢？结语部分笔者试图对俄罗斯域外文学的现代性和公共精神等问题予以批判性考察和现代性反思。

2002年9月23—25日，黑龙江大学举办了"俄侨文学国际学术研讨会"。来自4个国家的近50位专家学者出席了会议。刘锟撰写了《会议纪要》，发表于《俄罗斯文艺》2002年第4期。会后，参加会议的中俄英三国的阿格诺索夫、尼科尔森、李英男和刘文飞四位学者又进行了一次小型的座谈，就俄罗斯侨民文学的历史和现状、风格和性质、三次浪潮的影响与评价等问题交换了看法。最后，由刘文飞根据录音整理翻译并发表于《俄罗斯文艺》2003年第1期。"四人谈"中尼科尔森和李英男对谁是俄罗斯文学史上第一位流亡作家观点不一，但四位学者都认为，"20世纪的侨民文学无疑是作为整体的20世纪俄罗斯文学中最重要的一个组成部分"，"俄罗斯侨民文学传统的强大，首先是和整个俄罗斯文学传统的强大结合在一起的"[①]。总体看来，俄罗斯侨民文学至今已有近500年的历史，20世纪的俄

---

① 刘文飞. 俄侨文学四人谈. 俄罗斯文艺[J]，2003（1）：60-61.

结　语

罗斯侨民文学声势浩大、影响深远、作家辈出，"加强了俄语文学和世界各国文学的联系，构成了20世纪世界文学史中的一道奇观"①。

20世纪初期现代主义表现形式纷繁多元，颓废派、象征派、先锋派、未来派、阿克梅派等相互冲突与交织。尽管现代主义各流派相互冲突，但背后具有共同的深层的追求。流亡作家和诗人修辞手法迥异、文字游戏多样、文学策略个性化，他们不局限于某个文学流派或思潮。"克服束缚创作者的流派框架和宣言，几乎成了他们发展创作的规律。"② 俄国十月革命、两次世界大战的爆发、社会主义兴起和资本主义全球化等时代背景更是让人类开始面对和反思最为复杂的20世纪。俄罗斯域外文学就是伴随着现代主义逐步发展壮大的，并以独特的存在方式与文学现象融入现代主义的洪流。"带根"的侨民作家不仅有过离乡后的痛苦和矛盾，更有冷静审视一切的智者目光。他们常常是通过对民族自身弊端的挖掘和自省式的批判来实现向现代性、世界性靠拢的。③

"现代性"（Modernity）是个矛盾概念，在学界颇有争论，它与后现代性交相呼应、福祸相依。现代性涵盖哲学、政治学、社会学、文学、艺术学等跨学科领域，在康德、黑格尔、福柯、利奥塔、吉登斯、哈贝马斯等国外哲学家的多元阐释下，现代性的哲学话语体系得以逐步建构。可以说，现代性视镜成为人们观察、理解和认知现代社会和社会现代化的一个重要视点。对于20世纪俄罗斯域外文学的考察态度，本文作者采纳福柯对现代性的理解。福柯把现代性的态度或精神气质解读为"一种哲学的质疑，亦即对时代进行'批判性质询'的品格"。简言之，对于福柯来说，现代性从根本上意味着一种批判的精神。④ 因此，对待20世纪俄罗斯域外文学三次浪潮的独特文学景观，不仅是三次浪潮历史时期的划分和表征的梳理，而

---

① 刘文飞. 俄侨文学四人谈. 俄罗斯文艺 [J]，2003（1）：61.

② 符·维·阿格诺索夫. 20世纪俄罗斯文学 [M]. 凌建侯，等译. 北京：中国人民大学出版社，2001：35.

③ 淼华，赵刚. 试论当代斯拉夫文学的文化共性 [M]. 欧亚人文研究（中俄文），2023（4）：7.

④ 陈嘉明. 现代性与后现代性十五讲 [M]. 北京：北京大学出版社，2006：5.

是以批判的精神和冷峻的态度去解读俄侨文学文本的复调性和多义性。针对当下学界的共同体与流散书写等理论研究热点，何卫华、翟乃海等国内学者撰写《共同体与现代性》《流散与文化生产》和《犹太流散文学中的共同体想象及其表征》等文章对共同体与流散理论概念和特征进行不断梳理、总结与提炼，理论不断得到更新与激活。

21世纪的今天重新审视和观照20世纪俄罗斯域外文学需要打破传统美学和文化的研究窠臼，突破个人和民族的局限，进而转向哲学的、流散的、解释学的现代和后现代视野，除旧布新，守正创新，从人类命运共同体的立场吸收借鉴世界多元文明最新成果，再现理论生机，推动俄侨文学融入全球化和现代化进程，不断拓展对20世纪俄罗斯域外文学的研究路径与视野，从而实现俄罗斯域外侨民文学现代化的文化征象。

一、经验

在20世纪三个特定的历史时期，涌动着俄罗斯域外文学的"三次浪潮"，三次浪潮此起彼伏，与境内的苏联文学交相呼应、相互补充。在流亡作家中，先后有蒲宁、索尔仁尼琴、布罗茨基三位作家荣获诺贝尔文学奖，引起世界瞩目。阿格诺索夫的专著《俄罗斯侨民文学史》明确地将20世纪侨民文学划分为三次浪潮，而第一浪潮明显占据了大部分篇幅（第一章到第十六章），第二浪潮专章主要分析了克列诺夫斯基、叶拉金、莫尔申和勒热夫斯基四位作家，第三浪潮专章分析了索尔仁尼琴和布罗茨基两位诺贝尔奖得主。

从第一浪潮的流亡作家开始，众多的流亡知识分子就肩负着一种使命和责任，在域外流亡始终坚持价值判断和创作个性，在集体无意识中构建起一个"文化共同体"，这个共同体聚集起俄侨知识分子、共同形塑域外文化、构建民族意识与多重身份，取得了一些引人注目的成就和经验。

一是域外文学创作基于俄罗斯文学伟大的传统和"白银时代"的创作基因。他们有的在流亡中情系俄罗斯文化，有的浸透着俄罗斯骨血，有的与祖国共命运，他们的创作都扎根于俄罗斯本土厚重的土壤，在艺术创作

结　语

原则上不囿于传统，敢于实验创新，最终确立为具有鲜明个性的文体家。域外流亡作家以自信、开放和创新的态度，坚守深厚的人文主义精神，深度关切俄罗斯民族和全人类的存在主题。"多重的文化背景和身份不仅使得他们的文学创作别具一格，还赋予了他们的艺术思维和价值取向一种'世界主义'的色彩。"①

二是域外流亡知识分子的风骨与品格，他们以批判的姿态和自由的贵族精神介入社会改革与艺术创作，在域外逐渐形成了一个带有贵族文化传统的域外知识阶层，他们以独有的民族性格"在面对强权的时候从不愿轻易放弃自己的价值判断和理想追求"②。他们有的域外流亡，从未返乡；有的命运多舛，悲剧收场；有的颠沛流离，终成大器。他们秉承生命的神性、悲剧的崇高和受难的民族精神在域外坚持创作，终将俄罗斯文化精神与文学遗产推向了世界。

三是在域外流亡知识分子忠实于俄罗斯古典文学传统的同时，发展并创新传统，确立艺术原则和创作风格，形成了成熟的写实经验，体现出追求细节，游走于现实与幻想边缘的独特文学观，代表了俄罗斯域外文学创作的最高水平。域外地域文化为流亡知识分子提供了高度的精神和思想自由，"使作家能在广袤无垠的世界空间审视民族文化、质疑现代文明，体察人类的思想流变和精神状貌，窥探世界文学的精神特征和艺术创新"③。

绵延70多年的20世纪俄罗斯域外文学促成众多俄侨作家的辉煌成就，积累起巨大丰富的文化遗产。尽管俄罗斯侨民文学三次浪潮形成的成因、特征和影响各有差异，但俄侨文学史上波澜壮阔的三次浪潮构成了一部流亡文学史。流亡作家和诗人创作的背景、题材、对象、风格、主题等都具有鲜明的民族特色和流散表征，其精神特质蕴含了"白银时代"的文化基

---

① 淼华，赵刚. 试论当代斯拉夫文学的文化共性[J]. 欧亚人文研究（中俄文），2023（4）：7.

② 弗·阿格诺索夫. 俄罗斯侨民文学史[M]. 刘文飞，陈方，译. 北京：人民文学出版社，2004：729.

③ 淼华，赵刚. 试论当代斯拉夫文学的文化共性[J]. 欧亚人文研究（中俄文），2023（4）：7.

因和移居国异域特色，构成了整个世界文学宝库中极具个性和风格的文化景观，为世界族裔文学的流散书写提供了宝贵的创作经验。

二、问题

俄罗斯域外文学在取得了值得肯定的成就和经验的同时也面临不少的问题和争议。例如20世纪的俄罗斯究竟是否存在域外文学和本土文学两种文学形态？俄罗斯侨民文学与欧洲文学和世界文学之间有着怎样的关联性？俄罗斯域外文学三次浪潮产生的影响为什么存在如此大的差异？

刘文飞在《20世纪俄国文学的有机构成》一文中系统地梳理和归纳了20世纪俄国文学历史。他以对比的方法勾勒出俄罗斯文学和苏联文学、本土文学和境外文学、官方文学和地方文学、"白银时代"文学和别样文学此起彼伏、相互交织的文学潮流。伴随着现代主义兴起的20世纪俄罗斯文学历史各个流派百家争鸣、各领风骚，"使20世纪的俄国文学获得了一种多声部的'复调'结构，构成了一部精彩绝伦的文学交响乐"[①]。

同样，在《20世纪俄罗斯文学》一书的结语"当代文坛形势：世界观与美学观的多极化"中，阿格诺索夫指出，艺术科学领域中那种只允许存在一种意识形态的时代，已被政治、科学方法和艺术上的多元化时代所取代。[②] 因此，在全球流散背景下的21世纪回溯和审视20世纪俄罗斯域外文学需要一种文明互鉴的世界观。俄罗斯域外侨民作家创造出的璀璨的民族文化遗产同样属于世界。

由于俄罗斯域外文学第一浪潮涌现大量知名和成熟的作家和诗人，各种思潮和流派交相呼应、百家争鸣，在某种意义上延续了俄罗斯"白银时代"的文化基因。"这些名作家的诗、小说、戏剧、散文、文论乃至回忆录、政论、小品所组成的俄侨文学第一浪潮，的确成了整个俄侨文学最辉

[①] 刘文飞. 20世纪俄国文学的有机构成 [M]. 北京：东方出版社，2014：61.

[②] 符·维·阿格诺索夫. 20世纪俄罗斯文学 [M]. 凌建侯，等译. 北京：中国人民大学出版社，2001：638.

煌的时期。"① 换言之，第一浪潮中既有蒲宁等德高望重的老一辈作家的引领与探索，还有纳博科夫（西林）等文坛新秀的革新与建树，推动20世纪初期的俄侨文学展现出独特的文学景观。

第二次世界大战末期，即1943—1944年发生的第二浪潮其规模、影响与第一浪潮相比不可同日而语。一是知名的流亡作家和诗人极少，缺少代表作家的引领效应，格隆斯基、科诺林格等作家的遗产没有得到充分挖掘与评价；二是第二浪潮时期文献史料的挖掘不够全面，流亡作家创办的《俄罗斯思想》《桥》等杂志与文丛发挥的作用评价不充分。研究发现，战争主题在第二浪潮作家作品中得到广泛体现，具体表现在：侨民与苏联人；战争中的俄罗斯民族性格；"两个星球之间"的处境等方面。② 不可否认的是，第二浪潮侨民作家在第一浪潮和第三浪潮之间发挥了桥梁作用。那些被忽视的侨民作家理应得到公正的对待与评价。

贯穿于20世纪60—80年代第三次浪潮的成因与前两次浪潮相比更具复杂性。"主要动因是政治的、精神的、文化的、美学的，拥有深刻的甚至悲剧性的历史背景。"③ 这一时期也有蜚声文坛的索尔仁尼琴、涅克拉索夫、布罗茨基等知名作家，他们在美学创作上具有开放性、对话性等特征，主题创作上具有强烈的反乌托邦色彩，而且深入拷问俄罗斯民族的劣根性等深层次问题。

三、启示

俄罗斯文学的"黄金时代"与"白银时代"的经典时代已经成为过去，但是这两个时代伟大的作家创作出的作品以及经典作品反映出的思想与艺术价值对当下依然具有深刻的启示。从侨民文学和流散写作的视角审视20世纪初期涌现的域外文学景观对揭示社会历史价值、民族性格、精神传统、

---

① 周启超. 二十世纪俄语文学：侨民文学风景[J]. 国外文学，1995（2）：56.

② 弗·阿格诺索夫，杜礁. 俄罗斯侨民文学第二浪潮作家眼中的战争主题[J]. 俄罗斯文艺，2015（1）：22.

③ 周启超. 二十世纪俄语文学：侨民文学风景[J]. 国外文学，1995（2）：57.

宗教神性意蕴、价值伦理、审美愉悦等回归文学本体具有重要的借鉴价值。

党的二十大报告提出："深化文明交流互鉴，推动中华文化更好走向世界。"① 中俄文学交流源远流长，中俄作家在交流互鉴中获取启迪，用不朽的思想智慧与艺术魅力审视卓越的文学巨匠与独特的民族文化。"各美其美，美美与共。"② 文明因交流而多彩，因互鉴而丰富。俄罗斯域外文学三次浪潮的璀璨景观是众多流亡知识分子共同创造的民族记忆与文化遗产。中俄睦邻友好已成为共建人类命运共同体的国家关系典范。两个大国都具有悠久的文明传统、厚重的民族文化和坚实的交流基础，这为促进中华文化全球化进程，铸牢中华民族共同体意识，最终推动构建人类命运共同体提供了可行性的实践路向。

俄罗斯域外文学是俄罗斯文学的一个重要组成部分，承载着俄罗斯民族的文化特征和精神品格。"文学的文化特征就是基于民族文化特殊性的文化特征，即她在民族文化中的地位、独有的地域历史文化特征以及精神信仰的承载。所谓文学的精神品格就是文学基于独特的文化特征的思想特征和审美品格，是指这一文学独有的意蕴、风骨、气质。"③ 总体上看，俄罗斯域外文学景观产生的影响与启示主要包括美学思想、伦理价值和神性传统三个方面。

首先是美学思想。作为一场现代派文学文化运动，散文的诗化倾向是"白银时代"的典型特征。对于域外流亡作家创作的作品首先具有美学意义上的价值，引用纳博科夫的术语，就是具有"审美愉悦"（aesthetic bliss）。蒲宁、茨维塔耶娃和纳博科夫都是具有鲜明个性的文体学家、美学家和实验主义者。三位作家和诗人的真正奥秘在于其创作的抒情性和语言的实验

---

① 习近平：高举中国特色社会主义伟大旗帜　为全面建设社会主义现代化国家而团结奋斗——在中国共产党第二十次全国代表大会上的报告［EB/OL］．（2022-10-25）https：//www.gov.cn/xinwen/2022-10/25/content_5721685.htm

② 1990年，"各美其美，美人之美，美美与共，天下大同"。是著名社会学家费孝通先生在一次演讲时总结出的处理多元文明关系的十六字"箴言"，是体现中华文明和而不同的内在精神的理想表达。

③ 张建华．俄罗斯文学的黄金世纪：从普希金到契科夫［M］．北京：生活・读书・新知三联书店，2023：8．

性。要洞悉三位作家作品的真正内涵首先要走进复杂文本的叙述结构、文体风格和语言游戏。

其次是伦理价值。域外流亡作家不仅是具有鲜明风格的文体家，更是具有强烈人道关怀的世界主义者。伟大作家的主要责任是要刻画人类及其在世界上的挣扎。主人公的形象与性格刻画反映出时代背景下对伦理价值及其道德责任的恒久追问。从20世纪80年代后期起，作家表现出对人非社会的，生命本体的，形而上的个体行为和意识书写的热衷。在一派活泼泼的现实主义文学气象的背后，始终蕴含着作家强烈的社会关怀、生命关怀、知识分子的人文使命，保持着对生存困境、存在不适、人情冷漠、人性异化等人类生存普遍性命题的回应。[1]

最后是神性传统。俄罗斯民族精神的本源性特征是宗教性。毋庸置疑的是，东正教对俄罗斯文学具有重要的影响，基督教与圣经文化传统对俄罗斯作家的文学创作发挥重要的作用。

四、公共精神与现代性反思

共同体是一种文化乡愁、一种社会理想结构，其本质体现着公共精神和现代性的批判反思。"面对现代性的冲击，重新激活共同体是为了重新寻获在现实社会中无处找寻的温情和归属感，对抗社会中人和人关系的物化，建构更为和谐的人际关系，同时对现代性导致的缺失进行批判。"[2] 20世纪俄罗斯域外作家构建的流亡社区本质上就是一个体现文化同一性的深度有机共同体，是流亡知识分子在域外流亡过程中对更为理想的、和谐的和值得向往的社会形态与未来愿景的描画、希冀或构想。

现代性变革给世界带来的冲突与剧变，给人类带来的焦虑、困惑和危机等全球化扩张迫使国内外学界对全球现代性进行反思与批判，需要研究者超越文艺现代性的维度，融入哲学现代性和社会现代性的多元维度。基

---

[1] 森华，赵刚. 试论当代斯拉夫文学的文化共性[J]. 欧亚人文研究（中俄文），2023（4）：6.

[2] 何卫华. 共同体与现代性[J]. 外国语文研究，2023（1）：12.

| 二十世纪俄罗斯域外流散文学研究

于共同体的实践逻辑,以合作、共享和共赢为核心理念的人类命运共同体的出场是反思文学世界主义、现代性文明价值观、倡导弘扬公共精神、推动人类公共福祉的中国智慧与中国方案。

"网络化—全球化"持续演进背景下,国内外学界对世界主义概念和文化世界主义倾向的建构、阐释以及出现的"超文化""强国文化"霸权等论调引起学者的关注。蒋承勇多次撰文明确提出,"世界文学"不是文学的"世界主义",拒斥文学与文化的"世界主义"倾向。在他看来,文化上的"全球化"强调和追求的都是一种包含了相对性的普适文化,是一种既包容了不同文化形态,同时又以人类普遍的、永恒的价值作为理想的人类新文化,是一种多元共存、和而不同的"文化共同体"。① 笔者提出了"人类审美共同体"的理念,这一理念与人类命运共同体和俄罗斯域外文学的文化共同体具有共同的价值基础,"体现对人类自身的终极关怀,又尊重并重构各种异质文化的个性,从而创造一种普适性与相对性辩证统一、富有生命力而又丰富多彩的世界文化"②。

尽管20世纪俄罗斯域外文学"流动的盛宴"已经落幕,但俄乌战争冲突持续升级,必将造成大规模的难民颠沛流离,战争主题与流散书写也是当代俄罗斯侨民文学不可回避的题材,国内外学者对未来俄侨文学研究的步伐也不会停止。有学者提出,未来中国俄侨文学研究应着力于拓展研究对象,开阔研究视野,增强研究深度,注意吸收文化诗学的理论与方法,并借鉴民族学、历史学、心理学的方法,将理论概括和实证分析相结合,将文体研究与重点个案研究相结合,深入探究中国俄侨文学的思想意蕴和艺术特点。③

因此,中国知识分子要带着一种公共精神对当下俄罗斯域外文学进行现代性的批判与反思,对俄罗斯后现代主义文学中民族精神进行定位与建构。中国学者对于俄罗斯域外文学经典作家和作品的批评研究同样要提升

---

① 蒋承勇.“世界文学”不是文学的“世界主义”[J].文学评论,2018(3):29.
② 蒋承勇.“世界文学”不是文学的“世界主义”[J].文学评论,2018(3):29.
③ 王亚民.中国在华俄罗斯侨民文学研究25年[J].解放军外国语学院学报,2017(5):157.

结　语

文化自觉和学术自省，摆脱人云亦云的窠臼，走进作家的文本深处，融入新理论、新方法和新视角，突破单一文本批评的局限，进而转向历史的、族裔的、空间的和后现代的跨学科研究。研究领域从美学与诗学研究，逐步走向科学、伦理学、哲学与后现代文学与文化思潮的综合性研究，从而不断推动国内俄罗斯侨民文学和现代文学研究从"渐入佳境"走向"有我之境"。

总之，后现代视野下，对俄罗斯文学的研究依然在路上，需要新一代青年学者和学术骨干运用批判的思维、开阔的视野和创新的方法将俄罗斯的民族文学遗产不断向世界传播。事实上，其文学遗产在世界传播的过程也是其文学作品不断经典化的重构过程，这也是民族文化遗产的最大价值。而对于诗人、作家蒲宁、茨维塔耶娃、纳博科夫等侨民作家而言，他们留给世界的文学遗产博大而多样，理解真正的域外流亡知识分子和俄侨作家似乎要去掉过多的伪饰和标签，读者、研究者和评论家只需静静地走进作家的艺术世界，以一种公共精神和现代批判意识去看待文学的民族性、世界性和流散性等重要问题，去领悟俄侨作家的艺术瑰宝、创作思想和经典品性。

参考文献

一、中文文献

[1] Н. 别尔别罗娃. 我的斜体字［J］. 莫斯科，1996：370.

[2] 阿里阿德娜·艾伏隆. 缅怀玛丽娜·茨维塔耶娃：女儿的回忆［M］. 谷羽，译. 桂林：广西师范大学出版社，2015.

[3] 爱德华·W·萨义德. 知识分子论（第二版）［M］. 单德兴，译. 北京：生活·读书·新知三联书店，2013.

[4] 奥兰多·费吉斯. 娜塔莎之舞：俄罗斯文化史［M］. 成都：四川人民出版社，2018.

[5] 勃兰兑斯. 十九世纪文学主流（第一分册）［M］. 张道真，译. 北京：人民文学出版社，2009.

[6] 布莱恩·博伊德. 纳博科夫传：俄罗斯时期［M］. 刘佳林，译，桂林：广西师范大学出版社，2009.

[7] 布赖恩·博伊德. 纳博科夫传：美国时期（下）［M］. 刘佳林，译. 桂林：广西师范大学出版社，2011.

[8] 布罗茨基. 文明的孩子［M］. 刘文飞，译. 北京：中央编译出版社，1999.

[9] 蒲宁. 蒲宁诗文选［M］. 陈馥等，译. 北京：人民文学出版社，2020.

[10] 蒲宁. 蒲宁中短篇小说选［M］. 陈馥，译. 北京：人民文学出版社，2020.

［11］蔡莉莉.《洛丽塔》：迷失在欲望与时间中的永恒悲剧［J］. 外国文学研究，2006（2）：129－134.

［12］曾澜. 道德、不道德还是非道德——解读《洛丽塔》［D］. 江西师范大学，2002.

［13］曾艳钰. 流散、共同体的演变与新世纪流散文学的人类命运共同体书写［J］. 当代外国文学，2022（1）：127－134.

［14］查明建. 论莎士比亚的经典性与世界性［J］. 外语教学与研究，2016（6）：854－865，960.

［15］陈爱敏. 流散书写与民族认同——兼谈美国华裔流散文学中的民族认同［J］. 四川外语学院学报，2008（2）：77－81.

［16］陈嘉明. 现代性与后现代性十五讲［M］. 北京：北京大学出版社，2006.

［17］茨维塔耶娃. 茨维塔耶娃诗选［M］. 刘文飞，译. 北京：人民文学出版社，2020.

［18］崔永光. 流亡话语与故国想象——纳博科夫作品中海外流亡形象的心路历程［J］. 大连海事大学学报，2016（1）：100－104.

［19］戴骢主编. 蒲宁文集. 短篇小说卷（上）［M］. 合肥：安徽文艺出版社，2016.

［20］戴骢主编. 蒲宁文集. 短篇小说卷（下）［M］. 合肥：安徽文艺出版社，2016.

［21］戴骢主编. 蒲宁文集. 诗歌、散文、游记卷［M］. 合肥：安徽文艺出版社，2016.

［22］戴骢主编. 蒲宁文集. 长篇小说卷［M］. 合肥：安徽文艺出版社，2016.

［23］戴从容. 乔伊斯、萨伊德和流散知识分子［M］. 上海：华东师范大学出版社，2012.

［24］德·斯·米尔斯基. 俄国文学史［M］. 刘文飞，译. 北京：商务印书馆，2020.

［25］丁帆. 知识分子的幽灵［M］. 上海：东方出版中心，2017.

[26] 费·库兹涅佐夫. 20 世纪俄罗斯文学：卷 2［M］. 莫斯科：教育出版社，1996.

[27] 费孝通. 文化与文化自觉［M］. 北京：群言出版社，2016.

[28] 弗·阿格诺索夫，杜礁. 俄罗斯侨民文学第二浪潮作家眼中的战争主题［J］. 俄罗斯文艺，2015（1）：16-22.

[29] 弗·阿格诺索夫. 俄罗斯侨民文学史［M］. 刘文飞，陈方，译. 北京：人民文学出版社，2004.

[30] 弗拉迪米尔·纳博科夫. 爱达或爱欲：一部家族纪事［M］. 韦清琦译. 上海：上海文艺出版社，2013.

[31] 弗拉迪米尔·纳博科夫. 洛丽塔［M］. 主万，译. 上海：上海译文出版社，2014：59.

[32] 弗拉迪米尔·纳博科夫. 微暗的火［M］. 梅绍武译. 上海：上海译文出版社，2011.

[33] 弗拉基米尔·纳博科夫. 独抒己见［M］. 唐建清，译. 杭州：浙江文艺出版社，2012.

[34] 弗拉基米尔·纳博科夫. 俄罗斯文学讲稿［M］. 丁骏，王建开，译. 上海：上海译文出版社，2018.

[35] 弗拉基米尔·纳博科夫. 洛丽塔：电影剧本［M］. 叶尊，译. 上海：上海译文出版社，2010.

[36] 弗拉基米尔·纳博科夫. 普宁［M］. 梅绍武，译. 上海：上海译文出版社，2013.

[37] 弗拉基米尔·纳博科夫. 说吧，记忆［M］. 王家湘，译. 上海：上海译文出版社，2009.

[38] 弗拉基米尔·纳博科夫. 玛丽［M］. 王家湘，译. 上海：上海译文出版社，2013.

[39] 符·维·阿格诺索夫. 20 世纪俄罗斯文学［M］. 凌建侯等，译. 北京：中国人民大学出版社，2001.

[40] 付佳乐. 论知识分子的精神品格——读萨义德《知识分子论》［J］. 思想政治课教学，2022（3）：93-94.

[41] 高添，高建华. 蒲宁《四海之内皆兄弟》中的东西方文明互鉴与共同体想象［J］. 当代外国文学，2023（4）：111-117.

[42] 顾华，马新. 流亡中的知识分子：重读萨义德［M］. 东北大学学报，2010（4）：368-371，376.

[43] 顾蕴璞编选. 蒲宁精选集［M］. 顾蕴璞，柳鸣九，译. 北京：北京燕山出版社，2010.

[44] 郭芯雨. 莫斯科的双重面貌：俄罗斯域外文学第一浪潮中的莫斯科文本［J］. 外国文学动态研究，2021（6）：120-130.

[45] 韩伟，任智峰. 后殖民·知识分子·身份认同：古尔纳小说的三个面向［J］. 外语教学，2022（3）：106-112.

[46] 何卫华. 共同体与现代性［J］. 外国语文研究，2023，9（1）：6-13.

[47] 何卫华. 流散与文化生产［J］. 外国语文研究，2024，10（1）：1-8.

[48] 吉奥乔·阿甘本. 裸体［M］. 黄晓武，译. 北京：北京大学出版社，2017.

[49] 姜磊. 俄罗斯知识分子群体的缘起和演变研究［J］. 国外社会科学，2016（6）：53-64.

[50] 蒋承勇. "世界文学"不是文学的"世界主义"［J］. 文学评论，2018（3）：23-31.

[51] 焦晨. 孤独的玛·茨维塔耶娃［J］. 西安外国语学院学报，1999（2）：58-61.

[52] 夸梅·安东尼·阿皮亚. 认同伦理学［M］. 张容南，译. 南京：译林出版社，2013.

[53] 蓝泰凯. 玛丽娜·茨维塔耶娃：俄罗斯"白银时代"的诗歌女皇［J］. 贵阳学院学报，2023（3）：69-74.

[54] 雷蒙·威廉斯. 关键词：文化与社会的词汇［M］. 刘建基译. 北京：生活·读书·新知三联书店，2005.

[55] 李春林. 热烈希冀与强烈厌恶——蒲宁的社会革命观［J］. 文化

学刊，2017（4）：52-57.

[56] 李建军. 重估俄苏文学（上）[M]. 南昌：二十一世纪出版集团，2018.

[57] 李静. 域外文学与流亡话语 [J]. 青海师范大学学报，1998（4）：63-68.

[58] 李维屏. 论中世纪英国的共同体思想与文学想象 [J]. 外国文学，2023（3）：3-13.

[59] 刘洪一. 流散文学与比较文学：机理及联结 [J]. 中国比较文学，2006（2）：103-116.

[60] 刘佳林. 论纳博科夫的文学观 [J]. 国外文学，2006（1）：35-40.

[61] 刘佳林. 纳博科夫的诗性世界 [M]. 上海：上海人民出版社，2012.

[62] 刘佳林. 纳博科夫研究及翻译述评 [J]. 外国文学评论. 2004（2）：70-81.

[63] 刘锟，彭永涛. 俄罗斯流散文学中的对话性与人类命运共同体书写 [J]. 中国俄语教学，2024（1）：34-43.

[64] 刘文飞.《洛丽塔》的颜色 [J]. 十月. 2022（3）：78.

[65] 刘文飞. 20世纪俄国文学的有机构成 [M]. 北京：东方出版社，2014.

[66] 刘文飞. 白银时代的星空 [M]. 北京：北京出版社，2021.

[67] 刘文飞. 俄国文学的风格和特质 [J]. 江南大学学报，2023（6）：105-113.

[68] 刘文飞. 俄国文学和俄罗斯民族意识 [J]. 外国文学，2018（5）：3-11.

[69] 刘文飞. 俄侨文学四人谈. 俄罗斯文艺 [J]，2003（1）：60-63.

[70] 刘文飞. 弗拉基米尔·索洛维约夫的思想史意义 [J]. 俄罗斯研究，2016（4）：3-28.

[71] 刘文飞. 纳博科夫国际研讨会侧记 [J]. 外国文学动态，1999

（3）：40-41.

[72] 刘文霞. 纳博科夫的传统继承与艺术创新 [M]. 北京：中国社会科学出版社，2020.

[73] 刘怡彤. 信仰与审美的互动：俄罗斯文学思想史的反思 [J]. 俄罗斯文艺，2024（3）：60-70.

[74] 刘英. 流动性与现代性——美国小说中的火车与时空重构 [J]. 南开学报，2017（3）：137-144.

[75] 龙飞. 蒲宁：俄国首位获诺贝尔奖的作家 [N]. 中华读书报，2016-03-16（19）. https：//epaper. gmw. cn/zhdsb/html/2016-03/16/nw. D110000zhdsb_ 20160316_1-19. htm

[76] 陆建德. 破碎思想体系的残编——英美文学与思想史论稿 [M]. 北京：北京大学出版社，2001.

[77] 罗灿. 乔治·爱略特小说中的铁路意象 [J]. 外国文学，2016（1）：37-44.

[78] 马红旗. 纳博科夫的立场：捍卫个性自由——论作为标签的"洛丽塔"和作为自由化身的阿达 [J]. 解放军外国语学院学报，2012（5）：106-110.

[79] 马红旗. 逃离·守卫·绝望——纳博科夫三部早期作品主人公的身份研究 [J]. 外国文学研究，2012（5）：118-125.

[80] 梅绍武. 浅论纳博科夫 [J]. 世界文学，1987（5）：69-84.

[81] 森华，赵刚. 试论当代斯拉夫文学的文化共性 [J]. 欧亚人文研究（中俄文），2023（4）：1-12，83，87.

[82] 纳博科夫. 文学讲稿 [M]. 申慧辉等，译. 上海：上海三联书店，2005.

[83] 聂茂. 永不熄灭的心灯：俄罗斯文学大师群像 [M]. 北京：团结出版社，2023.

[84] 聂鑫森. 我读蒲宁 [J]. 世界文学. 1999（3）：284-288.

[85] 蒲宁. 幽暗的林荫小径——蒲宁中短篇小说选 [M]. 冯玉律，冯春，译. 上海：上海译文出版社，2007.

[86] 齐邦媛. 巨流河 [M]. 北京：生活·读书·新知三联书店，2011.

[87] 邱畅. 纳博科夫英语长篇小说中俄国流亡知识分子形象研究 [J]. 社会科学辑刊，2013（4）：187-190.

[88] 任光宣. 俄罗斯文化十五讲 [M]. 北京：北京大学出版社，2007.

[89] 荣洁. 走近茨维塔耶娃 [J]. 俄罗斯文艺，2001（2）：21-24.

[90] 萨克文·伯科维奇. 剑桥美国文学史（第七卷）[M]. 孙宏，主译，北京：中央编译出版社，2012.

[91] 萨克文·伯科维奇. 剑桥美国文学史（第八卷）[M]. 孙宏，主译. 北京：中央编译出版社，2008.

[92] 生安锋. 后殖民主义的"流亡诗学" [J]. 外语教学，2004（5）：61-63.

[93] 生安锋. 外国文学中的世界主义思想研究 [J]. 江西社会科学，2023（8）：76-87，207.

[94] 史思谦. 论俄罗斯作家笔下的"火车"书写图景 [J]. 解放军外国语学院学报，2017（6）：150-156.

[95] 斯维特兰娜·博伊姆. 怀旧的未来 [M]. 杨德友，译. 南京：译林出版社，2010.

[96] 谭少茹. 纳博科夫文学思想研究 [J]. 山东师范大学学报，2007（1）：33-38.

[97] 田佳宁. 空间、记忆、身份：纳博科夫短篇小说中的流亡书写研究 [D]. 北京外国语大学，2002.

[98] 田俊武. 纳博科夫的旅行生涯与《洛丽塔》中的旅行叙事 [J]. 解放军外国语学院学报，2013（1）：107-111，128.

[99] 童明. 家园的跨民族译本：论"后"时代的飞散视角 [J]. 中国比较文学，2005（3）：150-168.

[100] 童明. 美国文学史 [M]. 北京：外语教学与研究出版社，2008.

[101] 汪介之. 20世纪俄罗斯侨民文学的文化观照 [J]. 南京师范大学文学院学报，2004（1）：37-42.

[102] 汪金国 王志远. "diaspora"的译法和界定探析 [J]. 世界民

族，2011（2）：55-60.

[103] 汪杨静. "流散"的词义辨析及其研究理论变迁［J］. 云南社会科学，2023（2）：180-188.

[104] 王丹. 论纳博科夫文学创作中的世界主义倾向与文化立场［J］. 西南大学学报，2017（3）：125-134，192.

[105] 王飞，邓颖玲. 流散写作与身份认同：日裔英籍作家石黑一雄的身份认同观研究［J］. 广西民族大学学报，2017（3）：120-124.

[106] 王公纬. 纳博科夫《玛丽》中的流亡意识［J］. 黑龙江教育学院学报，2013（10）：111-113.

[107] 王宁. 流散文学与文化身份认同［J］. 社会科学，2006（11）：170-176.

[108] 王宁. 西方文论关键词：世界主义［J］. 外国文学，2014（1）：96-105，159.

[109] 王时玉. 俄侨期刊《现代纪事》的俄罗斯文化共同体建构意识［J］. 外国文学动态研究，2022（3）：77-86.

[110] 王卫东. 论纳博科夫的时间观［J］. 国外文学，2001（1）：49-55.

[111] 王亚民. 中国在华俄罗斯侨民文学研究25年［J］. 解放军外国语学院学报，2017（5）：150-158.

[112] 王岳川. 中国镜像：90年代文化研究［M］. 北京：中央编译出版社，2001.

[113] 吴晓东. 从卡夫卡到昆德拉：20世纪的小说和小说家［M］. 北京：生活·读书·新知三联书店，2003.

[114] 萧净宇. 19世纪俄罗斯文学经典中"聚和性"与民族主流价值观的同构［J］. 外语学刊，2018（6）：117-121.

[115] 谢·尼·布尔加科夫. 五年（1917—1922）. 哲学船事件［M］. 伍宇星等，译. 广州：花城出版社，2009.

[116] 谢·伊·科米尔洛夫. 二十世纪俄罗斯文学史：20—90年代主要作家［M］. 赵丹，段丽君，胡学星，译. 南京：南京大学出版社，2017.

［117］徐葆耕. 叩问生命的神性：俄罗斯文学启示录［M］. 桂林：广西师范大学出版社，2009.

［118］徐曼琳. 流亡中的求索［J］. 俄罗斯文艺，2008（4）：9－13.

［119］许纪霖. 中国知识分子十论（修订版）［M］. 上海：复旦大学出版社，2015.

［120］颜宽. 俄罗斯域外文学（1920－1940）年轻一代关于"自我存在价值"的两类思考［J］. 俄罗斯文艺，2022（3）：82－91.

［121］杨明明.《安东诺夫卡苹果》的原乡意识与诗意怀乡［J］. 俄罗斯文艺，2015（4）：19－24.

［122］杨中举. 跨界流散写作——比较文学研究的"重镇"［J］. 东方丛刊，2007（2）：164－176.

［123］杨中举. 流散诗学研究［M］. 北京：人民出版社，2021.

［124］殷企平. 华兹华斯笔下的深度共同体［J］. 杭州师范大学学报，2015（4）：78－84.

［125］殷企平. 西方文论关键词：共同体［J］. 外国文学，2016（2）：70－79.

［126］虞建华. 美国文学的第二次繁荣［M］. 上海：上海外语教育出版社，2004.

［127］喻妹平. 论纳博科夫的小说伦理观——以其俄罗斯文学批评为中心［J］. 俄罗斯文艺，2023（1）：100－111.

［128］张德明. 流浪的缪斯——20世纪流亡文学初探［J］. 外国文学评论，2002（2）：53－61.

［129］张宏莉. 论诗人 M·茨维塔耶娃及其创作［J］. 兰州大学学报. 2000（S1）：165－168.

［130］张建华. 俄罗斯文学的黄金世纪：从普希金到契诃夫［M］. 北京：生活·读书·新知三联书店，2023.

［131］张晓红. 怀旧之笔 艺术之镜——以《说吧，记忆》和《上海的风花雪月》为例［J］. 中国比较文学，2012（2）：126－138.

［132］赵秋长. 俄国侨民文学概览［J］. 俄罗斯文学，2001（6）：

40-42.

[133] 赵一凡,等主编. 西方文论关键词[M]. 北京:外语教学与研究出版社,2006.

[134] 郑燕. 纳博科夫的"火车":通往"另一世界"之旅[J]. 外国文学,2013(5):74-81,158.

[135] 周启超. 二十世纪俄语文学:侨民文学风景[J]. 国外文学,1995(2):53-59.

[136] 周雪花. 铁凝小说中的"火车"意象与时间叙事[J]. 文艺争鸣,2016(9):160-163.

[137] 朱寿桐.《流亡文学》与勃兰兑斯巨大世界性影响的形成[J]. 江海学刊,2009(9):183-188.

[138] 朱振武,袁俊卿. 流散文学的时代表征及其世界意义[J]. 中国社会科学,2019(7):135-158,207.

[139] 朱振武. 流散文学与文化共同体——《流散诗学研究》引发的思考[J]. 中国比较文学,2023(4):273-279.

[140] 祖淑珍. 廿世纪俄罗斯侨民文学:回顾与展望[J]. 北京第二外国语学院学报,1999(5):112-117.

二、外文文献

[1] Bunin I. A. 'Missiiarusskoiemigratsii'. In I. A. Bunin, Publitsistika 1918-1953 godov, edited by O. N. Mikhailov, 148-57, Moscow: Nasledie, 1998.

[2] Catherine A., Ivan S. Russia Abroad: Prague and the Russian Diaspora, 1918-1938 [M]. New Haven: Yale University Press, 2004.

[3] Roth P A. ed. Critical Essays on Vladimir Nabokov [M]. Boston, Massachusetts: G. K. Hall & Co., 1984.

[4] Boyd B. Vladimir Nabokov: The Russian Years [M]. Princeton: Princeton University Press, 1990.

[5] Alexandrov V E., ed. Nabokov's Otherworld [M]. Princeton: Princeton University Press, 1991.

[6] Said E. The Mind of Winter: Reflections on Life in Exile [M]. Harper's 269 (1612), 1984.

[7] Said E. Reflections on Exile and Other Essays [M]. Cambridge: Harvard University Press, 2000.

[8] Pifer E. Nabokov and the Novel [M]. Cambridge: Harvard University Press, 1980.

[9] Abrams M H. "Spiritual Travelers in Western Literature." The Motif of the Journey in Nineteenth – Century Italian Literature [M]. Boston: Little, Brown and Company, 1931.

[10] Broude l. From Khodasevich to Nabokov [J]. Nabokov Studies, 1995 (2): 19 – 20.

[11] Bader J. Crystal Land: Artifice in Nabokov's English Novels [M]. Berkeley and Los Angeles: University of California Press, 1972.

[12] Updike J. "The Translucing of Hugn Person." Contemporary Literary Criticism [M]. Ed. Dedria B., Vol. 8 Detroit: Gale Research Company, 1978.

[13] Langer S K. Feeling and Form: A Theory of Art [M]. New York: Charles Scribner's Sons, 1953.

[14] Xinmei Li. An Overview of Russian Émigré Literature in Shanghai [J]. Fudan Journal of the Humanities and Social Sciences, 2016 (9): 289 – 302.

[15] Bethea M., Siggy F. ed. Vladimir Nabokov in Context [M]. London: Cambridge University Press, 2018.

[16] Bozovic M. Nabokov's Canon: From Onegin to Ada [M]. Evanston: Northwestern University Press, 2016.

[17] Hanne M. ed. Creativity in Exile [M]. New York: Rodopi, P. V., Amsterdam, 2004.

[18] Raeff M. Russia Abroad: A Cultural History of the Russian Emigration, 1919 – 1939 [M]. New York: Oxford University Press, 1990.

[19] Rubins M. Redefining Russian Literary Diaspora, 1920 – 2020 [M]. London: UCL Press, 2021.

[20] Rubins M. Russian Montparnasse: Transnational Writing in Interwar Paris [M]. Basingstoke: Palgrave Macmillan, 2015.

[21] Berberova N. The Italics Are Mine [M]. London: Chatto & Windus, 1993.

[22] Williams R. Keywords [M]. New York: Oxford UP, 1983.

[23] Nabokov V. Strong Opinions [M]. New York: Mc – Graw – Hill, 1973.

[24] Nabokov V. Selected Letters. 1940 – 1977 [M]. ed. Dimitri Nabokov and Matthew J. Bruccoli. London: Harcourt Brace Jovanovich, 1990.

[25] Connolly J W. The Cambridge Companion to Nabokov [M]. London: Cambridge University Press, 2005.

后 记

书稿《二十世纪俄罗斯域外流散文学研究》从严寒一路写到了酷暑，笔者不仅从俄罗斯域外流亡作家和诗人的诗歌、散文、游记中感受到俄罗斯秋天的萧疏索寞，冬日的瑰丽雪景，初春的泥泞丑陋，夏日的苍润华滋，其间更经历了大连数九寒冬的朔风，朗润园小区初春的玉兰花开、夏蝉嘶鸣，山东老家咬狼沟村的夏日酷暑和大黑石秋天的萧瑟与冬日的寒雪。

在书稿进入尾声之际，巴以冲突持续升级，中东局势动荡不安。国将不国，巴勒斯坦的难民在国内外流离失所、民不聊生。2024年3月22日，俄罗斯首都莫斯科近郊克拉斯诺戈尔斯克市"克罗库斯城"音乐厅发生恐袭事件，造成平民重大伤亡，令世人震惊。书房里，看到新闻后我搁笔望向窗外风轻云淡的天空，心情久久不能平静。人类渴望和平正义的世界里并不太平，政治博弈、战争冲突、民族纷争、宗教信仰等诸多因素让构建人类命运共同体的愿景充满着坎坷与曲折，要实现"四海之内皆兄弟"的理想，人类任重而道远。

一段时间里，作者一直跟随着蒲宁、茨维塔耶娃、纳博科夫等作家的流亡足迹在捷克、柏林和巴黎的侨民社区徜徉。在撰写书稿的过程中，"俄罗斯，你将奔向何方"的世纪问询一直萦绕心头。20世纪俄罗斯域外文学三次浪潮"流动的盛宴"刚刚散去，21世纪新的战争卷土重来。面对内忧外患，俄罗斯这个命运多舛的民族是否会再次经历流亡的苦痛？普希金在1833年创作的长诗《青铜骑士》中表达出奔放的自由，"高傲的骏马，你奔向何方？你将在哪里停蹄？啊！威武强悍的命运之王，你就如此在深渊之底，在高峰之巅，用铁索勒激起俄罗斯腾跃向上"！面对战争的残酷与心灵

后 记

的创伤，我渴望知道当下俄罗斯知识分子的思想状态和他们是否依然秉持20世纪域外流亡者的知识分子观。面对强权与战争，他们是否依然独立自由、保持理性、反对强权、追求真理。

写作期间，作者重新阅读了萨义德的《知识分子论》《文化与帝国主义》《格格不入——萨义德回忆录》等作品，流亡、知识分子的使命、身份焦虑与记忆等主题与俄罗斯域外文学的流散书写有着千丝万缕的联系。萨义德，这位生于耶路撒冷的极具影响力的文学与文化批评家，以知识分子的身份积极投身于巴勒斯坦政治运动，以犀利的观点质疑和批判权威和破除传统，颇具新意地阐释了流亡知识分子的精神表征。面对流亡的困境，知识分子依然去想象、探索，总是能离开中央集权的权威，走向边缘；总是大胆无畏，代表着前进，而不是故步自封、唯唯诺诺，而是在去国离乡的自我放逐中彰显不屈不挠、卓然特立的风骨、品格与良知。如果萨义德还活在世上，目睹巴勒斯坦的战火在家园燃烧、民众在废墟旁痛苦与绝望，这位雄辩的代言人和斗士又该如何为弱势者发声，保持批判意识，救人民于水火？流离失所的政治、中东和平之路的曲折、知识与权利的博弈，身为批评家的知识分子如何以应有的道德良知和态度认知去捍卫巴勒斯坦民众的自由解放，支持社会公平正义，反对强权压迫？在《最后的天空之后：巴勒斯坦人的生活》这部苦难的流亡史中，萨义德指出，巴勒斯坦人自我身份的认同并不建立在流亡者角色上，而是根植于坚持、希望和被唤醒的共同体意识上。在他看来，真正的流亡知识分子有责任维护家园的安全，维系民族的意识和团结。

有时午夜时分，作者在手机上看国际时事评论，众说纷纭，颇有启发。时有凌晨即起，望向窗外夜色下的朗润园社区，夜静得出奇，万物自然生长，路灯隐约闪烁。看着熟睡的女儿进入梦乡，净植嘴角上扬，芊芊幸福满满，我不由得心生感恩之情，孩子们能够在小区嬉戏玩耍，欢乐无忧，成年人能够安居乐业，老年人安享晚年，享受天伦之乐都离不开社区的和谐稳定，更离不开国家的强大后盾；亿万公民能够尊严体面地活着，离不开中华民族的团结一致，更离不开中华优秀文化的丰厚滋养。社交网站短视频充斥着巴以冲突下"生命权、自由权和追求幸福权"等基本人权的丧失；孩子们绝望的目光，沦为废墟的家园社区，人类对任意践踏人权尊严的反人类暴行强烈谴责，却束手无策。我不禁想起马克·吐温晚年时期写的一篇杂文《该死的人类》以讽刺的手法把人类的愚蠢、残暴和人性的丑恶揭露无遗、令人深思。持续升级的俄乌战争、巴以冲突何时方休？世界80亿人口共享的地球家园在浩瀚无垠的宇宙里将人类载向何方？人类如何实现全面的自由与解放，社会如何实现真正的公平正义，社区如何构建和谐共享的文化共同体，个人如何享有独体的尊严与体面？

小到社区共同体，中到中华民族共同体，大到人类命运共同体终极目标，中华民族的"大同思想"与马克思"自由人联合体"的共同体思想是当下人类未来走向的指导纲领，是创造人类文明新形态的中国智慧和中国方案。世界恐怖主义的极端偏执、武装组织的冲突、民族意识的分裂、国家利益间的壁垒都给人类命运共同体的构建带来了严峻的挑战，但人类只要存在，冲突必将消解，战争终将由人类来终结，不同肤色的人终究要用理性去审视人类存在的困境，用行动去捍卫人类的人权和尊严，用价值信仰去实现自由人联合体的大同世界。极端的个人主义、狭隘的民族主义终将在现实国界、种族、肤色、地区和意识形态的桎梏里沉沦、坠落、毁灭。

流亡是悲惨的命运，回忆是遗忘的再现。2024年3月28日，《巨流河》的作者齐邦媛溘然长逝。先生80岁写成的这本回忆录让山河震动，"如此悲伤、如此愉悦、如此独特"[①]。天地悠悠，逝者如斯夫；先生之风，万古长留。笔者在大学课堂上多次向学生推荐这本回忆录。如今，那条巨流河依然波涛滚滚、奔流不息，在默默地歌唱着《松花江上》的东北流亡子弟；讲述着战火下在课堂深深吟诵雪莱和济慈的美学大师朱光潜；回忆着那暮色山风、芍药盛开的故乡，那悲壮感人的爱情故事；记录着从大陆巨流河到台湾垭口海纵贯百年、只堪缅怀的苦难岁月与时代变迁。

撰写书稿期间，依托主持的辽宁省教育厅2021年度科学研究经费项目（面上项目）："俄罗斯域外文学流变对铸牢中华民族共同体意识的启示与对策研究（项目编号：LJKR0265）"，笔者先后参加了2023年"全球现代主

---

① 齐邦媛. 巨流河 [M]. 北京：生活·读书·新知三联书店，2011：375-388.

后 记

义文学研究暨共同体理论与批评实践"研讨会和2024年"中国式现代化与外国文学研究的中国视角"第五届中国高校外国文学研究高峰论坛，从山东大学威海分校到山东师范大学长清湖校区，游走在文化底蕴厚重的齐鲁大地上，专家学者犀利的观点、独特的视角和开阔的视域为参会者呈现一道道学术上的盛宴，为课题研究提供了颇多的研究思路和学术启示。尽管20世纪俄罗斯域外文学三次浪潮"流动的盛宴"已经散去，但这一独特文学景观折射出的族裔文学、流散书写与共同体思想等学术前沿问题依然值得中国学者深入探究，尤其在构建人类命运共同体视域下，包括俄罗斯文学在内的外国文学与中国式现代化、新质学术生产力、多元一体中华民族共同体的内在关系梳理，从而引发中国系列社会变革带来的外国文学研究的新思考与新论断，进而理解、阐释与建构具有中国视角、体现中国方案的本土意识、创新思维与自主知识体系。

需要说明的是，本书中的部分章节曾在《大连海事大学学报（社会科学版）》《外语与外语教学》等高校学报上发表，作者重新对相关章节的内容、结构和观点一并进行了丰富和修正，总体上也是作者对从事俄罗斯域外文学史以及作家作品研究不同阶段的一次梳理和总结。

书稿进入尾声之际，我要对我学术道路上的几位引路人表达由衷的感谢。首先对已经退休的孙继红教授表达感恩之情，没有恩师的点拨和教诲，我的学术道路将更加曲折，恩师的鼓励永远是我前行的动力；感谢郭艳玲教授的提携，她曾经说过今后无论处于什么样的职位，自己的专业和学术研究永远不能荒废，这是我们的生存之本，是我们的本行，这些谆谆教诲至今依然萦绕在心头。感谢韩春侠副教授的一路支持，曾经多年的搭档成就了一段难忘的人生岁月。感谢同事陈烽副教授的鼓励，她缜密的批判思维、较真的学术态度、丰硕的翻译成果令我受益匪浅。见贤思齐，从她们身上，我深切感受到了与优秀的人为伍的智慧与力量。

我还要感谢妻子刘芬对我事业的支持，感谢她对两个女儿的悉心照料，两个孩子的茁壮成长给了我学术上无上的动力。有时撰写书稿不得其解时，两个女儿总是到书房打扰，撒娇般恳求我陪着玩一会。我口里说着忙，其实已经合上电脑，开始与她们打闹嬉戏，其乐融融，每次都与她们度过宝贵的亲子时光。没有和谐安定的家庭，我想要完成一本学术专著是不可想象的。

人生就是一场流动的盛宴。记忆中，从高中开始笔者就开始住校，先后在省城济南和辽宁大连攻读文学学士和硕士学位。2007年研究生毕业进入高校任教，转眼间已经17个春秋。逝者如斯夫，不舍昼夜。多年远离只有一海之隔的故乡，笔者又何尝不是一位流亡者呢？回不去的地方是故乡，到不了的地方是远方。幸运的是，与20世纪俄罗斯域外流亡知识分子不同，笔者随时可以返乡，但每次返回故乡目睹着老房子坍塌、父老乡亲日渐衰老、田园荒芜，心中不免涌动着无尽的悲凉与沧桑。我出生的那个村庄名字叫"咬狼沟村"，但我更喜欢"向阳村"的别称，具有"和光同尘，与卷同舒"的深远含义。如同域外知识分子一样，笔者带着一种使命感和一生向阳的自然态度奔赴在生命的大道上。

人生海海，山山而川，不过尔尔。2004年作者从山东师范大学本科毕业，外教赠予的一句话一直铭记在心："If you cannot make waves, make ripples."（即使你的人生掀不起巨浪，至少要泛起涟漪。）人生如同大海，时而波澜壮阔，时而平静轻缓；时而随波逐流，时而逆流而上，但终究会峰回路转，柳暗花明。

本书在梳理中外学者成果的基础上对20世纪俄罗斯域外流散文学提出了一定的见解和观点，但由于作者水平所限，难免有错讹和不足之处，敬请学界前辈与同道批评指正。

路漫漫其修远兮，吾将上下而求索。

崔永光于大连万科朗润园

2024年9月